나무는 나무라지 않습니다.
나무뿌리의 깊이에서
성장의 슬기를 배우고,
줄기차게 자라는 나무줄기에서
살아가는 슬기를 배우고 싶은 사람,
여러가지를 뻗는 나무줄기에서
다 마땅가지라는 지혜를
배우고 싶은 모든 사람에게
이 책을 드립니다.

2017. 11. 知藏生態하音 圓永晩

나무는
나무라지
않는다

나무는
나무라지
않는다

유영만 지음

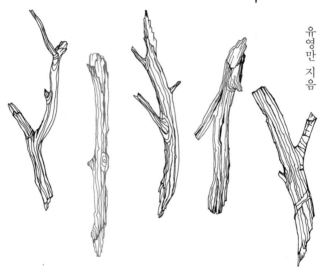

지식생태학자
유영만 교수가 들려주는
나무에게 배우는 지혜

🌲 나무생각

차례

2부 삶의 원리, 나무에게 배우다

1. 씨앗: 모험을 감행해야 뜻을 이룰 수 있다

3부 삶의 방식, 나무에게 배우다

방식方式이 있어야 식견識見을 쌓을 수 있다 176

나무는 나무裸務다

스며든 연인,
나무와 사랑에 빠지다

　나무는 늘 우리 곁에 존재해왔지만 나무가 사람과 공존하면서 어떻게 살아가는지, 그리고 나무가 사람에게 어떤 도움을 주는지를 알지 못한 채 살아왔다. 나에게 나무는 《멀고도 가까운》[1] 곳에 존재하면서 《천천히, 스미는》[2] 존재다. 나무는 내 삶과 멀리 떨어진 산에 다른 나무와 숲을 이루면서 존재하기도 하고 가까운 거실과 서재, 그리고 나의 연구실에도 존재하면서 어느 순간부터 나에게 천천히 다가오기 시작했다. 생태학 관련 책을 읽으며 생태학자들이 펼치는 관념적 주장과 이상적 슬로건에 식상해질 무렵, 비가 오나 눈이 오나 언제나 거기에 존재하면서 말없이 살아가는 나무의 일상에서 생태학적 상상력의 단초를 얻기 시작했다.

생태학도 생명체의 삶의 터전인 생태계에 대한 무관심이나 무지가 해소되지 않는다면 관념적이고 허구적인 주장으로 일관하는 공허한 메아리로 울려 퍼질 수 있다. 하지만 생태계에서 살아가는 작은 생명체라고 할지라도 거기서 살아가는 방식과 원리에 관심을 갖고 유심히 관찰하면 놀라운 생태학적 관심과 상상력이 생기기 시작한다.

나무가 살아가는 모습이 수없이 스쳐 지나갔지만 어느 순간부터 내 뇌리를 파고들어 심장 속으로 스며들어오기 시작했다. 스치면 인연이지만 스미면 연인이다. 나는 나무를 그동안 스쳐 지나갔지만, 이제 나무가 내 마음으로 스며들어오기 시작했다.

수없이 많은 사람과 사물이 스쳐 지나갔지만 내 심장에 담긴 감정의 파고가 드높지 않은 이유는 흔적도 없이 사라진 지난 시절의 과거일 뿐이기 때문이다. 내 몸에 남아 있는 감정의 파고만큼 내 삶의 파도도 그 높낮이가 다르다. 나무를 만나고 느낀 지난 시절의 내 추억이 강렬할수록 내 몸에도 나무와 만난 사연이 오롯이 살아 있다. 하지만 모든 나무가 다 그런 추억을 갖고 있지는 않다. 시골에서 자라면서 늘 만났던 갈참나무나 떡갈나무, 밤나무와 감나무, 앵두나무와 살구나무는 늘 먹거리를 제공해준 아련한 추억들을 지니고 있다. 봄날 냇가에서 봄바람에 흔들리는 버드나무 가지로 만든 버들

피리를 불던 추억, 신작로 가로수 길에서 언제나 등하굣길에 만났던 미루나무, 그리고 동네 한가운데에서 아낌없이 그늘을 만들어주었던 느티나무와 온 세상이 하얗게 변한 겨울에도 늘 푸르름으로 청춘의 뛰는 가슴을 자극했던 소나무에 대한 추억이 아롱지게 남아 있다.

"모두 병들었는데 아무도 아프지 않았다."

이성복 시인의 시집 《뒹구는 돌은 언제 잠 깨는가》[3]에 실린 〈그날〉의 마지막 구절이다. 이것을 나무에 대입해보면 "모든 나무가 거기 있었는데 아무도 알지 못했다."라고 할 것이다. 나무는 항상 우리 곁의 저마다의 자리에서 존재해왔다. 그러나 아무도 나무의 존재를 알아차리지 못했다.

"관심을 가지면 보인다. 믿음을 가지면 보이지 않는다."

일본의 경영컨설턴트 고미야 가즈요시가 쓴 《창조적 발견력》[4]에 나오는 말이다. 나무를 잘 알지 못하면서 늘 만나서 안다고 생각하는 잘못된 믿음이 생긴 것이다. 그 믿음이 나로 하여금 나무를 알려는 의지는 물론 관심까지 증발시킨 것이다. 나는 알면 사랑한다는 입장보다 사랑하면 알게 된다는 입장에 공감한다. 사람이든 사물이든 사랑하기 시작하면 이전과 다른 관심과 애정이 생기고 앎에의 의지가 높아지기 시작한다. 나무도 마찬가지다. 나무를 사랑하기 시작하면서 늘 거기에 있던 나무가 다시 보이기 시작했다.

시속 0km로 자라는 나무,
세상에서 가장 독립적인 생명체

자기중심을 갖고 살아가는 모든 주체는 나체裸體일 때 자신의 모습이 적나라하게 드러난다. 나체는 그냥 벗은 몸이 아니라 자신을 위장하거나 포장하는 모든 형용사를 떼어버리고 본래의 내 모습으로 드러날 때 보이는 몸이다. 나무의 본질은 사계절 다 엿볼 수 있지만, 특히 새봄의 파릇한 새싹을 성하의 녹음으로 바꾸고, 이어서 불타는 단풍으로 한 시절을 정리하면서 겨울맞이를 하는 나무를 보면 나무야말로 '나무裸務'라는 생각이 절로 든다. 나무가 '나무裸務'인 이유는 나력裸力으로 자신의 존재의 근원을 보여주려는 저마다의 몸부림으로 치열하게 살아가는 생명체이기 때문이다.

나무는 자신이 처한 위치에서 자신에게 맡겨진 삶의 소명과 의무를 다하는 '나무裸務'다. 다른 생명체의 힘에 의지하지 않고 오로지 자기 힘으로 자신의 존재 이유를 찾고 마땅히 해야 할 의무를 다하는 생명체다. 물론 나무가 자라는 데는 토양의 양분과 수분이 필요하고, 적당한 햇볕이 있어야 광합성을 하며 푸르름을 유지할 수 있다. 하지만 나무는 누군가를 의존하거나 착취하지 않고 성장에 필요한 모든 에너지를 스스로 받아 순환시키면서 살아간다.

의무는 사람으로서 마땅히 해야 할 일이나 직분을 말한다.

의무를 이행하기 위해서는 그 의무에 걸맞은 나만의 경쟁력이 있어야 한다. 그 경쟁력이 바로 나력裸力, Naked Strength이다. 나력은 내 이름 석 자로 버틸 수 있는 본래의 힘이다. 조직에서 받은 직위나 누군가 나에게 붙여준 각종 형용사의 덤불을 다 걷어내고 이름 석 자로 보여줄 수 있는 나만의 고유한 경쟁력이다.유영만, 2012[5] 나무는 나력의 대명사다. 이에 반해 인간은 어떠한가.

"인간은 생물체 중에서 유독 혼자만 암 유발 물질을 인공적으로 만들어낸다. 이것은 지난 몇 세기 동안 우리 환경의 일부가 되었다."레이첼 카슨, 2011[6]

지식채널e에 '시속 0km'라는 나무에 관한 동영상이 있다. '시속 0km'는 세상에서 가장 독립적으로 살아가는 나무의 성장 속도를 말한다. 1945년 일본 히로시마에 투하된 리틀 보이Little Boy는 시속 320km로 돌진, 무려 8만여 명을 현장에서 즉사시키고 주변을 순식간에 복구가 불가능한 폐허로 만들어버렸다. 시속 320km가 생명을 앗아간 그 땅에는 시속 0km로 자라는 나무만 남았다. 그 나무가 바로 은행나무다. 은행나무는 그 자리에서 천 년 이상을 살아가고 있었다. 나무는 태양, 물, 이산화탄소만 있으면 지구 어디에서나 자신의 자리에 서서 다른 생명체를 잡아먹지 않은 채 가장 크고 오랫동안 자랄 수 있는 지구 생명체다. 그 어떤 생명체보다 느린 시속 0km

의 속도로 자라지만 다른 생물의 도움 없이도 스스로 양분을 섭취하고 만들어내는 지구상에서 가장 독립적인 생명체인 것이다.

세상에서 가장 느리게 자라지만 가장 높이 자라는 나무, 그러면서도 누구의 도움도 받지 않고 자신에게 맡겨진 삶의 의무를 묵묵히 수행하는 나무는, 나무라지 않고 맨몸으로 그 자리에서 언제나 살아간다. 나무는 그래서 나무裸務다. 이에 반해서 날이 갈수록 속도를 높이며, 자연을 착취하고 파괴하며 살아가는 인간은 지구상에서 가장 종속적인 생명체다. 가장 종속적인 생명체인 인간은 가장 독립적인 생명체인 나무에 의존하며 살아간다. 가장 독립적인 나무 없이는 가장 종속적인 인간이 살아갈 수 없다는 사실에서 우리는 무엇을 배워야 할 것인가.

니체의 위버멘쉬,
디오니소스적 춤을 추는 나무를 만나다

니체의 《차라투스트라는 이렇게 말했다》[7]에 '위버멘쉬'라는 사람이 등장한다. 우리말로 굳이 번역하면 주인으로 살아가기 위해 안간힘을 쓰는 이상적인 인간상이다. 지금 여기서의 삶에 만족하지 않고 어제보다 나아지기 위해 발버둥을 치는 사람이다. 위버멘쉬는 "자신의 한계를 극복하기 위해 넘치는 생명력으로 부단히 노력하는 사람"유영만, 2012[8]이며, 어제보다 '좀 더 나아지려는 의지', '강해지려는 의지', '주인이 되려는 의지', 즉 상승적 삶에의 의지를 갖고 있는 사람이다. 이것이 바로 니체가 위버멘쉬를 통해서 강조하려는 '힘에의 의지'다. 인간을 위버멘쉬로 규정한다는 것은 인간에게 '힘에의 의지'가 있다는 것을 가정하는 것이다.

니체에 따르면, 인간은 지금 여기의 삶이나 자기에게 다가오는 쾌락에 의존하지 않고 자기 한계를 극복하기 위해 부단한 사투를 벌이는 위버멘쉬가 될 때 비로소 진정한 주인으로 살아갈 수 있다.

"생명체를 발견하면서 나 힘에의 의지도 함께 발견했다. …보라, 나 끊임없이 자신을 극복해야 하는 존재다."프리드리히 니체, 2000[9]

힘에의 의지는 인간만 갖고 있는 것이 아니라 모든 생명체가 상승적 삶에의 의지를 지향할 때 작동하는 의지다. 힘에의 의지가 있는 한 사람은 지금 여기서의 삶에 안주하지 않는다. 오늘보다 더 나은 삶을 위해 '여기'서 '저기'로 이동하며 성장하고 발전하기 위해서 조금 더 노력하고 부단히 안간힘을 쓰는 것이다.

그렇다면 왜 갑자기 나무에 관한 책에서 니체가 말하는 위버멘쉬와 힘에의 의지를 이야기하는가. 나무야말로 이 세상에서 가장 치열하게 주인으로 살아가고자 안간힘을 쓰고 어제와 다른 나로 변신하기 위해 부단히 애쓰는 위버멘쉬다. 생명성의 존재 근거는 자기 극복 과정에서 나온다. 나무도 생명성을 확보하기 위해서, 자기 자신의 한계를 극복하기 위해서 매일 사투를 벌이며 살아가는 존재다. 나무는 맨몸裸으로 자신에게 주어진 삶의 의무義務를 다하기 위해, 잠시도 긴장의 끈을 놓지 않고 치열하게 자기 한계를 극복하기 위해 노력한다. 나무에게 주어진 삶의 의무는 주어진 자리에서 최선을 다해 치열한 삶을 살아가는 것이다.

생명체가 지닌 원초적 본능, 지금보다 성장하려는 의지가 바로 힘에의 의지다. 나무는 주어진 자리에서 자리를 탓하지 않고 부단히 변신을 거듭하면서 어제와 다른 나무로 성장하려는 힘에의 의지를 지니고 있다. 나무에게 맡겨진 소중한 의무는 있는 그 자리에서 최선을 다하는 삶이다. 가만히 서 있는 것 같지만 나무도 본분을 다하기 위해 소명의식으로 무장한 치열한 생명체다. 이런 점에서 나무는 '나무裸務'다.

모든 생명체가 지니고 있는 힘에의 의지는 자신만 잘 먹고 잘살려고 하는 이기적인 힘이 아니라 더불어 함께 살아가려는 관계적 힘이다.백승영, 2005[10] 누가 누구에게 일방적으로 영향을 미치는 주종 관계나 명령하고 복종하는 상하 관계가 아니라 서로가 서로에게 성장하려는 욕구와 의지를 촉발시키는 호혜적 관계다. 니체가 말하는 진정한 힘에의 의지는 자신의 힘으로 상대방이 분발할 수 있도록 창조적 긴장 관계를 조성한다. 안주하려는 본능을 버리고 보다 나아지기 위해 분투하려는 힘을 촉발시키는 의지다. 나무는 주어진 위치에서 최선을 다해 살아가면서 동시에 자신의 존재로 인해 다른 나무도 더 분발해서 성장할 수 있도록 힘을 나눠주는 생명의 은인이다. 그래서 나무의 완성은 자신의 힘으로 다른 나무를 지배해서 낙락장송이나 명목이 되는 데 있지 않고 더불어서 숲을 이루는 데 있다.신영복, 2010[11]

숲에서 모든 나무는 자신의 방식대로 주어진 자리에서 춤을 춘다. 숲에서는 곧은 나무와 굽은 나무, 큰 나무와 작은 나무, 잘생긴 나무와 못생긴 나무와 같은 이분법적 구분이 무의미하다. 저마다의 자리에서 거대한 숲 생태계를 만들어가는 구성원이기 때문이다.

"하늘 높이 솟아오른 교목이 불꽃 축포를 올리고, 분수처럼 퍼지는 관목은 아름다운 모양을 잡는다. 곳곳에 퍼지는 풀과 버섯 불꽃은 지상을 수놓고, 덩굴나무는 불꽃이 용틀임을 하듯이 구불구불 진격한다. 이런 축제는 모두 태양의 빛 알갱이가 벌이는 일이다. 사람이 보기에 나무는 고요히 서 있는 것 같지만, 내부에서는 엄청난 분탕질이 벌어지고 있는 것이다."신준환, 2014[12]

숲 속의 나무들이 추는 '나무裸務'는 숲이라는 무대에서 야단스럽게 소동을 일으키는 사건이지만 나무를 마음으로 바라보지 않으면 그 몸부림이 보이지 않는다. 논리적으로 분석하는 뇌안腦眼보다 시인의 마음으로, 나무의 입장이 되어 나무를 가슴으로 생각하는 심안心眼으로 바라볼 때 비로소 나무裸務가 얼마나 정열적인지를 느낄 수 있다.

우리는 보통 춤은 시간이 남을 때 추는 여가 활동이라고 생각한다. 그러나 진정한 춤꾼은 삶이 곧 춤이라고 생각한다. 내 생각은 내가 살아오면서 겪은 삶의 결론이고, 내 글은 내가 살아온 삶의 얼룩과 무늬의 합작품이듯 춤도 곧 그 사람의 삶이다. 삶을 능가하는 생각과 글이 나올 수 없듯이 춤도 마찬가지다. 나무를 '나무裸務'로 바라보는 시각은 우리가 생각하는 춤 동작을 보여주는 나무로 한정하지 않아야 이해할 수 있는 관점이다.

나무를 '나무裸務'로 보려는 시도는 나무가 살아가는 매 순간을 어제보다 나아지려는 몸부림이자 안간힘으로 생각하기 때문이다. 움직일 수 없는 나무는 움직이는 수많은 다른 실체로부터 끊임없는 위협을 받는다. 나무가 할 수 있는 일이라고는 고작 그런 환경의 위협으로부터 자신을 보호하기 위해 온몸으로 받아들이고 견디는 일이다. 바람이 뒤흔들면 뽑히지 않기 위해 더 깊게 뿌리를 내리려는 안간힘이 존재의 의미를 다하는 일이다. 비바람이 몰아쳐 나뭇가지를 흔들면 따라서 흔들리다가 견딜 수 없는 지경에 이르면 한두 가지가 부러지기도 한다. 이렇게 나무는 씨앗이 품고 있는 유전자의 뜻에 따라 움직이는 수동적인 생명체가 아니라 자기 스스로 환경에 능동적으로 대처하는 가운데 나무의 형상과 질적 특성을 만들어나간다. 그렇다면 과연 나무는 씨앗이 품고 있는 DNA의 산물인가, 아니면 환경에 적응하면서 스스로를 만들어가는 주체적 생명체인가.

나무는
방랑하는 예술가다

칠레 출신의 인지생물학자이자 철학자인 움베르토 마투라나Humberto Maturana와 프란시스코 바렐라Francisco J. Varela에 따르면, 개미나 물고기와 같은 모든 생명체는 태어나면서 자신auto을 스스로 제작poiesis하는 '자기생산autopoiesis'의 주체이면서 현상세계를 바라보는 나름의 주관적 인식 체계를 지니고 있다고 한다.[13] 이 자기생산 개념에 따르면 모든 생명체는 태생적 유전자대로 성장하거나 발전하지 않고 환경과의 부단한 상호작용을 통해 주체적으로 해석하고 생성하며 발전한다고 한다. 이 이론에 따르면 모든 생명체는 자율성을 가지고 끊임없이 자기 자신을 생성한다. 이러한 생명체의 자기생산 능력 덕분에 지구상에는 다름과 차이로 저마다의 개성을 추구하는 다채로운 생명체가 무궁무진한 가능성의 세계를 열어가고 있는 것이다.

마투라나와 바렐라의 이 주장은 우리에게 널리 알려진 리처드 도킨스의 《이기적 유전자》[14]에서 주장하는 논지와 정면으로 대립되는 주장이다. 유전자를 생명체 안의 신과 같은 절대적 존재로 보았던 도킨스와는 달리, 마투라나와 바렐라는 유전자가 세포의 한 구성 요소에 불과하다고 지적하고 있다. 다시 말해 유전자는 유전 현상에 있어서 중대한 역할을 수행하기는 하지만, 유전자만으로 모든 유전 현상을 설명할 수 없다고 생각한 것이다.

이에 마투라나와 바렐라는 도킨스와는 다르게 진화를 설명하기 위해서 '자연 표류natural drift'라는 개념을 구상하기에 이르렀다. 생명체는 유전자가 확정한 체계나 논리대로 성장하지 않고 물 흐르듯이 주변 환경에 능동적으로 대처하면서 형성된다. 흐르다 막히면 거기서 물은 정지하는 것이고 더 흐를 수 있으면 갈 수 있는 곳까지 흘러가는 것이다. 즉, 생명체는 유전자의 계획대로 형성되는 것이 아니라 표류하면서 부딪히는 우발적 사건이 만들어간다는 것이다.

그래서 마투라나와 바렐라는 자연 표류하는 진화를 '방랑하는 예술가'에 비유한다.강신주, 2016[15] 방랑하는 예술가로서의 나무도 바람결에 실려 씨앗이 떨어지는 곳을 자신이 살아갈 무대라 여기고, 그곳에서 많은 우연한 돌발 변수를 만나면서 성장한다. 당장 내일을 보장하기 어려울 정도로 불확실한 상황에서 자신에게 다가오는 모든 환경적 변수가 연결되고 조합되어 상처도 생기고 성장의 모멘텀momentum을 맞이하기도 한다.

모든 것은 다 우연성의 산물이다. 어떤 현상이 발생했거나 사건이 터졌어도 그것은 계획된 의도가 만들어내는 결과도 아니고 특별한 이유도 없다. 그저 그렇게 되었을 뿐이다. 땅과 물을 만나고 바람과 햇볕을 만나 자연스럽게 표류하는 가운데 오늘날의 나무의 모습이 되었을 뿐이다. 하지만 나무는 이런 여정에서 매 순간 최선을 다해 살아남기 위한 분투노력을 한다. 분투노력은 곧 자기를 어제와 다르게 창조하는 능력이다. 자신을 부단히 변신시키는 힘이 작용한 결과다. 그 힘이야말로 니체가 말하는 힘에의 의지이고, 힘에의 의지를 갖고 오늘과 다른 내일의 삶을 추구하는 사람이 마투라나와 바렐라가 이야기하는 '방랑하는 예술가'인 셈이다.

나무는 씨앗이 품은 유전자대로 성장하는 것이 아니라 주어진 환경에 따라 표류하면서 정체성이 형성된다. 나무도 자신이 살아가는 환경에 따라 주체적으로 반응하면서 스스로 자신을 형성하고 만들어나가는 생명체인 것이다.

나무에게는 모든 순간이
결정적인 순간이다

마투라나와 바렐라에 따르면 모든 생명체는 자기 스스로 생성할 수 있는 역동적인 힘을 바탕으로 저마다 독특한 자신들의 감각기관을 이용해 환경에 대응하는데, 이것이 바로 생명체가 갖고 있는 인지 활동의 본질이다. 나무는 자라면서 예기치 못한 악조건이나 환경적 위협이 자신의 성장을 방해한다는 것을 감지하면 거기에 대응해서 자신의 살길을 찾아 나선다. 자신의 힘으로 어찌할 수 없는 환경과 부단한 상호작용을 하면서 주어진 환경에 적응할 수 있는 자신만의 독특한 대응 구조를 발전시킨다.

환경과의 부단한 상호작용 과정에서 자신의 구조를 적절하게 변화시키지 않으면 자신의 정체identity 자체를 보존할 수 없다. 주어진 한계 내에서 환경에 적응하는 동안 환경이 나무를 변화시키는가 하면 거꾸로 나무가 환경을 변화시키면서 끊임없이 서로의 구조에 영향을 주며 진화되어온 것이다. 이런 진화 과정에는 유전자가 사전에 세운 계획도, 꿈꾸는 목적지도 없다. 그래서 나무는 꿈을 꾸지 않고 그 누구와도 비교하지 않으며 자기만의 방식으로 춤을 추며 살아가는 방랑하는 예술가다.

이에 나무는 리처드 도킨스가 말하는, 오로지 유전자 증식과 생존만을 위해 사투를 거듭하는 무자비한 'DNA 같은 삶'을 추구하지 않는다. 오히려 나무는 비록 불안하고 불확실하지만 우연한 마주침과 우발적인 충돌을 통해 생각지도 못하는 가능성의 미래를 열어가는, 마투라나와 바렐라가 추구하는 '방랑하는 예술가적 삶'을 살아간다. 나무에게 배울 수 있는 가장 큰 지혜도 주어진 환경에 순응하면서 자연 표류를 통해 방랑하는 예술가적 삶을 살아가는 나무의 자세와 노력이다. 나무는 과거도 미래도 없다. 오로지 지금 여기 주어진 자리에서 최선을 다하는 삶이 아름다운 추억으로 이어지기도 하고 미래를 끌어오는 유일한 추동력이 되기도 한다.

나무는 진화하는 과정 속에서 우연히 마주치는 자연적인 위협이나 다른 생명체들과의 우발적인 접촉을 자연 표류적인 발판으로 삼아 또 다른 가능성의 세계로 부단히 변신을 거듭하며 도약해왔다. 오늘 여기서 무슨 춤을 출 것인지 아직 생각이 없다. 더구나 내일 어떤 춤을 출지 유전자가 계획하지도 않았다. 아니, 내일의 세계는 유전자가 관여할 미래가 아니다. '방랑하는 예술가'처럼 나무는 지금 여기서 주어진 환경을 무대로 우연적이고 돌발적인 상황에 맞대응하는 '맞춤'을 출 뿐이다.

"함은 곧 앎이며 앎은 곧 함이다."[16]

나무는 계획된 '함'을 통해 '앎'을 추구하지 않고 우연한 마주침을 통해 즉흥적인 앎을 몸에 새겨넣는다. 표류하는 삶이 곧 앎이고 그 앎이 곧 나무의 삶이다. 이것이 바로 마투라나와 바렐라가 추구하는 나무의 앎이고, 앎의 나무다. 방랑하는 예술가의 앎은 자연 표류적 방황 끝에 깨달은 방향감각이다. 나무가 자라면서 만날 환경과 기후는 나무가 결정할 수 없다. 나무는 그저 자신에게 주어진 조건에서 최선을 다하며 살아갈 뿐이다. 나무의 삶은 나무 씨앗에 담긴 유전자 공식대로 풀리는 체계적이고 합리적인 삶이 아니라 언제 어떤 상황에서 누구를 만나 어떻게 변화될지 모르는 불확실하고 불안한 삶이다. 나무는 다만 주어진 조건이 만들어가는 다양한 변수에 우발적으로 대응할 뿐이며, 그 속에서 다음 삶의 연속성이 전적으로 결정되는 삶을 살아간다.

결정적인 순간을 포착하기 위해 평생을 노력했던 사진작가 앙리 까르띠에 브레송은 "인생의 모든 순간이 결정적인 순간"이라고 고백했다. 나무도 살아가는 매 순간이 결정적인 순간이다. 한순간에 생명을 다하는 예기치 못한 사건이 본인의 의지와 관계없이 일어날 수 있다. 그래서 나무는 살아가는 매 순간을 생의 마지막 순간이라 생각하고 최선을 다하는 삶을 살 뿐이다. 내일은 해가 뜬다. 그건 나무가 걱정하거나 어떻게 통제할 수 없는 문제다.

나무를 아는 것보다
나무를 느끼는 것이 더 중요하다

1부에서는 삶의 근본根本을 나무에게 배우기 위해 나무가 보여주는 아홉 가지 특성을 생각해볼 것이다. 나무의 근본根本을 파고들어야 나무의 본질本質을 만날 수 있다는 신념으로 비교하지 않고 오로지 자신을 위해 치열하게 살아가는 나무, 주어진 자리에서 환경을 탓하지 않고 살아가는 나무, 기다림의 철학을 실천하며 조급해하지 않는 나무, 흔들려봐야 뒤흔들 수 있음을 깨달은 나무, 버려야 버림받지 않는 나무의 버림과 비움의 철학 등을 배운다.

2부에서는 나무를 구성하는 뿌리, 씨앗, 줄기, 가지, 옹이, 나이테, 단풍, 겨울눈, 그리고 해거리를 통해 나무가 살아가는 원리原理를 파악하고 나무의 존재 이유理由를 공부한다.

3부에서는 저마다 살아가는 방식方式이 다른 열두 가지 나무를 선정해서 그들이 들려주는 소중한 인생 교훈을 들어본다. 나무는 한결같이 말하고 있다. 나만의 방식方式이 있어야 식견識見을 쌓을 수 있다고. 세상의 이목을 끈 주목朱木에게 주목注目을 끄는 비결을 들어보고, 마디를 맺으며 성장하는 대나무를 통해 절도 있는 삶의 비결을 물어본다. 갈등葛藤 없이 등신藤身처럼 살아가는 등나무에게 등지지 않고 등 대고 살아가는 노하우를 들어본다. 바다와 육지의 경계에서 융합의 꽃을 피우는 맹그로브 나무에게는 경계를 넘나드는 지식 융합의 지혜를 직접 배워본다. 이외에도 은행나무, 자귀나무, 고욤나무, 전나무, 배롱나무, 소나무, 밤나무, 살구나무를 만나 삶의 지혜와 공동 생존의 비밀을 물어본다.

"자연을 아는 것은 자연을 느끼는 것의 절반만큼도 중요하지 않다."레이첼 카슨, 2012[17]

자연을 이해하는 일은 머리로 생각하는 것보다 가슴으로 느끼는 일이 더 소중함을 역설한 레이첼 카슨의 명언이다. 마찬가지로 나무를 아는 것은 나무를 느끼는 것의 절반만큼도 중요하지 않다. 앉아서 나무에 관한 책을 수십 권 보는 것보다 직접 나가서 나무를 만나 말도 걸어보고 안아주고 어루만져주면서 나무가 살아온 지난 삶의 여정을 조용히 귀담아들어보는 것이다.

이 책은 나무의 근본과 본질, 원리와 이유, 방식과 식견에 대한 내 생각과 느낌을 그동안 공부한 것을 토대로 정리한 것이다.

"생각만인 지식은 공허를 더할 뿐 행복하기 위해서는 인간은 우선 느껴야 하리."[18]

문제의 소설, 《불안의 꽃》을 쓴 마르틴 발저의 말이다. 나무에 관한 지식보다 나무에 관한 우리의 느낌이 더 소중함을 한 번 더 강조하는 말이다.

"양육을 주제로 글을 쓰는 사람은 교육 전문가일 뿐이지만, 인형을 가지고 노는 아이는 어머니이다."[19]

《천천히, 스미는》에 수록된, G. K. 체스터턴이 쓴 〈장난감 극장〉이라는 글에 나오는 말이다. 나 역시 나무를 주제로 글을 쓰는 나무 전문가에 머물지 않고 나무를 느끼면서, 나무와 함께 놀면서 나무를 통해 숲을 이해하고 우주를 꿰뚫어보는 지식생태학자로 거듭나면 좋겠다는 희망으로 여러분을 나무의 세계로 초대한다. 이 책이 나무에 대한 궁금증과 호기심이 생겼을 때 생기는 물음표에 관해 한 가지 느낌표를 줄 수 있는 작은 안내서이자, 나무의 존재를 느끼면서 행복한 삶을 살아가는 데 필요한 지침서가 될 수 있으면 좋겠다는 작은 바람을 가져본다.

깊어가는 가을의 한가운데에서
지난여름을 나무와 함께 보낸
지식생태학자 유영만

삶의 근본,
나무에게 배우다

근본根本을 파고들어야
본질本質을 만날 수 있다

살아가면서 가장 소중하게 생각하고 평생을 두고 고민해야 할 화두가 있다. 나답게 살아가는 것의 본질, 나다움을 통해 아름다움의 본질을 파고드는 문제다. 그래서 나무가 살아가는 근본을 파고들어가 봤다. 단순히 나무의 삶을 머리로 이해하기보다 알아보고 알아내려고 노력했다. 아는 것으로 본질을 알아볼 수 없고 근본에 이를 수 없어 '알아내려고' 나무의 존재 이유를 따져 물어보았다. 본질은 역시 보이지 않는 근본에 숨어 있다. 나무의 본질은 다른 나무와 비교하지 않고 꿈을 꾸지 않는다. 또 주어진 환경을 탓하거나 조급해하지 않고 자기만의 속도로 살아간다. 나무는 무엇이 되기 위해 살아가지 않고 있는 그 자리에서 치열하게 살아갈 뿐이다. 움직일 수 없기에 살아가면서 숱한 위기를 만나지만 그때마다 위기를 기회로 바꾼다. 남의 '위기'를 나의 '기회'로 바꿔내는 탁월한 변신 전문가다. 나무는 평생을 흔들리며 자란다. 살아 있는 '거목'은 흔들리지만 죽은 '고목'은 흔들리지 않는다. 흔들려봐야 뒤흔들 수 있음을 나무는 알고 있다.

나무는 나목으로 자신의 존재를 증명한다. 나목으로 보여주는 본질적인 경쟁력, '나력裸力'이야말로 자신의 본질을 드러내는 진정한 '매력'임을 잘 알고 있다. 나무는 나뭇결로 자기만의 색깔을 만들어가며 살아가는 비결을 만든다. '나무색'은 나무가 보여주는 '본색本色'이다. 나무의 본색은 나무가 어떤 환경에서 자랐는지를 알아야 알 수 있다. 그래서 나무를 사지 말고 산을 사라는 말이 나온 것이다. 또한 나무는 버리며 자란다. 나무는 버림이 곧 '얻음'이라는 것을 오랜 생활을 통해 깨닫고 있다. 버려야 버림받지 않고, 떨어져야 뒤떨어지지 않는다는 사실을 온몸으로 알고 있다.

1.
나무는
비교하지
않는다

비교하면 불행해지지만 비전을 품으면 행복해진다

나무는 자기만의 방식으로 살아간다. 소나무는 소나무대로, 참나무는 참나무대로 살아가고, 벚나무는 벚나무대로, 등나무는 등나무대로 살아간다. 수많은 나무들이 있지만 살아가는 방식은 저마다 다르다. 이렇게 각기 다른 나무가 숲을 이루며 자연스럽게 살아간다.

나무 열전이 펼쳐지는 숲에 가보면 나무는 자기만의 방식으로 치열하게 살아간다. 송직극곡松直棘曲, 소나무는 곧게 자라고 가시나무는 뒤틀리면서 자란다는 뜻이다. 그렇다고 해도 가시나무는 소나무를 부러워하지 않고 소나무의 흉내를 내려고 하지도 않는다. 소나무는 소나무, 가시나무는 가시나무다. 소나무는 소나무처럼 자라고, 가시나무는 가시나무답게 자라는 것이 자연이다. 어찌 이게 나무에게만 해당되는 사실일까. 자연의 모든 생명체는 모두 저마다의 방식으로 살아간다. 다리가 긴 학은 학대로, 다리가 짧은 오리는 오리대로 살아간다. 다리가 짧은 오리는 다리가 긴 학과 자신을 절대 비교하지 않는다. 이렇듯 각각의 특성을 살려가며 개성에 따라 살아가는 것이 자연의 순환 원리이자 이치다. 비교하면 불행해지지만 비전을 품으면 행복해진다. 잎이 넓은 활엽수는 활엽수대로, 잎이 가늘고 긴 침엽수는 침엽수대로 살아간다. 높이 자라는 나무는 하늘을 보고 자라고 땅에서 가까운 나무는 땅을 보며 저마다 행복하게 살아간다. 물가에 자리 잡은 버드나무는 물을 정화시키며 살아가고 산 정상에서 자라는 나무는 수시로 불어닥치는 바람을 이겨내기 위해 자세를 낮추어 살아간다.

남도 지역에서 부르는 〈나무타령〉을 잠시 감상해보자. 나무 이름으로 지은 노래 가사가 예사롭지 않다. 나무의 성격이나 존재 이유를 드러내는 것도 같고 고유한 색깔대로 조화롭게 어울려 사는 나무의 삶을 들여다보는 것 같기도 하다.

십리 절반 오리나무, 열의 곱절 스무나무, 대낮에도 밤나무, 방귀 뀌어 뽕나무, 오자마자 가래나무, 깔고 앉아 구기자나무, 거짓 없어 참나무, 그렇다고 치자나무, 칼로 베어 피나무, 입 맞추어 쪽나무, 양반골에 상나무, 너하구 나하구 살구나무, 나무 가운데 나무는 내 선산에 내나무.

이외에도 수액 좀 그만 빨아먹으라고 호소하며 자고로 인간의 사악함을 한탄하는 고로쇠나무, 저마다 참나무라고 우기는 굴참나무, 갈참나무, 졸참나무, 총을 잘 쏘는 딱총나무, 물가에서 언제나 푸르게 자라는 물푸레나무, 화살처럼 날아가는 화살나무, 밤나무 보고 너도나도 밤나무라고 하는 나도밤나무와 너도밤나무, 맨날 말아 먹는 국수나무, 고민 끝에 찾다가 실마리를 잡은 가닥나무, 밤에만 자기를 부르는 자귀나무와 그 옆에서 질투를 느끼는 머귀나무, 가뭄을 걱정하는 가문비나무, 계획을 세우고 언제나 미루기만 하는 미루나무, 이름만 들어도 무서운 작살나무, 그 옆에서 조금 덜 무섭다고 우기는 좀작살나무, 자신만의 독특한 향기를 내뿜으며 유혹하는 향나무, 언제나 깊은 생각에 잠겨 있는 구상나무, 대패질하는 집 앞에 서 있는 대팻집나무, 음식 만들 때 자기를 꼭 양념의 재료로 쓰라고 부탁하는 생강나무, 세상의 비밀을 숨기자고 쉬쉬하는 쉬나무, 까마귀에게 밥 주는 까마귀밥나무, 보리밥만 대접하는 보리밥나무, 꿩 보고 덜떨어졌다고 우기는 덜꿩나무, 말이 오줌을 주로 누어서 생겼다는 말오줌때나무가 있다.[20]

또 먹어보면 신맛이 나는 신나무, 사람에게 많이 퍼주는 사람주나무, 예로부터 덕이 많은 예덕나무, 참 죽이 잘 맞는 참죽나무, 언제나 차를 대접해오는 차나무, 자신을 태운 재가 노랗다고 생각하는 노린재나무, 조밥을 닮은 조팝나무, 이 밥만 먹고 자란 이팝나무, 박쥐가 날아가다 쉬고 간다는 박쥐나무, 산딸기 모양의 열매를 맺는 산딸나무, 사시사철 푸름을 자랑하는 사철나무, 가까이하기에는 너무 먼 당신 같은 먼나무, 아닌 밤중에 홍두깨로 쓰이는 박달나무, 크고 날카로운 가시로 접근 금지를 엄하게 외치는 엄나무, '쾌지나 칭칭 나네'를 부르며 자라는 층층나무, 화류계花柳界의 거두로 무한히 뻗어가는 버드나무[21], 감 떨어지기 전에 감나무, 두려워서 벌벌 떠는 사시나무, "왜 소태 씹은 얼굴을 하고 있어?"라고 물을 정도로 정말 잎이 쓴 소태나무, 임도 보고 뽕도 따며 일 년 365일 방귀만 뀐다는 상전벽해桑田碧海의 주인공 뽕나무와 그 옆에서 덩달아 방귀를 뀌는 꾸지뽕나무… 이런 나무들이 만들어가는 숲의 경이로움과 자연의 위대함에 우리는 얼마나 감탄하며 살고 있는지를 되돌아볼 일이다.

등지고 살지 말고 등 대고 살자

살아서 천 년, 죽어서 천 년 사는 주목朱木에 주목注目하지 않을 수 없다. 남들의 관심을 받고 주목당하는 이유가 있다. 겉으로는 전혀 자라는 것처럼 보이지 않지만 조금씩 자기 존재를 서서히 드러내다 거의 백 년이나 지난 시점에서 본격적으로 자란다는 주목나무의 엄숙함과 외유내강의 생존 철학에 우리가 주목하지 않을 수 없다.

등 돌리고 살아가는 이들에게 등나무가 속삭인다. 등신藤身처럼 살아야 갈등葛藤이 없다고. 등신藤身은 등나무藤 몸身을 의미한다. 등나무는 짙은 잎을 무성하게 만들어 사람들을 자신이 만든 그늘로 불러들여 쉬게 한다. 등신처럼 산다는 것은 등나무 몸처럼 자신을 희생해서 다른 사람을 행복하게 해준다는 의미다. 갈등葛藤은 왜 생기는가. '갈葛'은 칡이고, '등藤'은 등나무를 의미한다.

"등나무는 왼쪽에서 오른쪽으로 감아 올라간다. 반면에 칡은 오른쪽에서 왼쪽으로 감아 올라간다. 칡과 등의 감아 올라가는 방향 때문에 생긴 단어가 바로 갈등葛藤이다."강판권, 2015[22]

그래서 등나무가 등지고 살지 말고 등 대고 서로 아껴주면서 살아가라고 타이르지 않는가.

봄날의 향기에 취해 주변을 보면 아까시나무가 유혹하는 아가씨처럼 행인의 발목을 잡는다. 아까시나무는 언제부터인가 자신을 보호하기 위해 온몸에 가시로 무장하기 시작하면서 사람들의 손으로부터 멀어지려고 안간힘을 쓰기 시작했다. 그에 반해 묵묵히 자기 길을 가는 사람에게, 지친 심신에게 말없이 그늘을 내어주는 느티나무는 오늘도 너무나 많은 교훈을 준다. 60년에서 길게는 120년 만에 오직 한 번만 꽃을 피우고 장렬히 전사하는 대나무의 삶은 그 자체가 대쪽 같은 삶이다. 그것도 모자라 대나무는 자신을 엮어 책冊을 만들었다고 하니 놀라지 않을 수 없다.

"환원주의자가 가장 많이 하는 말은 '~에 불과하다'는 말버릇"빅터 프랭클, 2008[23]이다. '~에 불과하다'는 나의 선입견과 편견으로 재단한 오판誤判의 산물이다. 늘 보아 익숙해진 사물이나 현상일지라도 다른 눈으로 바라보려는 의도적인 노력이, 내가 지닌 편견과 선입견이라는 안경의 한계와 문제점을 깨닫게 한다. 나무도 마찬가지다. 나무들에 대해 내가 알고 있는 바는 나무에 대한 나의 경험과 인식 수준을 넘어서지 못한다. 소나무 하면 지조와 절개고, 대나무 하면 대쪽 같은 엄정함을 자동적으로 연상한다. 소나무는 지조와 절개에 불과하고 대나무는 대쪽 같은 엄정함에 불과하다고 생각하는 순간, 소나무와 대나무를 다르게 이해할 수 있는 가능성의 문은 닫히고 만다.

"博學而篤志박학이독지 切問而近思절문이근사 人在其中矣인재기중의."

"널리 배우고 뜻을 돈독히 하며 간절히 묻고 가까이에서부터 생각해나가면 인은 그 가운데 있을 것이다."라는 뜻이다. 《논어》 '자장편'에 나오는 말이다. 선입견과 편견으로 눈이 오염될수록 간절히 물어야 한다. 가까운 데 늘 존재하는 당연함에 의문을 품고 질문을 던져야 한다. 내가 안다고 믿는 신념이 생기면 더 이상 다른 관점에서 알려 하지 않고 기존의 믿음으로 대상의 본질을 재단해버린다. 앎은 거기서 그친다.

마찬가지 맥락에서 소설가 김훈은 "나는 신념에 가득 찬 사람보다 의심에 가득 찬 자를 신뢰한다."고 했다. 신념에 가득 찬 사람은 자신의 앎에 대해 의문을 던지지 않는다. 당연하다고 생각하며 더욱 강한 믿음을 갖게 된다. 하지만 의심에 가득 찬 사람에게는 당연한 것이 없다. 언제나 물음표를 던져 꼼꼼히 따져보고 그 원리와 법칙이 만들어진 과정을 의심해본다.

"의문으로 가득 찬 사람을 만나면 행복하다. 대답으로 가득 찬 사람을 만나는 건 끔찍하다. 더구나 단 하나의 대답을 가진 경우엔."_{이영광, 2015}[24]

비교하지 않고 자기만의 방식으로 살아가는 나무를 제대로 알기 위해서는 나무를 논리적인 앎의 대상으로 생각하기보다 애정을 가지고 바라보는 느낌의 대상으로 생각해야 한다. 어떤 대상이든 관심을 가지고 사랑하기 시작하면 이제껏 안 보였던 것이 새롭게 보이기 시작한다. 사람은 대상을 가슴으로 느끼고 사랑하기 이전에 머리로 생각하고 이해타산을 따진다.

"어린이에게나, 어린이를 인도해야 할 어른에게나 자연을 아는 것은 자연을 느끼는 것의 절반만큼도 중요하지 않다."

레이첼 카슨의 《센스 오브 원더》[25]에 나오는 말을 다시 한 번 언급하는 이유다.

나무는 항상 우리 곁의 저마다의 자리에서 존재해왔다. 그러나 아무도 나무의 존재를 알아차리지 못했다. 벌거벗은 나무가 혹한의 겨울을 견디고 파릇한 새순을 틔워야 비로소 존재를 알아차린다. 무더운 여름 나무 그늘에서 쉬어가면서도 나무에게 고마움을 느끼지 못한다. 불타는 가을 단풍이 전국의 산을 수놓을 즈음 인간은 그제야 단풍으로 나무의 존재를 알아보곤 한다. 머리로 알려고 하기 전에 가슴으로 느끼면 대상은 본래의 모습을 드러내며 우리에게로 다가온다. 나무도 마찬가지다. 나무 이름이 무엇이고 다른 나무와 무엇이 다른지를 논리적으로 알기 이전에 주변에 무심히 서 있는 나무를 찾아가 만져보고 느껴보자. 내가 나무가 되어보고 나무가 다시 내가 되어보는 물아일체의 경험을 통해서만 우리는 상대의 아픔을 진정 이해할 수 있는 교두보를 확보할 수 있다. 나무가 내쉬는 날숨에 포함된 산소가 나의 들숨이 되고 나의 날숨에 포함된 이산화탄소가 나무의 들숨으로 바뀌는 걸 느끼다고규홍, 2012[26] 보면 어느새 나무와 나는 한몸이 되어가고 있음을 알게 될 것이다.

2.
나무는
꿈을 꾸지
않는다

나무는 매 순간 최선을 다할 뿐이다

우리 사회는 마치 꿈 강박증에 걸린 듯이 꿈을 꾸지 않는 사람을 죄인 취급하는 분위기다. 꿈 멘토라고 등장한 수많은 사람들도 청춘들에게 꿈을 꾸라고 강요한다. 과연 우리 모두가 그렇게 꿈을 꾸어야 하는 것일까. 고전 인문학자 고미숙은 "나무에겐 꿈이 필요 없다. 열매를 맺는 순간 떨어지고 말 텐데, 어떤 나무가 그걸 꿈꾸겠는가."[27]라고 했다. 그렇다. 나무는 꿈을 꾸지 않는다! 나무의 꿈은 열매를 맺고 씨앗을 뿌리는 데 있지 않다. 그저 주어진 조건과 환경에서 하루하루 최선을 다해 살아갈 뿐이다. 봄에는 잎이 나고 물이 오르면서 꽃을 피우고, 여름에는 녹음으로 우거진 신록을 자랑한다. 가을이 되면 나무는 다시 울긋불긋한 옷으로 갈아입고 불타는 단풍을 자랑하지만, 겨울이 가까이 오면서 불태웠던 가을을 뒤로하고 모든 잎을 떨어낸다. 그리고 긴 혹한의 겨울을 나목으로 견뎌낸다. 이른 봄 다시 꽃을 피우기 위한 겨울눈을 봄에 준비하지 않고 눈보라가 몰아치는 한겨울에 준비한다.

나무는 사계절의 변화에 따라 순리대로 매 순간 최선을 다해서 살아갈 뿐이다. 나무의 꿈은 어떤 나무보다 멋진 꽃을 피우는 것도, 아름다운 단풍잎을 자랑하는 것도 아니다. 더욱이 나무의 꿈은 보기 좋은 열매를 맺는 것도 아니다. 나무는 열매라는 결과를 얻기 위해서 봄부터 부단히 살아가는 게 아니라 매 순간 최선의 노력을 하다 보니 꽃을 피우고 열매를 맺는 것이다.

"나무는 오로지 살아남기 위해서 치열하게 살아갈 뿐이다."강판권, 2015[28]

살아가기 위해서는 살아남아야 한다. 살아남으려면 살아내야 한다. 치열하게 살아내야 살아남을 수 있고 살아남아야 다음 삶을 살아갈 수 있다.

"나무는 목적 때문에 살지 않는다. 나무가 '되기 위해' 씨앗이 자라는 것은 아니다. 무엇이 된 것들은 또 다른 무엇이 되기 위해, 영원히 무엇이 되지 않기 위해, 끝내는 미쳐버리고 말 것이다. 그러므로 목적 때문에 생을 망쳐서는 안 된다."
이성복, 2001[29]

나무는 단풍을 만들기 위해 치열한 삶을 살지 않고, 씨앗을 만들기 위해 미래를 꿈꾸지 않는다. 철학자 스피노자도 대표 저서 중 하나인 《에티카》[30]에서 자연 만물은 스스로의 필연성에 의해 존재한다고 주장한다. 그리고 자연 안에 목적이란 없으며 그것은 인간이 꾸며낸 허구에 불과하다고 덧붙인다. 과연 모든 생명체가 저마다의 목적을 가지고 살아가는 것일까. 목적을 설정하고 그것을 달성하고자 수단과 전략을 모색하는 사고는 다분히 인간 중심적 사고방식이다.

본래 자연은 인간이 생각하는 것처럼 목적과 수단이 따로 있지 않다. 자연의 생명체는 인간이 부여한 목적이나 목적의식과 무관하게 이미 저마다의 방식으로 살아가고 있을 뿐이다. 목적론적 사고는 완성을 목표로 살아가는 사람들이 만들어낸 관념이다. 하지만 삶은 영원히 완성될 수 없는 미완성의 여정이다. 신영복 교수는 그의 저서에서 이렇게 말한다.

"실패로 끝나는 미완성과 실패가 없는 완성 중에서 어느 것이 더 보편적 상황인가를 생각하게 됩니다. 실패가 있는 미완성은 반성이며, 새로운 출발이며, 가능성이며, 꿈이라고 할 수 있습니다. 미완성이 보편적 상황이라면 완성이나 달성이란 개념은 관념적으로 구성된 것에 지나지 않습니다. 완성이나 목표가 관념적인 것이라면 남는 것은 결국 과정이며 과정의 연속일 뿐입니다."신영복, 2004[31]

완성해야겠다고 생각하기 때문에 일정한 시간 안에 목표를 설정하고 반드시 달성하겠다는 의지가 발동된다. 문제는 목표를 달성하기 위해 매진하고 몰두하다 보면 그 과정에서 일어나는 수많은 일들을 간과하거나 무시한다는 것이다. 오히려 삶의 의미와 행복은 목표 달성의 과정에서 우연히 만나게 되는 경우가 많은데도 불구하고 목표 달성을 위한 최단 코스를 가장 빠르게 달려가려고 한다. 일본의 괴짜 수학자 모리 츠요시도 이렇게 말한다.

"'과일나무는 그 과실로 평가받는다.'는 속담이 있습니다. 하지만 그것은 우리 인간이 멋대로 단정한 것입니다. 과일나무가 잎을 무성히 달고 꽃을 피우는 것은 그것이 삶이기 때문이지 결코 장차 맺을 과실을 인간에게 먹이기 위해서는 아닐 것입니다. 여러분도 자신의 미래나 국가를 위하여 지금 공부한다고 생각해서는 안 됩니다. 무엇보다 현재의 삶을 좀 더 충실히 살아야 합니다. 결국 그것이 미래와 관련된 것이라도, 나중에 편해지기 위해서가 아니라 현재를 생기로 가득 채우기 위한 것입니다."모리 츠요시, 2017[32]

목적을 위한 인생은 가정법 인생을 산다. 내가 만약 목표를 달성하면 그때 무엇을 하겠다는 다짐을 한다. 예를 들면 내게 여윳돈 천만 원이 생기면 해외여행을 하겠다고 생각한다. 그런데 목표를 이루기 위해 부단히 노력한 결과 목표는 달성했지만 사실 그동안 너무 무리를 해서 병이 나고 말았다. 그동안 모은 돈은 병원비로 다 썼는데 여전히 몸은 나아지지 않고 있다. 미래를 위해, 거창한 목표를 위해 지금 여기서 살아가며 느끼는 무한한 행복감을 포기해서는 안 된다. 지금 여기서 하는 모든 일, 내가 보내는 매 순간이 모두 내 삶의 존재 이유이자 내가 살아가면서 느낄 수 있는 행복의 원천이다.

이기적일 때 기적이 일어난다

"나무는 철저하게 이기적입니다. 나무는 자신만을 위해 몸부림치는 존재입니다. 결코 나무가 자발적으로 인간의 삶을 위해 일한다고 생각하지 않습니다.강판권, 2007[33]

이기주의는 자기 이익만 앞세우고 남의 입장은 아랑곳하지 않는 몰상식한 생각과는 거리가 멀다. 이기주의는 자신의 분야에서 경지에 이르기 위해 최선을 다하는 자세를 중시한다. 이기주의적 입장은 스스로 경지에 이르지 않고서는 남에게 도움을 줄 수 없다고 생각하는 주장이다. 한 분야의 경지에 이르지 않고 남을 돕고자 하는 것은 그다지 도움이 안 될 수도 있고 심지어는 방해가 될 수도 있다. 나무처럼 한자리에서 치열하게 살아가며 본분을 다할 때 비로소 거기서 생기는 부산물로 다른 생명체에게 도움을 줄 수 있다. 나무라서 치열하게 살아가는 덕분에 단풍이 들고 꽃이 피고 열매가 열리고 씨앗을 남기는 것이다. 단풍을 사람에게 보여주려고 나무가 치열하게 여름을 살아온 것은 아니다. 때가 되었기 때문에 단풍으로 자신을 불태우고 낙엽을 만들어 다시 자신이 몸담고 있는 땅에 떨어뜨린다. 단풍을 낙엽으로 만들어 되돌려줌으로써 그것이 다시 자신의 성장에 도움이 되는 거름으로 작용한다. 치열하게 살아가는 이기주의자가 되어야만 무언가 결실을 맺을 수 있고 그 결실로 남에게 도움이 되는 일을 할 수 있다.

"제가 나무에게 배운 것은 철저한 이기주의자가 되어야 한다는 겁니다. 우리는 이기주의란 말에 거부감을 갖습니다. 그러나 어설픈 이기주의자가 문제지, 철저한 이기주의는 우리가 생각하는 그런 이기주의와 다릅니다. 철저한 이기주의자에게 이기와 이타는 아예 분리가 안 됩니다. 어떤 경우든 자신을 완성해야 남에게 어떤 역할인가를 할 수 있습니다. 나뭇가지가 우리보고 와서 쉬라고 그늘을 만들었을까요? 우리보고 와서 감탄하라고 단풍이 들까요? 자기를 위해서 충분히 애써야 합니다. 그것이 나무의 이기주의입니다. 그렇게 치열할 때만 존재는 다른 존재에게 기쁨을 줄 수 있습니다. 그러니 섣불리 내가 널 위해서 그랬다, 이렇게 말할 것도 없고 치열하게 살지도 않으면서 너 때문에 이렇게 되었다, 이런 생각을 품어선 안 됩니다." 정혜윤, 2011**34**

정혜윤의 책 《여행, 혹은 여행처럼》에 실린 강판권 교수의 말이다. 한 존재의 치열함이 다른 존재에게도 즐거움을 줄 수 있다. 존재의 완성은 대충 되는 게 없다. 존재의 완성을 향한 치열한 열정이 다른 존재에게도 기쁨을 선사하는 존재가 될 수 있다. 한 존재의 완성을 향한 치열한 미美완성이 다른 존재의 완성을 위한 여정에도 불을 붙일 수 있다. 내가 먼저 스스로 불타지 않고서는 다른 사람의 열정에 불을 붙일 수 없다. 존재의 완성을 향한 몸부림은 영원히 완성되지 않는 미완성의 연속이다. 완성되었다고 생각하는 순간, 배움도 멈추고 성장도 멈춘다.

그런데 나무는 자신을 위해서는 꿈을 꾸지 않지만 더불어 숲을 이루기 위해서는 꿈을 꾼다. 나무는 다른 나무와 더불어 살아가는 숲을 꿈꾼다. 신영복 교수에 따르면 나무의 꿈은 명목名木이나 낙락장송이 아니라 더불어 숲이 되는 것이라고 했다. 더불어 숲이 되기 위해 다른 나무와 더불어 이전과 다른 숲을 꿈꾼다. 숲은 온갖 생명체가 더불어 살아가는 생태 공동체다. 다양한 생명체가 저마다의 존재 이유를 가지고 경쟁하면서도 협동하고, 협동하면서도 경쟁하며 살아가는 아름다운 공동체다.

숲에 사는 나무는 저마다의 자리에서 최선을 다해 살아간다. 키가 큰 나무는 보다 많은 햇빛을 받으며 살아가지만 키가 작은 나무는 나무 사이로 들어오는 적은 햇빛으로도 잘 자란다. 이렇듯 각자의 위치에서 생존의 노하우를 터득하며 살아간다. 정상에 있는 나무는 자세를 낮추고, 산 중턱에 있는 나무는 중용의 미덕을 지키며, 산 밑에 있는 나무는 저 높은 곳을 향하여 자란다. 각자 주어진 위치에서 본분을 다하며 살아간다. 그리하여 정상에 있는 나무는 키가 너무 크면 어느 순간 몰아치는 비바람에 부러질 수 있음을 터득했으며, 산 중턱에 있는 나무는 비탈길에서 버티면서 살아가는 지혜를 체득했으며, 산 밑에서 자라는 나무는 치열하게 자신의 키를 키우지 않으면 살아갈 수 없음을 깨달았다. 어떤 위치에 있든 나무는 다른 나무와 일정한 간격을 유지한 채 자기 자리에서 조용하지만 치열한 사투를 벌이면서 위로 자란다.

3.
나무는
환경을 탓하지
않는다

자리보다 자세가 중요하다

일자리가 없다고 한다. 특히 청년 일자리가 없어서 대학을
졸업해도 취업할 자리가 마땅찮다. 날로 늘어만 가는 취업준
비생은 우리 모두에게 큰 부담이 아닐 수 없다. 과연 일할 자
리가 없는 것일까. 사람은 '일'에 어울리는 '자리'를 찾지 않
고 차지하고 싶은 '자리'에 맞는 '일'을 찾는 경우가 많다. 대
부분의 사람들은 나에게 어울리는 '일'을 찾기보다 다른 사람
에게 보여주기 위한 '자리'를 탐하는 경우가 많다. 이럴 때일
수록 등고자비登高自卑의 철학을 배울 필요가 있다. 높은 자리
에 오르려면 낮은 자리에서부터 시작해야 한다는 말이다. 처
음부터 안성맞춤인 자리는 없다. 사람들은 처음부터 남들의
눈에 띄는 앞자리나 윗자리만 탐하는 경우가 많다. 앞자리에

가려면 뒷자리나 구석 자리부터 시작해야 하고 윗자리에 오르려면 밑자리나 바닥 자리에서부터 시작해야 한다. 내가 찾는 일자리는 어디에나 있다. 다만 눈높이가 너무 높아서 안 보일 뿐이다.

눈높이를 낮추면 저절로 내가 높아질 때가 온다. 나에게 어울리는 '제자리'를 찾고, 내가 서면 돋보이는 자리, 즉 내가 마땅히 있어야 할 '설 자리'와 내가 잘할 수 있는 '살 자리'를 찾아야 한다. 제자리나 설 자리 또는 살 자리는 모두 온몸으로 실험하고 이리저리 모색하다 보면 어느 순간에 찾아지는 자리다. 자리를 찾는 자세가 무엇보다도 중요하다. 자리에 욕심을 내기보다 자리가 나에게 주는 의미가 무엇이고 그 자리에서 내가 창조할 수 있는 가치가 무엇인지를 곰곰이 생각해 보는 자세가 중요하다.

사람과 달리 나무는 자리를 탓하지 않는다. 태어난 자리가 자신이 살아갈 자리이고 자신에게 가장 잘 어울리는 제자리일 뿐만 아니라 서 있으면 가장 아름다운 설 자리다. 주어진 자리가 자신에게 어울리는 자리이자 가장 돋보이는 자리라고 생각할 뿐만 아니라 스스로 운명을 재창조하며 살아갈 자리라고 생각한다. 모든 나무는 자신의 의지와 관계없이 씨앗이 땅에 떨어진다. 씨앗이 바람에 날려가든 다른 매개체가 옮겨주든 일단 자리를 잡으면 거기서 목숨을 다해 자라고, 즐기며 살아간다.

"어디쯤에서 매화는 몸이 근지럽고 산수유는 안달이 나고 개나리는 온몸에 두드러기가 나고 목련나무는 가슴을 쥐어뜯고 싶고 살구나무는 빨리 바람이 나고 싶고 복숭아나무는 주책없이 빨간 빤스를 벗어던지고 싶고 산벚나무는 안절부절못하겠구나."안도현, 2016[35]

그 자리가 운 좋게 비옥한 땅이면 '목재'로 쑥쑥 자라면서 곧은 나무가 될 것이고 바위틈이나 절벽에 자리 잡으면 온갖 고초를 겪으며 '분재'로 자랄 수 있다. 물가에 자리 잡으면 평생 물 걱정 없이 자랄 수 있지만 척박하고 메마른 땅에 자리 잡으면 주변의 수분을 끌어다 쓸 수 있는 온갖 묘안을 찾아가며 살아야 한다.

인적이 드문 외딴곳에 자리 잡은 나무는 다른 나무와 함께 외로움을 달래며 자라고 사람이 자주 왕래하는 길가에 자리한 나무는 사람과 벗이 되어 무럭무럭 자란다. 태생적으로 키가 큰 나무는 그만큼 햇볕과 바람에 더 많이 노출되어 자라지만 키가 작은 나무는 틈새로 스며드는 햇볕과 바람을 활용하여 있는 자리에서 최선을 다한다.

나무는 사람과 달리 자리는 바꿀 수 없지만 자세는 얼마든지 바꿀 수 있다고 생각한다. 씨앗이 떨어진 그 자리를 탓하지 않고 자세를 가다듬고 스스로를 다스릴 줄 아는 나무에게 우리는 무엇을 배워야 할까.

나무는 역易같이 살아간다

"사람들은 역경逆境을 이기기 위해 온갖 방법을 동원한다. 그중 하나가 역경易經의 원리를 실천하는 것이다. 역경의 원리는 이 세상이 '역易 같다'는 데 있다. 이 세상이 역 같기 때문에 역易같이 살아야만 한다. 세상 사람들이 살기 힘든 것 중 하나도 역 같은 세상을 역같이 살지 않기 때문이다. '역'은 카멜레온처럼 상황에 따라 자신의 몸 색깔을 바꾸는 글자다. '역'은 '나고 또 나는' '생생生生'을 의미한다. 나고 또 나는, 날마다 새로운 모습이 바로 역 같은 모습이다."강판권, 2015[36]

나무는 주어진 자리에서 거의 변하지 않고 한결같은 마음으로 살아가는 것처럼 보인다. 하지만 나무도 어제와 다른 모습으로 주어진 환경에 적응하기 위해 치열하게 살아가고 있다. 바람이 불면 바람이 부는 대로 몸을 흔들고 비가 오면 비를 맞아가며 뿌리로 물을 흡수한다. 봄이 되면 새싹을 틔우고 꽃을 피우며, 여름이면 무성한 녹음을 자랑하다, 가을이 되면 불타는 단풍으로 낙엽을 만들어간다. 겨울에는 모든 잎을 떨어뜨리고 최소한의 에너지로도 살아갈 수 있도록 자신의 몸을 변화시켜간다. 나무는 주어진 자리에 서서 이런 계절의 변화를 감지하고 환경에 대응하면서 살아간다.

한마디로 나무는 '역같이' 살아간다. 일이 잘 풀리지 않거나 내 맘에 들지 않아 심사가 뒤틀릴 때, 상식에 어긋난 상황이 닥쳤을 때 우리는 곧잘 '인생이 엿 같다.'는 말을 쓴다. '엿 같다'는 말은 '역 같다'는 말과 전혀 다르다. '역 같다'는 의미는 주어진 상황에 대한 불만의 소리가 아니라 변화무쌍한 세상의 모습을 지칭한다. 나무는 비록 자신이 처한 상황이 엿 같아도 역같이 살아간다.

《담론》[37]에서 신영복 교수는 《주역》에서는 변화를 '易而不易역이불역 不易而大易불역이대역'이라고 한다고 소개한다. 그리고 조선 정조 때의 실학자 정약용은 이것을 "변하면서도 변하지 않는다. 그러나 그 변하지 않는 것도 크게 보면 변한다."고 해석하고 있다고 전한다. 나무야말로 변하면서도 변하지 않는 것처럼 보인다. 하지만 변하지 않는 것처럼 보이는 나무도 오랜 시간을 두고 관찰해보면 부단히 변신을 거듭하며 치열하게 살아간다는 것을 알 수 있다.

나무에게 배우는 가장 소중한 교훈 중 하나는 바로 자리를 탓하지 않고 주어진 자리에서 자리이타自利利他의 삶을 평생 살아간다는 것이다. 있는 그 자리에서 오늘 하루를 성실하게 살아간다. 그 하루가 모여 한 주가 되고 한 달이 되며 한 해가 된다. 나무는 그렇게 살아가면서 사람으로 하여금 봄날의 아름다움을 꽃과 함께 즐길 수 있게 해주고, 무더운 여름날 그늘을 만들어 쉬게 해준다. 가을날 단풍은 불타는 열정을 온몸으로 느끼게 해주면서 사람들에게 자연의 경이로움을 잠시나마 깨닫게 해준다.

나무는 그 어떤 상황에서도 환경을 탓하지 않고 자신의 운명을 받아들인다. 남 탓을 절대로 하지 않는다. 비바람이 몰아치면 뿌리째 흔들리지만 꿋꿋하게 견뎌내며 가지와 줄기를 흔들어댄다. 눈보라 몰아치는 한겨울이면 세상의 모든 것이 얼어붙지만 나무는 얼지 않는다. 눈이 나뭇가지 위에 산더미처럼 쌓여도 가지는 부러질지언정 줄기는 부러지지 않는다. 나무는 환경이 열악하면 열악한 대로, 비바람이 몰아치면 몰아치는 대로, 눈보라가 휩쓸면 휩쓰는 대로 흔들리며 살아간다. 그러나 어떤 경우도 남을 나무라지 않고 묵묵히 자신의 하루하루를 충실히 살아간다.

정호승 시인은 '견딤이 쓰임을 결정'한다고 했다. 견딤의 크기가 쓰임의 크기를 결정하며, 견딤의 기간이 쓰임의 기간을 결정한다. 버티고 견디지만 좌절하지 않고 그 자리에서 온몸으로 승부수를 던진다. 나무는 가만히 서서 온도와 기후변화를 감지하고 민감하게 반응하지만 소리 내지 않는다. 침묵 속에서 자신을 관조하며 고요 속에서 세상의 소란함을 희석시키며, 고독 속에서 앞날을 생각한다. 그렇지만 나무는 절대 환경 탓을 하지 않고 모든 것을 자신의 탓으로 생각한다. 나무는 태어난 운명을 탓하지 않고 주어진 운명에 순응하면서도 매 순간 새롭게 태어나기 위해 고요하지만 치열한 전투를 벌이며 살아간다.

"복잡하지만 나무들이 살아가는 장소는 정해져 있다. 이를 생태적 지위라고 한다. 신갈나무는 계곡에서 자라지 않는다. 건조한 능선이 주요 터전이다. 물푸레나무, 버드나무, 물오리나무는 계곡에서나 볼 수 있는 수종들이다. (…) 나무들은 서로 중첩되는 것을 피해 각자 경쟁력이 있는 곳에서만 제한적으로 영역을 차지한다."차윤정, 2004[38]

나무는 주어진 자리를 자신이 살아가야 할 운명의 자리라고 생각한다. 그리고 그 자리에서 최선의 노력으로 최고의 삶을 지향하며 살아간다.

"자기의 철학이나 의지를 쉽게 버려서는 안 되겠지만 저는 나무같이 살면 된다고 생각해요. 나무란 자기의 자리를 선택하지 않아요. 저는 나무처럼 우리의 삶도 어느 지역, 어느 시공간에 던져졌다고 봅니다. 때문에 주어진 조건에서 최선을 다할 수밖에 없지 않나 하는 생각을 해요."[39]

자기 자리를 긍정하고 그 자리에서 최선을 다해 살아가는 과정에서 물리적 자리의 한계를 극복하고 초월할 수 있는 삶을 사는 것이다. 철학자 니체가 말하는 것처럼 나무는 운명을 거부하지도 않고 순응하지도 않는 운명애Amor Fati를 몸소 실천한다. 운명애는 자신의 운명을 사랑하는 삶이다. 나무는 주어진 운명을 거부하지도 순응하지도 않으면서 자신의 삶을 사랑하며 만들어간다. 자신을 사랑하지 않는 사람, 자신의 운명을 사랑하지 않는 사람은 다른 사람을 사랑할 수 없다. 우선 자신의 탄생과 존재를 사랑하는 사람이 자유롭게 자기다움을 찾아 자기로서 살아가는 사람이 된다. 3억 대 1의 경쟁률을 뚫고 태어난 나는 탄생 자체가 신비이며 경이다. 삶은 살지 말지를 결정하는 선택의 문제가 아니라 살아가지 않으면 사라질 수밖에 없는 운명이다. 그 운명을 사랑하는 만큼 내 삶도 사랑하게 된다. 삶의 목적은 자기다움을 찾아 자기로서 살아가는 데 있다. 자기 자신이 아닌 다른 사람의 인생을 살아가는 사람이야말로 가장 불행한 존재다.

4.
나무는
조급해하지
않는다

기회는 짧고 기다림은 길다

자연에는 속도와 효율이 들어설 자리가 없다. 모두 때가 되면 싹이 트고 잎이 나오며 꽃이 피고 열매를 맺는다. 봄을 기다려야 싹이 나오고 여름을 기다려야 녹음이 우거지고 가을을 기다려야 단풍을 구경할 수 있으며 겨울이 되어야 삭풍을 견디는 나목을 볼 수 있다. 인간이 인위적으로 자연의 속도를 조절하여 봄에서 여름으로 가는 기간을 단축할 수 없으며, 여름이 길다고 바로 가을로 가는 길을 개척할 수 없다. 그저 기다려야 한다.

하지만 현대인은 기다리지 않고 바로 기대했던 일을 보려 하는 조급증에 걸려 있다. 통계에 따르면 직장인은 3분마다 딴짓을 한다고 한다. 문자 메시지를 확인하고 이메일을 보고

SNS 메시지를 바로바로 확인하고 답장을 보낸다. 속성만이 판을 치고 숙성할 기다림의 시간이 없다. 묵은지를 기다렸다가 먹는 그윽함이 없어지고 겉절이로 만들어 빨리 먹어버리려는 듯 속도는 빨라지고 삶의 밀도와 강도는 약해지면서 행복한 순간에서 느끼는 깊은 충만감도 없다. 효율은 높아지고 있지만 무엇을 위한 효율인지 의문이 들며 진정 우리가 원하는 효과를 달성하고 있는지도 확신이 서지 않는다. 편지를 쓰면서 그리움의 형상을 떠올리고, 편지를 보낸 뒤 답장을 기다리는 동안 우리는 깊은 사랑의 애절함을 나누었다. 그런데 이제는 이메일이나 그것보다 더 빠른 SNS로 이런저런 메시지들을 보내고 즉석에서 답장을 보내지 않으면 화를 내는 세상이 되었다. 소통의 빈도와 속도는 높아지고 있지만 소통의 강도와 밀도는 약해지고 있다.

나무의 경쟁은 꽃이 만개하는 봄부터 시작된 게 아니다. 한 해 전부터 치밀하게 준비해야 진한 향을 지닌 아름다운 꽃을 봄에 피울 수 있다. 다른 나무보다 꽃을 앞서 피우려면 먼저 준비해야 한다.

"우리가 목련의 하얀 꽃을 볼 수 있는 것도 꽃이 진 후에 곧장 이듬해에 피울 봉오리를 만드는 목련의 꽃 농사 덕분이다. 가을에 만들어진 봉오리는 겨울 내내 햇살을 맞으면서 봄을 준비한다."_{강판권, 2015}[40]

강판권의 이 말처럼 준비에 실패하면 실패를 준비하는 것이나 다름없다는 진리를 나무는 잘 알고 있다. 사람도 기업도 마찬가지다. 가장 잘나갈 때 다음을 기약하는 준비를 서둘러 하지 않으면 순식간에 추락할 수 있다는 걸 기억하자.

자연은 치열한 생존경쟁을 뚫고 살아남은 생명체들의 축제의 장이다. 자연에는 원래 그런 것이 없고, 당연히 거기에 존재하는 생명체도 없다. 모두 거기에 존재하는 이유가 있다. 가장 먼저 봄소식을 알리는 꽃은 개나리와 진달래다. 개나리와 진달래는 추운 겨울을 나면서 모든 준비 태세를 갖추고 있다가 봄이 오면 가장 먼저 꽃망울을 터트린다. 겨울눈의 보이지 않는 노력이 눈에 보이는 결과를 만들어낸 덕분이다. 즉, 눈에 보이는 결과는 눈에 보이지 않는 가운데 조용히 준비한 결과가 어느 날 갑자기 나타난 모습이다. 경쟁은 꽃이 만개하는 봄부터 시작된 게 아니다. 봄에 준비하는 꽃은 봄에 꽃을 피우지 못한다. 봄 이전의 봄부터 겨울까지 치밀한 준비를 해야 진한 향기를 지닌 아름다운 꽃을 봄에 피울 수 있다. 경쟁에서 이기려면 남보다 먼저 준비를 시작해야 한다.

가장 먼저 피는 꽃은 추운 겨울이라는 시련과 역경이 오기 전에 모든 준비를 마치고 꽃눈을 준비한 나무에서 나온다. 나무는 긴 기다림 속에서 언제 올지 모르는 짧은 기회를 위해 준비한다. 기다림은 길어도 기회는 재빨리 지나간다. 기회는 긴 기다림 속에서 인고의 시절을 보낸 덕에 누릴 수 있는 선물이다. 짧은 봄을 준비하기 위해서는 긴 겨울의 준비 기간이 필요하다. 긴 겨울을 겨울잠으로 허비하고서는 용솟음치는 새봄의 기운을 기대하지 말아야 한다. 겨울은 그저 움츠리고 아무것도 하지 않는 시간이 아니라 폭풍전야의 전운이 감도는 치열한 준비 기간이다. 가을은 짧고 여름은 길다. 짧은 가을에 풍성한 수확을 거둬들이기 위해서는 긴 여름 동안 활화산 같은 열정을 불태워야 한다. 봄은 오행으로 보면 '목木'에 해당한다. 나무가 새싹을 틔우는 시기라는 뜻이다. 여름은 오행의 '화火'에 해당한다. 불같은 열정으로 신록을 우거지게 하고, 작열하는 태양과 더불어 천둥과 번개 속에서 두려움과 공포를 온몸으로 견뎌내야 하는 시기다. 여름을 열정적으로 보내지 않고서는 가을에 풍성한 수확을 기대할 수 없다.

보통 준비 기간은 길지만 승리의 환호와 잔치는 짧게 끝난다. 준비 기간을 짧게 하고 승리의 축배 시간을 길게 잡으면, 다음 승리는 바로 물 건너간다. 바닥에서 오랫동안 몸부림친 사람은 기회가 오면 절대로 놓치지 않는다. 설혹 기회를 놓쳤다 할지라도 준비 시간 동안 자신이 성실하지 못했던 것을 탓하며 자신에게 채찍을 가한다. 칼을 쓰는 시간보다 칼을 가는 시간이 길어야 한다. 그래야 단칼에 승부수를 던질 수 있다. 대패질하는 시간보다 대팻날을 가는 시간이 길어야 한다. 그래야 나뭇결을 따라 아름다운 대패질을 할 수 있다. 기다리는 동안 절치부심하면서 얼마나 몸부림의 시간을 보냈는지에 따라 기다림 끝에 맛볼 수 있는 승리의 맛이 결정된다.

기다림은 소리 없는 몸부림이다

대나무는 어둠의 고독을 벗 삼아 땅속에서 5년을 기다리며 땅 위에서의 삶을 상상한다. 그냥 기다리지는 않는다. 땅 위에서 살아갈 날을 상상하며 소리 없는 몸부림을 치는 것이다. 모든 생명체의 씨앗은 씨앗 이후에 펼쳐질 꿈을 품고 몸부림 치는 치열한 시간을 보내다 때가 되면 생명 활동을 시작한다. 기다림은 그래서 나를 다스리는 일이며 앞으로 펼쳐질 삶에 대한 그리움으로 견뎌내는 과정이다.

나무의 결실結實은 기다림의 산물이다. 결실은 그냥 기다리면 자연스럽게 나오는 '산물'이 아니라 치열하게 살아간 자에게만 주는 '선물'이다. 나무가 보여주는 모든 현상은 살아가면서 그때그때 보여주는 치열한 삶의 흔적이다. 새봄에 돋아나는 새싹은 엄동설한을 견디고 봄을 기다리며 만들어낸 선물이고, 한여름 보여주는 녹음방초綠陰芳草는 작열하는 여름을 기다리며 햇볕과 함께 만들어낸 합작품이다. 만산홍엽滿山紅葉의 가을 단풍은 긴 여름을 지나면서 가을을 준비해온 나무가 보여주는 사투의 흔적이다. 진동선 사진작가는 이렇게 말했다.

"모든 몸부림은 추락하지 않으려는 의지다. 지금보다 나빠지지 않으려는 처절함이다."

식물의 씨앗은 철저한 기다림 끝에 싹을 틔워내는 생명체의 보고다. 2009년 경남 함안 성산산성 발굴 작업 때 발견된

고려 시대의 연꽃 씨앗 세 개는 심은 뒤 나흘 만에 싹을 틔워서 이듬해 모두 꽃을 피우는 놀라운 기적을 일으켰다. 무려 땅속에서 700년을 기다려온 셈이다. 씨앗은 외부 조건이 녹록지 않다고 판단되면 절대로 섣부르게 행동하지 않는다. 보이지 않는 가운데서 보이지 않는 몸부림을 치며 자연이 부를 때까지 기다린다. 몸부림치지 않고서는 위대함은 탄생하지 않는다. 몸부림은 위대함을 낳는 어머니다. 결실의 위대함이 나무가 주어진 자리에서 몸부림치는 기다림 끝에 만들어낸 인고의 선물이기 때문이다.

나무木가 수풀林이 되려면 기다려야 한다. 수풀이 삼림森林으로 발전하려면 더 오래 기다려야 한다. 거목도 묘목에서 시작했다. 묘목을 얻으려면 씨앗을 심어놓고 정성스럽게 가꾸어서 최소 1년을 기다려야 한다. 묘목이 제대로 된 나무가 되려면 또 몇 년을 기다려야 한다. 나무가 할 수 있는 일은 그 자리에 뿌리를 내리고 치열하게 준비하는 것뿐이다. 나무가 바람을 만들 수 없고 물을 창조할 수 없다. 빛나는 태양빛을 만들어낼 수도 없다. 나무는 주어진 환경이 만들어주는 물과 빛과 바람, 그리고 흙에서 자신의 씨앗에 새겨진 그림대로 철저하게 준비하고 기다린다.

노자의 무위자연無爲自然 철학은 자연의 속도를 따라가면서 기다림의 삶을 살아가라는 메시지다. 때에 따라 계절이 물러가고 찾아오듯 자기의 할 일을 천천히 하면서 자연의 속도에 따라 살아가라는 메시지다.이상훈, 2003[41] 나무를 비롯해 모든 생명체는 자연의 흐름에 따라 절기에 맞춰 꽃을 피우고 결실을 맺는다. 나무가 노력한다고 계절을 앞당겨 끌어올 수 없고 자연의 혜택을 조절해서 많고 적음이나 강약을 조절할 수 없다. 오로지 나무는 기다리는 수밖에 없다.

桐千年老恒藏曲동천년노항장곡
(오동은 천년을 늙어도 늘 노래를 간직하고,)
梅一生寒不賣香매일생한불매향
(매화는 한평생 추워도 향기를 아니 판다.)
月到千虧餘本質월도천휴여본질
(달은 천 번 이지러져도 근본 바탕은 남아 있고,)
柳經百別又新枝유경백별우신지
(버들은 백 번 헤어짐을 겪어도 다시 새 가지가 돋아난다.)

조선 중기의 문인 상촌象村 신흠申欽의 〈야언野言〉이라는 시다. 오동나무는 천 년을 기다리면서도 자신의 본질을 잃지 않는 자존심을 지켰고, 매화는 추위 속에서도 자신의 정체성을 지키며 영겁의 세월을 견뎌왔다. 수없이 변화를 거듭하고 모양이 바뀌어도 달은 근본을 바탕으로 삼아 변치 않고 살아왔다. 버드나무가 수백 번 가지가 꺾이고 헤어짐을 당해도 기다릴 수 있었던 것은 새봄에 다시 새 가지를 뻗을 수 있다는 희망이 있기 때문이었다.

모든 나무가 이렇게 주어진 자리에서 몸부림치며 살아가는 것은 그 자체가 '처절함'이자 '치열함'이다. '몸부림' 치는 고뇌와 노력의 강도가 '몸부림' 끝에 마주친 기쁨의 강도를 결정한다. 치열하고 처절하지 않으면 몸부림이 아니다. 처절해야 가능성의 문이 열린다. 처절한 몸부림은 불가능에 도전하는 치열함이며, 한계를 넘어서려는 지독한 열정이다. 몸부림은 '사무침'이며 '기다림'이자 '그리움'이다. 사무치는 그리움을 가진 사람이라야 몸부림치는 고통을 감내할 수 있다. 애간장을 태우는 사무침이 몸부림치게 한다. 얼마나 사무치면 몸부림의 고통을 감내하면서까지 그리움을 향해 몸을 던질까. 오랜 몸부림과 기다림 끝에 짧은 기회가 다가온다. 몸부림은 결국 나다움을 그리워하며 절치부심하고 호시탐탐 기회를 노려 목적지에 도달하려는 치열한 암중모색이다. 나무는 오늘도 불확실성 속에서 치열한 몸부림으로 때를 기다릴 뿐이다.

5.
나무는
위기를 기회로
생각한다

모험은 가장 안전한 보험이다

〈EBS 다큐프라임-녹색동물〉에서 씨앗이 종족 번식을 위해 위험을 무릅쓰고 도전과 모험을 감행하는 모습을 포착하여 소개했다. 바닷가 근처에 서식하는 이 식물은 꽃이 지면 바다로 가기 위해 바람을 기다린다. 스님의 염주 재료로 쓰이기도 하는 모감주나무Koelreuteria paniculata의 씨앗은 풍선처럼 부푼 씨방에 담겨 바람의 도움을 받아 항해를 시작한다. 씨방은 바람을 타고 날아가는 바람개비이자 바다를 건너가는 돛단배 역할을 한다. 하지만 모감주나무 씨앗이 바다를 건너 육지에 도달할 확률은 편서풍을 활용할 수 있느냐의 여부와 5개월 이내에 3,500km를 이동할 수 있느냐에 달려 있다. 중국으로부터 바다를 타고 건너온 모감주나무 씨앗은 전라남도 완도 근처에 군락을 형성하며 종족 번식에 성공했다. 이처럼 나무의 씨앗은 종족 번식이라는 목적을 달성하기 위해 상상할 수조차 없는 도전과 모험을 감행한다.

"모험이 부족한 사람은 좋은 어른이 될 수 없다."

일본철도JR의 광고 카피 중 하나다. 씨앗은 자신의 종족을 보존하기 위해 엄청난 위험을 무릅쓰고 모험을 감행한다. 그것이 자신의 후세를 위한 가장 안전한 '보험'임을 아는 것이다. 모험을 감행하지 않고는 종족 번식은 물론 후세들의 안전을 보장할 수 없다는 사실을 씨앗은 오래전에 깨달은 것이다. 때를 기다렸다가 때가 되면 주저 없이 몸을 던져 모험을 시작하는 씨앗이 있었기에 오늘날 우리가 나무로부터 오는 많은 혜택을 누리고 사는 것이 아닐까.

"동물 세계에서 힘이 약한 놈은 빠르고, 느린 놈은 맹독이 있고, 이도 저도 없는 놈은 번식력이 좋듯, 식물 세계에서도 화려한 꽃을 피우는 것은 향기가 덜하고 꽃이 부실하면 진한 향으로 곤충을 유혹한다." _{고주환, 2011}[42]

예를 들면 향신료의 아버지 산초나무는 8월 늦게 꽃 같지도 않은 꽃을 피우자마자 초록의 열매로 바뀌지만 그 향이 진동해서 노린재를 비롯하여 베짱이, 귀뚜라미, 여치, 자벌레, 사마귀까지 불러들여 온갖 곤충들의 생존 다큐를 연출한다. 화려하지 않아서 남들의 눈에 띄지 않지만 향기로 후각을 자극하여 자신의 존재를 알리는 산초나무의 위기 극복 전략에서도 생존 방식과 원리에 관한 소중한 깨달음을 얻을 수 있다. 어쩌면 비교적 늦게 꽃을 피우는 산초나무는 다른 나무와 같이 꽃을 피우면 살아남기 어렵다는 선견력 있는 판단을 했을지도 모른다.

지금 여기서 살아가는 모든 동식물은 저마다의 삶의 방식으로 살아오면서 생존의 지혜를 터득한다. 예를 들면 산딸나무 꽃은 워낙 작고 보잘것없어서 수십 개가 모여도 지름이 1cm가 안 된다고 한다. 곤충들의 눈을 유혹하기 위해 산딸나무가 선택한 전략은 꽃차례 아래 달려 있는 네 장의 포苞를 꽃잎처럼 희게 만들어 잘 보이도록 하는 것이다.이유미, 2004[43] 두릅나무는 새순을 보호하기 위해 가시로 무장한다. 사람들이 봄나물로 먹으려고 두릅나무를 잘라갈수록 가시를 더 많이 만들어낸다. 두릅나무가 자신을 위기로부터 구해내기 위해 움직이지도 못하는 가운데 얼마나 치열하게 살아가는지를 안다면 감동하지 않을 수 없다.

남의 위기는 나의 기회가 된다

비가 많이 오면 대부분의 식물들은 물을 빨아올려 성장 에너지를 축적하는 좋은 기회로 삼는다. 하지만 너무 많은 비가 오면 자신이 뿌리내린 땅이 비에 쓸려나갈 수도 있어서 위기가 되기도 한다. 수선화과의 여러해살이풀인 석산은 비가 많이 와서 자신을 지탱하고 있는 구근이 땅 위로 드러나면 땅밑에 뻗은 뿌리를 더 촘촘하게 뻗어서 흙을 뭉친다. 자신이 살아가는 땅이 무너지면 생존할 터전이 사라진다는 사실을 감지한 것이다. 생명을 지키기 위해 취하는 식물들의 생존 전략은 오랫동안 몸으로 체득한 지혜가 아닐 수 없다.

나무는 동물과 다르게 한곳에 뿌리를 내리면 이동할 수 없다. 그러나 있는 자리에서 숱하게 찾아오는 환경적 위기를 자신이 성장할 수 있는 기회로 만드는 대단한 전략가가 아닐 수 없다. 나무는 새봄에 싹을 틔우기 위해 겨울눈冬芽을 만든다. 그런데 겨울에 눈雪이 오면 눈芽이 얼어붙을 수도 있다. 겨울눈은 눈이 가져오는 위기를 어떻게 기회로 만들까.

"눈이 일단 쌓이면 겨울눈 속은 오히려 바깥공기보다 따뜻하다. 눈 속에서 겨울눈은 겨울바람을 피하고 건조를 피할 수 있다. (…) 눈을 피하는 가장 일반적인 방법은 숨기는 것이다. 나무들은 겨울이면 쏟아지는 눈을 기억해내었으며, 눈의 높이까지 기억해내었다. 눈雪이 쌓이는 높이에 눈芽의 높이를 맞춘다면 식탐가들을 눈目속임할 수 있다."차윤정, 2004[44]

참으로 놀라운 생존 전략이 아닐 수 없다. 눈 속에 파묻혀 있지만 그 눈을 보호막으로 삼아 새봄의 희망을 싹틔운다. 심지어 눈의 높이까지 기억해내는 이 생명체의 생명 의지는 기적에 가까운 경이驚異가 아닐 수 없다.

대부분의 식물들에게 산불은 죽음을 부르는 재앙이나 다름없다. 과연 '불'은 모든 것을 죽이는 '재앙'일까? 스스로 산불을 일으켜 살아남는 침엽수도 있다.

"침엽수는 위기를 기회로 역이용하는 기막힌 생존 전략을 갖고 있습니다. 침엽수림의 산불 유형을 관화형冠火型이라고 합니다. 나무의 윗부분을 태우며 급속히 번지는 모양이라 붙인 이름입니다. 키가 큰 침엽수는 아래로 갈수록 가지와 잎이 적습니다. 반면 윗부분은 무성합니다. 기발한 생존 계책은 여기에 숨어 있습니다."박중환, 2014[45]

놀랍게도 산불을 기다리는 나무가 있다. 지구상 가장 거대한 생물, 자이언트 세쿼이어Sequoiadendron giganteum는 불에 탄 흔적이 많다. 이 나무는 3천 년 가까이 살면서 수십 차례의 큰불을 겪었다. 껍질 두께만 1미터에 달하는데, 그 두꺼운 껍질 속에 물이 보관되어 있기 때문에 7일간 계속되는 불길도 견딜 수 있다. 이렇게 끝까지 불을 견디고 살아남는 이유는 그들의 후손, '씨앗'을 퍼뜨리기 위해서다. 이 나무의 솔방울은 200℃ 이상의 고온에서 씨앗을 내놓는다. 불로 인해 타고 남은 재는 새싹을 틔우는 데 최적의 영양분을 공급한다. 모든 생물들이 타 죽는 위기의 시간이 그들에게는 최고의 기회가 되는 셈이다. 이처럼 쉬오크나 뱅크스 소나무 같은 식물들도 200℃ 이상의 고온에서만 씨앗이 담겨 있는 솔방울을 연다고 한다. 불이 나면 고온을 이용해서 솔방울을 열고 그 속에 담긴 씨앗을 퍼뜨리는 기회로 삼는 것이다. 놀랍게도 불이 나면 평소 때와는 다르게 씨앗을 더 멀리 퍼뜨릴 수 있는 상승기류가 생긴다는 것도 식물들은 잘 알고 있다. 기회가 왔을 때 보다 멀리 날아가기 위해서 씨앗에 날개를 달아두는 생존 전략이다. 불이나기만 기다렸다가 그 열기로 솔방울을 열고 상승기류를 이용해 씨앗을 멀리 날려 보내는 치밀한 전략을 온몸으로 배운 것이다. 숲에 불이 나면 경쟁자가 죽어 거름이 될 때를 틈타 그동안 기회조차 잡지 못했던 새싹들이 일제히 싹을 틔우는 경우도 있다.손승우, 2017[46]

　　기회는 위기에 맞서 싸운 자만이 누릴 수 있는 축복의 순간이다. 모든 생명체는 저마다 삶의 위기를 숱하게 맞이하지만 그 속에서 위대한 생명 탄생을 반복하며 부단한 변신을 거듭하고 있다. 아름다움은 위험함이 낳은 자식이다. 세상에서 가장 아름다운 것은 가장 위험한 곳에서 위기를 극복하고 보여주는 고수의 자태다. 나무의 위기는 움직일 수 있는 동물이나 사람의 위기와는 다르다. 나무는 위기가 다가와도 몸을 숨길 수 없다. 정면으로 맞서야 한다. 폭설이 내리면 가지로 힘겹게 사투를 벌이다 눈의 무게를 이기지 못하고 부러지기도 한다. 가지가 부러진 그 자리에 상처가 생기고 눈물이 흐른다. 야생동물들이 한겨울에 먹이를 찾지 못하다 나무껍질을 먹기 위해 멀쩡하게 서 있는 나무 허리나 밑동을 들이받고 이빨로 갉아먹기도 한다. 꼼짝도 못하고 서 있는 나무는 속수무

책으로 당하고 만다. 어느 때는 추운 겨울 수피樹皮까지 벗겨
지면서 혹한의 추위를 견뎌내야 하는 이중고를 겪는다.

그렇게 물고 뜯기고 할퀸 자국에 영광의 상처가 맺힌다.
상처 위에 핀 꽃은 아름답다. 그 위에 더 두껍고 딱딱한 보호
막을 만들어 강한 야생동물의 공격이나 갑작스러운 환경의
위협에 대처하는 준비를 한다. 아플수록 더욱 안으로 새기며
자신을 보호하는 방어막을 만들어 살아가는 나무, 상처뿐인
영광의 월계관을 쓰고 겨울 숲을 지키는 나무를 보면 절로 숙
연해진다. 기회는 기다린다고 오지 않는다. 기회를 얻어내기
위해서는 평소와는 다른 결연한 자세와 절치부심, 우여곡절
과 파란만장한 삶이 필요하다. 바람을 타고 날아가기 위해서
는 바람과 맞서야 한다.

정상으로 올라갈수록 나무를 포함해 모든 식물은 자세를
낮춘다. 언제 불어닥칠지 모르는 바람에 대비하여 언제나 자
세를 낮추고 뿌리를 깊게 내린다. 위로 성장하고 싶은 본능적
욕구를 아래로 돌려 뿌리를 내린다. 그래야 시도 때도 없이
찾아오는 위기를 극복할 수 있기 때문이다. 사람도 마찬가지
다. 정상에 가까이 다가갈수록 자세를 낮추고 겸손해야 한다.
낮춤이 높임이다. 그래야 더 높은 정상에 오를 수 있다. 정상
에 가까워질수록 장애물은 많고 위기도 잦고 상황도 설상가
상이다. 세월의 트렌드를 따라갈 것이 아니라 트렌드의 본질
을 꿰뚫는 역발상이 필요하다.

"급류를 헤엄치는 물고기를 보라. 강풍에 몸을 맡기고 활공하는 까마귀를 보라. 급류를 따라 흘러가는 물고기는 오직 죽은 물고기뿐이고, 강풍에 날려가는 새는 오직 죽은 새뿐이다." 강신주, 2012[47]

살아 있음은 흐름을 타고 떠내려가는 것이 아니라 바람을 거슬러 올라가는 것이다. 흐름을 타기는 쉽지만 거슬러 올라가기는 쉽지 않다. 연어도 모천회귀 본능을 따라 흐르는 강물을 거슬러 오르지 않는가. 거슬러 올라가지 않고서는 삶이 더 이상 보장되지 않으며 제2의 생명 탄생도 기대하기 어렵다.

"원천源泉에 가 닿기 위해서는 흐름을 거슬러 올라가야만 한다. 흐름을 타고 내려가는 것은 쓰레기뿐이다."

폴란드 시인 즈비그니에프 헤르베르트Zbigniew Herbert의 말이다. 살아 있음의 증거는 흐름을 타고 내려가는 데 있지 않고 흐름을 거슬러 올라가는 데 있다. 나무가 추울수록 옷을 벗는 이유도 추위를 버틸 수 있는 에너지를 최소화하기 위해서다. 모든 것을 자연으로 되돌리고 오로지 황량한 줄기와 마른 가지만으로 버티는 것이다.

6.
나무는
흔들리며
자란다

거목은 흔들리지만 고목은 흔들리지 않는다

"죽은 나무는 바람에 흔들리지 않습니다. 그저 부러질 뿐입니다. 살아 있는 나무만이 바람에 흔들립니다. 역설적으로 들리겠지만 나무가 바람에 흔들리는 것은 결코 바람 앞에 맥없이 무릎 꿇는 것이 아닙니다. 그것은 오히려 더 오래 생존하고 더 오래 존재하기 위한 생명력 넘치는 나무의 고투요 몸부림입니다. 흔들릴지언정 부러지지 않고 살아남는 것, 이것 역시 온전한 생존을 위해 고투하는 본능이며 그 나름대로 '완벽에의 충동'에 충실한 것입니다."정진홍, 2006[48]

나무가 성장하는 원동력은 흔들리기 때문이다. 오직 살아 있는 나무, 살아가려고 안간힘을 쓰는 나무만이 흔들린다. 흔들리는 나무라야 쓰러지지 않으려고 더 깊은 뿌리를 내린다.

깊은 뿌리는 결국 많이 흔들려본 경험 덕분이다. 만약 나무가 태어나서 죽을 때까지 한 번도 흔들려보지 않았다면 안이하게 뿌리를 내리고 지내다 예기치 못한 비바람이나 태풍을 만났을 때 버티지 못할 수도 있다. 다행히 나무는 자라면서 숱한 바람을 맞으며 수없이 흔들려본 덕에 뿌리를 깊이 내리고 나름의 대응 전략을 구사하면서 살아가는 방법을 터득하게 된다. 씨앗에서 싹이 나와 묘목이 되었을 때도 숱한 바람이 불어와 쥐고 흔들었을 것이다. 그런 바람이라는 장애물을 이겨내고 더 세찬 바람도 견뎌낼 수 있는 뿌리를 내린 덕분에 거목이 된 것이다. 하지만 거목도 생을 마감하면서 고목으로 바뀌면 더 이상 흔들리지 않는다. 그냥 어느 순간 부러지거나 쓰러질 뿐이다.

신영복 교수에 따르면, 봄바람은 '꽃샘바람'이라고 하지 않고 '꽃세움바람'이라고 불러야 맞다.[49] 봄바람을 '꽃샘바람'이라고 부르는 것은 잘못되었다는 것이다. 왜냐하면 봄바람은 가지를 흔들어 뿌리를 깨우는 바람이기 때문이다. 봄바람은 겨우내 움츠렸던 기지개를 펴면서 겨울잠을 자고 있는 나무나 꽃들의 뿌리를 깨워 물을 길어 올리게 하는 '꽃세움바람'이다. 그래서 봄바람은 꽃을 시샘하는 '꽃샘바람'이 아니라 꽃을 올곧게 세우기 위한 '꽃세움바람'이라는 신영복 교수의 통찰이 의미심장하게 다가온다. 꽃도 바람에 많이 흔들려봐야 더 곧게 세울 수 있는 힘이 생긴다. 도종환 시인의 〈흔들리며 피는 꽃〉을 봐도 알 수 있다.

"흔들리지 않고 피는 꽃이 어디 있으랴. 이 세상 그 어떤 아름다운 꽃들도 다 흔들리면서 피었나니. 흔들리면서 줄기를 곧게 세웠나니. 흔들리지 않고 가는 사랑이 어디 있으랴."

흔들림은 모든 생명체가 살아가면서 겪는 몸부림이자 안간힘이다. 흔들리지 않고 살아왔다는 이야기는 그만큼 치열한 삶을 살아오지 않았다는 방증인 셈이다.

"진저리의 폭幅만큼 세계는 넓고 깊어진다."[50]

《한겨레신문》에 연재된 정희진 작가의 말이다. 진저리는 어떤 자극에 대한 강한 거부나 몹시 싫어하는 본능적인 반응을 의미하는 말로 부정적인 뉘앙스를 지니고 있다. 한편 진저리는 진한 감동으로 다가오는 쾌감이나 전율을 의미하는 말로 긍정적인 뜻도 지니고 있다. 내 삶의 역사는 결국 내가 살아오면서 얼마나 진저리를 쳤는지로 요약된다.

흔들려봐야 뒤흔들 수 있다

살다 보면 참으로 많은 바람이 분다. 한겨울에 몰아치는 삭풍朔風과 북풍北風이 있고 한여름에 무서운 기세로 다가오는 비바람도 있다. 아무리 세찬 바람이 불어와도 줄기와 가지가 휘어지고 때로는 꺾일지언정 뿌리로 버티는 나무나 들풀처럼 우리도 혼탁한 바람에 짓눌리지 않고 중심을 잡아야 삶이 무너지지 않는다. 중심은 흔들리면서 잡힌다. 흔들려보지 않은 사람은 삶의 중심이 무엇인지 알 수 없다. 중심이라고 잡아서 안심하고 있는 찰나 생각지도 못한 바람이 불어와 뿌리째 흔들려봐야 진짜 내 삶의 중심을 알 수 있다. 중심은 흔들리면서 서서히 잡히는 내 삶의 핵심이다. 바람이 심하게 불수록 흔들어 깨워야 할 우리의 뿌리가 무엇인지를 반성하고 점검해보는 것이다.

많이 흔들려본 사람만이 세상을 남다르게 뒤흔들 수 있다. 흔들린다는 것은 내 삶의 중심을 흔들어본다는 것이다. 나무의 중심은 뿌리다. 흔들어서 뿌리가 잘 버티고 있는지를 점검해보는 것이다. 그렇지 않으면 나무의 중심이 얼마나 튼튼하게 자리 잡고 있는지 알 길이 없다. 따라서 흔들리는 일은 나무를 더 강하게 성장시키는 원동력인 셈이다. 사람도 마찬가지다. 다양한 상황에서 여러 가지 일로 흔들려본 사람일수록 어지간한 흔들림은 이겨낸다. 흔들려보지 않고서는 자신의 중심을 똑바로 세울 수 없을 뿐만 아니라 삶의 진한 체험적 깨달음으로 다른 사람을 뒤흔들 수도 없다. 숱한 개념에 나의 체험적 신념이 추가되지 않으면 관념의 파편으로 전락해 호소력을 잃게 된다.

풍경은 바람이 불지 않으면 소리 내지 않는다. 바람이 불어야만 비로소 그윽한 소리를 낸다. 인생도 무사평온하다면 즐거움이 뭔지 알지 못한다. 힘든 일이 있기에 즐거움을 알게 된다. 이는 《채근담》에 나오는 말이다. 시냇물도 돌부리가 있어야 노래를 부른다. 걸리는 돌이 있어야 부딪히면서 소리가 나는 것이다. 바람이 불지 않는 인생은 가슴이 뛰지 않는 삶이다. 어제와 다른 불확실한 바람이 불어야 어제와 다른 방법으로 내일을 준비한다. 내일 어떤 바람이 불어올지를 기다리지 말고 바람이 불어오는 쪽으로 정면 도전해야 한다. 미국의 작가이자 강사였던 데일 카네기Dale Carnegie도 말하지 않았던가. 바람이 불지 않을 때 바람개비를 돌리는 방법은 앞으로 달려가는 것이라고.

영화 〈최종병기 활〉에 "바람은 계산하는 것이 아니라 극복하는 것이다."라는 말이 나온다. 불어오는 바람의 강도나 방향을 너무 오랫동안 고민하며 계산하려다 오히려 바람에 밀려 사라질 수 있다. 다양한 각도에서 불어오는 바람에 맞부딪혀 보는 경험이 많을수록 바람에 맞서 싸울 수 있는 내공이 깊어지는 법이다. 머리로 계산해서 바람을 이해하는 게 아니라 몸으로 바람을 맞이해본 경험이 있어야 바람을 느낄 수 있다. 불어오는 바람의 존재는 확실하지만 그 바람의 실체와 본질에 대해서 사전에 알 길은 없다. 즉, 바람이 불어온다는 것은 사실이지만 그 바람의 성격이나 방향은 몸으로 부딪혀보지 않고서는 확실히 알 길이 없다.

이런 점에서 "타자는 존재론적으로 확실하고 인식론적으로 모호하다."신형철, 2008[51]는 말이 의미심장하게 다가온다. 바람이 분다는 사실, 그리고 그 바람으로 내가 흔들린다는 것 또한 사실이다. 하지만 바람으로 인해 흔들리는 내가 무엇을 느끼는지는 알 수 없다. 오직 바람에 흔들리는 나무만이 알고 있을 뿐이다. 내가 알 수 있는 사실은 바람으로 인해 나무가 흔들리고 있다는 것뿐이다. 그 흔들림으로 나무가 어떤 생각을 하면서 무슨 대응 논리를 구상하고 있는지는 알 길이 없다. 사람도 마찬가지다. 누군가 아프다고 하면, 그의 고통은 존재론적으로 확실하다. 하지만 그 고통의 의미를 나는 잘 알지 못한다. 확실한 고통의 존재를 인식론적으로 불완전하게 알 뿐이다. 김훈의 단편소설 〈화장〉에 이런 말이 있다.

"나는 아내의 고통을 알 수 없었다. 나는 다만 아내의 고통을 바라보는 나 자신의 고통만을 확인할 수 있었다."김훈, 2006[52]

우리는 나무가 얼마나 많은 세월 동안 힘들게 흔들리며 살아왔는지 알 수 없다. 한 가지 분명한 사실은 모든 나무는 흔들리면서 성장한다는 점이다. 흔들리지 않는 나무는 죽은 나무밖에 없다. 그래서 흔들림은 살아 있음의 증거다. 사람도 살아가면서 흔들려본 경험이 있을 것이며, 그때마다 저마다의 사연과 배경이 있었을 것이다. 돌이켜 보면 심하게 흔들렸을 때일수록 더 심하게 안간힘을 쓰면서 삶의 중심을 잡아보려 애썼던 것 같다.

나의 의지는 의지할 데가 없다는 생각이 들 때 더욱 빛나기 시작한다. 흔들려도 누구에게 의지하지 않는 나무처럼 결국 나의 의지로 흔들리는 난국을 극복해야 한다. 위대한 성취는 위로 속에서 탄생하지 않는다. 남다른 성취는 사무치게 외로운 고독 속에서 혼자만의 시간을 창조적으로 승화시킨 사람에게 주는 선물이다.

"의지依支의 강도가 약할수록 의지意志의 강도는 강해진다."
유영만, 2014[53]

의지依支하는 사람은 의존적인 사람이고 의지意志를 불태우는 사람은 독립적인 사람이다. 나무야말로 세상에 의지依支하지 않고 독립적인 삶을 살아가는 의지意志가 강한 생명체다. 반대로 인간은 지구상에서 다른 생명체에게 가장 많이 의지하면서 살아가는 의존적인 생명체다. 사람은 어린 시절에 누군가에게 의지하다 점차 어른이 되면서 자신의 의지意志로 독립적인 삶을 살아간다. 의지가 생기려면 우선 내가 의존하고 있는 사람으로부터 독립적으로 살기 시작해야 한다. 의지하지 않고 자기 힘으로 살아가는 나무의 의지를 생각하면서 미래를 지향하는 나의 의지를 점검해볼 필요가 있다.

7.
나무는
나목裸木으로
존재를 증명한다

나력裸力은 나의 본질을 드러내는 매력이다

나무의 진면목은 나목裸木일 때 드러난다. 한겨울임에도 불구하고 실오라기 하나 걸치지 않고 혹한의 추위를 견디는 맨몸의 나무를 나목이라고 한다. 나목은 의지할 곳이 없다. 감쌀 것도 없다. 오로지 맨몸으로 겨울을 나야 한다. 불타는 단풍으로 온몸을 화려하게 위장한 가을 나무는 겨울을 나기 위해 자신의 몸을 불태웠던 모든 단풍잎을 떨어뜨리고 나목으로 혹한의 겨울을 견뎌낸다.

"누구의 도움도 없이 맨몸으로 겨울을 이겨내는 나목의 적나라赤裸裸한 힘, 이것이 바로 나력裸力: naked strength이다."유영만, 2012[54]

나무는 절망적인 상황에서도 꿈을 잃지 않고 희망의 싹을 틔워낸다. 도저히 인간의 상식으로는 이해할 수 없는 악조건에서도 결코 좌절하지 않고 자신의 위치에서 최선의 노력을 다한다. 나무의 생명력 앞에 경건해지지 않을 수 없으며 그 생명력을 감탄의 대상으로 삼지 않을 수 없다. 논리적으로는 설명이 불가능한 일을 나무라는 생명체는 해내는 걸 보면 삶에 대한 나무의 의지는 인간의 의지를 능가한다고 본다.

"'나무란 무엇인가?'라는 물음에 대한 화두는 한마디로 '치열한 삶'이다. 나무가 생명을 유지하는 방법은 치열한 삶 그 이상도 이하도 아니다. 그러나 나무의 치열한 삶을 한 번도 고민해보지 않는 사람들은 숲의 진정한 아름다움을 알 수 없다."강판권, 2015[55]

나무의 치열한 삶은 겨울에 드러난다. 혹한의 추위와 눈보라가 몰아치는 들판에 서 있는 나목을 본 적이 있는가? 가까이서 나목을 바라보면 경건한 마음까지 든다. 의지할 데 없는 들판에서, 그것도 맨몸으로 살을 에는 추위를 견뎌가며 홀로 서 있는 나무의 마음을 알 길이 없다. 다만 한겨울 들판에 서 있는 나무의 모습은 적당히 타협하며 살아가는 우리를 반성케 하고 삶에 대한 치열한 의지를 북돋는다.

"벗은 것은 아름답다. 그것은 감춤이 없기 때문이다. 드러내기 때문이다."유영초, 2005[56]

그동안 녹음과 단풍에 숨겨지고 꽃과 열매에 가려져 진면목을 볼 수 없었던 나무는 다 벗고 자기 몸을 적나라하게 드러냄으로써 비로소 본질에 다가설 수 있는 절호의 기회를 얻었다. 사람도 화초형 인재와 잡초형 인재로 나눠 생각해볼 수 있다. 화초형 인재는 자기 힘으로 크지 않고 남의 힘으로 크는 의존형 인재다. 한마디로 나력이 전혀 없는 종속적 존재다. 예를 들면 겨울에 자신을 따뜻하게 길러주는 비닐하우스라는 보호막이 없으면 순식간에 얼어 죽는다. 반면에 잡초형 인재는 비바람과 눈보라를 맞아가며 자기 힘으로 크는 독립적인 인재다. 웬만한 시련이 몰려와도 거뜬히 견뎌낸다.

잡초의 나력은 넘어지고 자빠지면서 생긴 내성耐性이다. 내성이 생기면 이전보다 더 큰 시련이 다가와도 극복할 수 있는 근성根性이 생긴다. 세찬 비바람과 혹독한 눈보라가 몰아쳐도 흔들리고 휘어질지언정 뿌리째 뽑히지 않고 버틸 수 있는 경쟁력은 내성으로 다져진 근성 덕분이다. 잡초형 인재는 의지依持할 곳 없을 때 더 강력한 불굴의 의지意志를 발휘하면서 스스로 축적한 본연의 경쟁력을 가진다. 의지하지 않고 자기 스스로 문제에 부딪히고 싸우면서 깨달음이 축적되어야 다시 불굴의 의지로 세상을 살아가는 나력이 생기는 것이다. 이런 나력이야말로 많은 사람들을 감동시킬 수 있는 진정한 '나의 매력'이 될 수 있다. 나력은 평소에 자신을 둘러싸고 있는 각종 보호막이나 포장을 다 걷어내고 적나라하게 본질을 보여주는 힘이다. 노력에 앞서 나력으로 자신의 존재를 드러내야 경쟁력이 축적된다.

본격적으로 시작하기 전에 본질적으로 파고든다

네이키드naked는 자연 그대로의 날것을, 누드는 이상적인 욕망을 재현해준다.

"네이키드는 자기 자신이 되는 것이다. 누드는 다른 사람에게 보여주는 것으로 혼자서는 인식하지 못한다. 네이키드가 누드가 되려면 누군가에 의해 하나의 대상으로 보여야 한다."

영국의 비평가이자 소설가이며 화가인 존 버거John Peter Berger의 말처럼, 누드의 목적은 다른 사람에게 보여주는 데 있지만 네이키드의 목적은 본질적인 나로 돌아가는 데 있다. 남의 눈을 의식하는 누드에 비해 네이키드는 오로지 나의 본질과 정체성을 파고들어 내면의 원초적인 힘을 드러내는 데 있다.

"몸이 옷에서 온갖 단추, 벨트, 레이스에서 해방됐을 때 영혼은 더 깊고 자유롭게 숨을 쉬는 것 같다."

스웨덴 극작가이자 소설가인 아우구스트 스트린드베리August Strindberg의 말이다. 이런 점에서 '나력'은 늘 입고 있는 습관의 옷을 벗어던질 때 비로소 드러난다. 'habit습관'이라는 단어에는 본래 '의복'과 '옷감'의 의미가 담겨 있다. '승마복riding habit'과 '의복habiliment'에도 습관habit이 숨어 있다. 그래서 습관은 "나의 인격이 입고 있는 옷"이다. 그 옷을 벗어던질 때 비로소 나의 참모습이 드러나는 것이다. 나무도 봄부터 여름까지 키워온 무성한 잎을 가을 단풍으로 불태워버리고 겨울이 되기 전에 다 버리고 나서야 비로소 자신의 맨몸을 드러낸다. 그동안은 무성한 잎에 가려져 자신을 볼 수 없었다. 불타는 단풍을 수식하는 수많은 형용사의 덤불이 자신의 진면목을 포장하고 위장했다. 숨겨진 진면목은 벗어야 드러난다.

윤석철 서울대 경영학과 명예교수는 정년퇴임 기념 강연회에서 알프레드 테니슨Alfred Tenyson의 시 〈참나무The Oak〉를 인용하며 "개인과 기업이 지속적으로 성장하기 위해선 참나무처럼 발가벗은 힘을 길러야 한다."고 강조했다. '발가벗은 힘나력'은 지위나 상황이 부여한 것이 아니라 본래 갖고 있으며 일정 기간이 지난 후에도 지속적으로 유지되는 본질적인 경쟁력을 뜻한다.

참나무The Oak

젊거나 늙거나
저기 저 참나무같이
네 삶을 살아라
봄에는 싱싱한
황금빛으로 빛나며
여름에는 무성하지만
그리고, 그리고 나서
가을이 오면

더욱더 맑은

황금빛이 되고

마침내 나뭇잎

모두 떨어지면

보라, 줄기와 가지로

나목 되어 선

발가벗은 저 '힘'을.

말은 형용사의 이불 아래

곤히 잠들어 있다.

"화장化粧으로 가려진 내 얼굴, 명품으로 치장治粧된 내 몸,
다양한 수식어로 위장僞裝된 나, 때와 장소에 따라 수많은 얼
굴로 포장包裝되는 내 모습, 이렇게 수많은 허식과 관념으로
가장되는 내가 평생 내 존재를 드러내지 못하고 점차 사장死
藏되어 가고 있다. 지금 우리에게 필요한 것은 화장하지 않은
맨 얼굴, 치장하지 않은 맨몸, 위장하지 않은 본모습, 포장되
지 않은 본질이다. 나를 찾아 나서는 여행, 출발은 맨몸이다.
나를 둘러싸고 있는 온갖 가식적 포장들을 걷어내고 알몸으
로 드러내야 한다. 이름 석 자를 제외한 모든 것을 벗겨내야
나를 만날 수 있다. 벗어야 나를 만날 수 있고, 벗어야 지금
여기를 벗어나 새로운 세계를 만날 수 있다. 화끈하게 벗어야

나의 진면목과 대면할 수 있다."유영만, 2012[57]

겨울이 깊어가면서 나무의 진면목이 적나라하게 드러나듯이 밤하늘의 별도 밤이 깊어갈 때 더욱 적나라하게 빛난다. '야심성유휘夜深星逾輝'라는 말이 있다. '밤이 깊으면 별은 더욱 빛난다'는 의미다.

"이 말은 밤하늘의 이야기일 뿐만 아니라 어두운 밤길을 걸어가는 수많은 사람들의 이야기입니다. 밤이 깊을수록 별이 더욱 빛난다는 사실은 힘겹게 살아가는 모든 사람들의 위로입니다. 몸이 차가울수록 정신은 더욱 맑아지고 길이 험할수록 함께 걸어갈 길벗을 더욱 그리워합니다. 맑은 정신과 따뜻한 우정이야말로 숱한 고뇌와 끝없는 방황에도 불구하고 그 먼 길을 함께하는 따뜻한 위로이고 격려이기 때문입니다." 신영복, 2016[58]

《논어》에도 보면 "歲寒然後세한연후 知松栢之後凋지송백지후조"라는 구절이 나온다. 한겨울 추위가 지난 뒤에야 소나무, 잣나무가 시들지 않음을 안다는 뜻이다. 평소에는 모르다 삭풍이 몰아치고 혹독한 추위가 다가와야 비로소 소나무와 잣나무가 시들지 않는 나무라는 것을 알게 된다. 나력은 본질本質을 드러내는 힘이다. 본질은 평소에 보이지 않는다. 근본根本을 파고들어야 만날 수 있다. 근본과 본질에 들어 있는 '본本'은 나무木가 중심一을 잡고 있는 모습이다. 우리는 나무에게 근본, 즉 중심을 잡고 흔들리지 않는 본질을 배운다. 내가 하고 있는 일의 본질은 무엇인가? '본격적本格的'으로 달려들기 전에 '본질적本質的'으로 이해하는 노력이 필요하다. 그렇지 못할 경우 본격적으로 시작한 노력이 물거품이 될 수 있다.

건축의 본질을 모르는 사람이 온갖 기교를 부려서 건축물을 완성했다고 치자. 그 건축은 '근본적'으로 문제가 있다. 근본적인 문제가 발생하기 이전에 문제의 본질을 제대로 파악해야 한다. '본격'은 '격'의 문제이고 '본질'은 '질'의 문제다. 본질 없는 격은 치장과 허세이고, 격이 없는 본질은 미궁이다. 본질은 본격에 항상 앞선다. 본질을 파악하지 않고 본격적으로 추진하는 이야기는 일의 핵심과 정수를 모른 채 앞만 보고 달려가는 것이다. '격'을 세우기 이전에 '질'을 중시해야 한다. '격'은 '질'을 갖추면 자연스럽게 따라온다. 내 일의 '질'을 높이기 이전에 나는 혹시 '격'을 추구하고 있지 않은지 돌아본다. 그리고 치열하게 살아가는 나무의 삶을 통해 삶의 본질을 다시 생각해본다.

8.
나무는
나뭇결로 살아가는
비결을 만든다

나무색은 나무가 보여주는 본색本色이다

도색桃色은 복숭아꽃의 빛깔과 같이 연한 분홍색이다. 남녀 사이에 일어나는 색정적인 일을 도색이라고도 한다. 복사나무는 분홍색 꽃으로 자기만의 색깔과 결을 드러낸다. 복사나무를 지칭하는 '도桃'는 자기만의 색깔로 세상을 유혹하는 자기다운 삶의 결을 만들어간다. 그래서인지 별천지도 복사나무가 있는 무릉도원武陵桃源이고, 뭔가 큰뜻을 품고 의기투합하는 이들도 복사나무가 있는 곳에서 도원결의桃園結義를 한다. 참으로 복사나무 한 그루에서 이렇게 다양한 색깔의 삶을 뽑아낼 수 있다는 게 신기할 따름이다. 자신만이 보여줄 수 있는 삶의 결로 어떤 나무와도 비교할 수 없는 아름다움을 창조한다. 도홍이백桃紅李白이라는 사자성어가 있다. 복숭아꽃은 다홍빛이고 자두 꽃은 희다는 의미인데, 이는 미인들의 아리따운 모습을 상징적으로 보여주는 말이다. 여기서 '도桃'는 복숭아나무를, '이李'는 자두나무를 지칭한다. 도홍이백이 아름다운 이유는, 복숭아꽃은 분홍색으로서 자신의 본질을 보여주고 자두나무는 하얀 꽃으로서 자신의 색깔을 보여주기 때문이다. 아름다움은 결국 나다운 색깔에서 비롯된다. 그리고 나다움은 다른 사람이 갖고 있지 않는 나만의 색깔에서 비롯된다.

　버드나무에는 부드러움이나 유연함의 결이 살아 숨 쉰다. 버드나무는 다른 나뭇가지와 다르게 옆이나 위로만 뻗어가지 않고 아래로 가지를 늘어뜨린다. 갑자기 불어닥치는 비바람과 눈보라에도 꺾이지 않는 나뭇가지의 유연함에서 버드나무가 살아가는 비결을 찾을 수 있다. 외유내강外柔內剛형 나무라고나 할까. 겉으로는 부드럽게 휘어지지만 꺾이지 않는 강인함이 있다. 버드나무에게서 인간이 배워야 할 교훈이다. 심리학 용어 중에 회복탄력성resilience이라는 말이 있다. 시련과 역경에 직면해 실패하고 좌절하는 체험을 하지만 다시 힘을 내서 원래의 상태로 돌아가려는 불굴의 의지와 기개를 가리키는 말이다. 버드나무야말로 이 회복탄력성의 전형이 아닐까. 버드나무로 만든 지팡이를 땅에 꽂은 뒤 일정한 시간이 지나면 놀랍게도 거기서 새로운 가지가 나오고 잎이 나온다. 죽은 것처럼 지내다 땅과 물을 만나면 다시 자신의 본성을 회복하는 놀라운 회복탄력성이 있는 것이다. 버드나무는 주로 물가에 살면서 줄기 일부가 물에 잠기면 거기서 기근氣根인 부정근을 만들어 생명성을 연장하는 놀라운 적응력도 지니고 있다.

버드나무의 결은 부드러움에 있다. 바람에 흔들리는 버드나무 가지, 특히 물에 닿을 듯 말 듯 물가에서 흔들리는 버드나무 가지는 사람이 살아가면서 흔들리는 모습과 닮았다. 세상 사람들이 경쟁에서 이기는 비결은 강해서가 아니라 부드러워서다. 그래서 유독 자기만의 색깔을 드러내는 단어에 버드나무 '류柳'가 많이 들어간다. 미인의 눈썹을 유미柳眉, 버들가지처럼 가늘고 부드러운 미인의 허리를 유요柳腰, 버드나무 가지처럼 유연한 가지를 유지柳枝라 한다. 이렇듯 여성의 부드러움과 아름다움을 대변하는 수많은 말들이 버드나무에서 나왔다. 유곽遊廓 또는 요릿집, 기생집 등이 몰려 있는 지역 및 그곳에서 생활하는 사람들의 사회를 화류계花柳界라고 한다. 문류심화問柳尋花는 버드나무와 꽃을 찾는다는 뜻으로, 화류계에서 노는 것을 비유적으로 이르는 말이다. 노류장화路柳墻花라는 말도 있다. 길가에 서 있는 버드나무와 담장의 꽃을 의미하지만 누구나 접근할 수 있는 길가에 서 있기에 누구나 꺾어도 된다는 뜻을 품고 있다. 곧 노류장화는 몸을 파는 여인을 빗댄 말이고 이들의 활동 분야를 화류계라고 한다. 전통 민요인 〈창부타령〉에는 "창문을 닫아도 숨어드는 달빛, 마음을 달래도 파고드는 사랑"이라는 가사가 있다. 버드나무 사이로 스며드는 달빛을 보고 묘한 사랑의 감정이 싹튼다. 버드나무 결을 따라 바람이 불면서 파고드는 사랑에 넘어가지 않는 사람이 누가 있으랴. 스치면 인연에 불과하지만 스미면 연인이 된다. 버드나무의 결에는 언제나 이별의 눈물과 사랑의 그리움이 배어 있다. 그리하여 사랑하는 사람과 헤어질 때도 이별의 아픔을 달래기 위해 버드나무를 인용했다. 두 명의 기생이 전하는 버드나무 사랑 이야기는 듣는 이로 하여금 눈물 나게 만든다. 부안 기생 매창은 유희경과 이별하면서 "버들과 매화가 봄을 다투는 이 좋은 날, 차마 못할 것은 잔을 잡고 정든 임과 이별하는 일"이라고 했다. 기생 홍랑은 버드나무 아래에서 "버들가지 하나를 꺾어 임에게 보내니 주무시는 창밖에 심어두고 보소서. 밤비에 새잎 나거든 나를 본 듯 하소서."라고 하면서 눈물을 훔쳤다.

나무를 사지 말고 산을 사라

나뭇결은 나무가 만든 것이 아니라 나무가 자라는 동안 그 성장에 영향을 미치는 모든 환경과의 상호작용 속에서 만들어진 맥락성의 역사다. 인성이 인간관계의 역사이듯 나무의 성격을 드러내는 결도 나무가 맺어온 관계성의 역사다. 나무의 결을 올바르게 이해하기 위해서는 나무가 어떤 환경에서 자라왔는지 나무의 성장 배경과 맥락을 이해할 필요가 있다.

"나무를 사지 말고 산을 사라."[59]

이 말은 목재로서의 나무만 보고 나무의 성깔을 판단하지 말고 나무가 어떤 환경에서 어떻게 자랐는지, 예를 들면 남쪽에서 햇볕을 많이 받고 자랐는지, 아니면 북쪽 음지에서 햇볕을 적게 받으면서 힘들게 자랐는지를 이해해야 한다는 말이다. 산의 위치와 환경에 따라서 동일한 나무라 할지라도 나무가 품고 있는 결이 저마다 다르기 때문에 나무가 자란 맥락을 이해해야 한다.

"나무의 질은 그 나무가 자란 땅의 질에 의해 결정됩니다. 나무의 성깔은 '나무의 마음'이라고 해도 좋을지 모르는데, 그것은 산의 환경에 의해 생기게 되는 것입니다."[60]

한 개인의 능력도 그 사람이 독자적으로 노력해서 생긴 전문성이 아니라 전문성을 축적하기까지 맺은 직간접적인 인간관계의 산물이다. 그 사람이 지닌 전문성의 실체와 본질을 제대로 이해하기 위해서는 어디서 무슨 문제의식으로 누구와 함께 상호작용하면서 어떤 일을 통해 배웠는지를 알아봐야 한다는 이야기다. 따라서 한 개인이 축적한 모든 전문성은 사회적 관계의 합작품이다.유영만, 2016[61]

"단 한 그루의 나무더라도, 그것이 어떻게 해서 씨앗으로 뿌려지고, 그리고 어떻게 다른 나무와 경쟁하며 대목이 되었을까, 거기는 어떤 산이었을까, 바람이 심한 곳은 아니었을까, 햇빛은 어느 쪽으로 받았을까, 저라면 이런 생각을 합니다. 이렇게 나무가 살아온 환경, 그 나무가 가지고 있는 특징을 살려 쓰지 않으면, 예를 들어 명재도 그 가치를 살리지 못하고 버려버리는 짝이 납니다. 그러므로 깊이 생각하지 않으면 안 되는 것입니다."[62]

나무의 성깔을 모르고 쓰면 명재도 버려지는 목재에 불과하다. 나무의 성깔은 나무가 자라면서 안으로 새긴 마음의 무늬다. 그 무늬에 담긴 세월의 역사가 환경과 맞부딪히면서 삶의 결로 드러난다. 나무의 결대로 적재적소適材適所에 잘 쓰려면 무엇보다도 나무가 자라오면서 자기 몸에 새긴 세월의 흔적을 이해할 필요가 있다.

"'나무는 생육 방위 그대로 쓰라'고 하는 것이 있습니다. 산 남쪽 켠에서 자란 나무는 가늘어도 강하고, 북쪽의 나무는 굵더라도 연약하고, 응달에서 자란 나무는 약한 것처럼, 생육 장소에 따라 나무에도 각기 다른 성질이 생깁니다. 산에서 나무를 보면서 이것은 이러한 나무이기 때문에 거기에 사용하자, 이것은 이러한 나무이기 때문에 거기에 사용하자, 이것은 이러한 나무이기 때문에 좌로 비틀린 저 나무와 짝을 맞추면 좋겠다, 이러한 것을 산에서 보고 알 수 있는 것입니다. 이것은 동량이 해야만 하는 중요한 일들 중의 하나였습니다."[63]

그래서 초보 목수는 겉보기에 좋은 목재만 사지만 고수 목수는 나무를 사기 전에 산으로 간다. 나무는 한 그루의 생명체이기 이전에 하나의 문화다.

"한 그루의 나무를 안다는 것은 나무가 살고 있는 토양과 기후를 아는 것과 같다. 토양과 기후는 문명과 문화를 잉태하는 어머니와 같다. 그래서 나무는 문명과 문화를 이해하는 핵심이다." 강판권, 2011[64]

강판권의 말처럼 나무를 온전히 이해하기 위해서는 나무와 관련된 토양과 기후, 그리고 문화적 맥락 속에서 이해할 필요가 있다. 나무를 사지 말고 산을 사라는 말은 가장 이상적인 말일 수 있지만, 산을 사야 산속의 나무의 위치에 따른 나무의 성깔을 올바르게 파악할 수 있다는 의미다. 하지만 이 말은 실제로 나무가 자란 환경을 먼저 파악해야 그 환경 속에서 자란 나무의 본색과 성깔을 올바르게 파악할 수 있다는 말이다. 그래야 나무의 성깔대로 쓰임새를 결정할 수 있는 것이다. 나무는 생명을 마감하고 죽었어도 자신이 살아오면서 자신의 몸에 축적한 성깔을 고스란히 간직하고 있다. 나뭇결을 만져보면 나무의 삶을 짐작할 수 있다. 포근하고 따뜻하게 사람의 감촉을 받아주는 나무가 있는가 하면 차갑고 딱딱해서 사람의 온기를 받아주지 않는 나무도 있다. 어떤 나뭇결은 거칠고 성기지만 숱한 시련과 역경을 견디면서 자라온 터라 자기 몸에 쌓인 세월의 아픔을 호소하는 듯한 느낌을 주기도 한다. 고수 목수일수록 머리로 계산하지 않고 손의 감촉으로 느껴보려고 애쓴다. 목수의 전문성은 머리로 전수받은 것이 아니라 무수한 시행착오를 겪으면서 몸으로 체득한 노하우다. 그건 말로 설명할 수도 없을 뿐만 아니라 가르칠 수도 없다. 나뭇결을 보고 나무의 본색과 성깔을 이해하는 노력에는 정형화된 매뉴얼이 통용되지 않는다. 비슷한 나무가 비슷한 환경에서 자랐어도 한 그루, 한 그루 나무의 성질이 다르다. 나무의 본색을 찾아 결대로 살아가게 도와주는 것은 나무가 죽어서 다시 한번 자신의 방식대로 살아갈 수 있도록 도와주는 인간의 배려다.

9.
나무는
버리며
자란다

버려야 버림받지 않는다

나무가 겨울 준비를 하면서 하는 첫 번째 조치는 단풍으로 온 산을 물들였던 치열한 삶을 접고 자신의 몸에 붙어 있던 단풍잎을 떨어뜨리는 것이다. 잎으로 가는 에너지를 차단시키고 최소한의 에너지만으로 한겨울을 버티기 위한 조치다.

"나무는 추운 겨울을 잘 견디기 위해 줄기와 잎자루 사이에 떨켜를 만들어 몸체의 일부를 과감하게 잘라버립니다. 참 냉정한 존재지요. 나무는 살아남기 위해서 탁월한 선택을 하지요. 결코 미적미적하지 않고 기후 변화에 따라 자신의 몸을 보호하지요."강판권, 2007[65]

나무는 겨울에는 나뭇잎까지 가는 에너지를 보낼 여력이 없다는 걸 알고 있다. 그래서 지금까지 광합성을 하면서 성장

에너지를 마련해준 나뭇잎을 과감하게 잘라내고 줄기로 광합성을 하기로 선택한다.

"나무는 유지 비용을 줄이기 위해 나뭇잎을 털어낸다. 하지만 그대로 버릴 수는 없다. 나무들은 낙엽을 떨구기에 앞서 투자한 양분을 회수한다. 나뭇잎 속에는 골격을 이루는 탄소를 비롯해 각종 양분이 되는 물질들이 함유되어 있다. (…) 이들 영양소는 나뭇잎 속에 이동이 가능한 형태로 존재하여 가을이 되면 다시 나뭇가지로 이동해 저장된다."차윤정, 2004[66]

최소한의 에너지로 살아남기 위해서는 마지막 남은 영양분을 모두 회수한다. 그리고 미련 없이 과감하게 나뭇잎을 자기 몸에서 떨구어낸다. 하지만 나뭇잎은 나무를 위한 거름이 되기도 한다. 나무뿌리를 뒤덮은 낙엽을 미생물이 분해하면 뿌리 성장의 소중한 밑거름이 되는 것이다. 그래서 "낙엽은 나무가 날리는 일종의 회수권이다."이동혁, 2012[67]

낙엽이 가르쳐주는 소중한 삶의 교훈은 버리지 않으면 버림받는다는 사실이다. 지금 잡고 있는 손을 놓고 다른 지지대를 잡아야 앞으로 나아갈 수 있다. 그러나 지금 잡고 있는 손을 놓지 않는다면 결코 전진할 수 없다. 붙잡고 있는 손을 놔야 다른 손으로 전진할 수 있는 기반을 마련한다. 옛것을 버리고 새로운 것을 창조한다는 법고창신法古創新이나 옛것을 익힘으로써 새것을 아는 온고지신溫故知新의 미덕을 낙엽을 통해서도 배울 수 있다. 낙엽은 자신을 버려야 새봄의 희망과 함께 새순을 틔울 수 있음을 오랜 자연생활을 통해서 터득한 것이다.

"나무는 힘겹게 낙엽을 내려놓는 저 오래된 습관의 힘으로 나무다." 안도현, 2016[68]

나무는 자신의 일부를 자신을 키워준 땅으로 돌려줌으로써 나무로서 살아가는 이유를 찾는다. 신영복이 쓴 《담론》[69]에 보면 나뭇잎이 땅에 떨어져 다시 나무에게 돌아가는 과정을 설명하는 장면이 나온다. 먼저 '엽락葉落'이다. 잎사귀를 떨어뜨려 환상과 거품을 청산하는 것으로 냉정하게 현실을 직시하는 것이다. 나무의 진면목은 봄의 신록이나 여름의 녹음으로 알 수 있지만 단풍잎을 다 떨어뜨리고 보여주는 줄기와 앙상한 나뭇가지일 때 더 잘 알 수 있다.

나무의 진면목이 드러나는 두 번째 단계는 바로 '체로體露'다. 체로로 잎사귀에 가려져 있던 뼈대가 훤히 드러나는 상태가 나목裸木이다. 나목일 때 비로소 뼈대와 중심이 드러나고 중심을 버티고 있는 구조를 알아볼 수 있다.

끝으로는 '분본糞本'이다. 이는 뿌리에 거름을 주는 일이다. 자신을 키워준 땅으로 돌아가 스스로 거름이 되어 다시 자신을 키워내는 자양분의 역할을 하는 것이다.

떨어져야 뒤떨어지지 않는다

추풍낙엽秋風落葉이라는 말이 있다. 가을바람에 떨어지는 나뭇잎을 의미하거나 어떤 형세나 세력이 갑자기 기울어지거나 흩어지는 모양을 비유적으로 이르는 말이다. 이처럼 낙엽은 잎이 떨어지는 상태나 이미 땅바닥에 떨어져 있는 경우를 말한다. 잎이 땅바닥에 떨어진다는 것은 무슨 의미일까? 떨어지지 않으면 뒤떨어지거나 덜떨어진다는 삶의 교훈을 나뭇잎이 가르쳐준다. 건축물을 완공하거나 하던 일을 마무리하는 것을 낙성落成이라고 한다. 낙성을 한자 그대로 풀어보면 '떨어져서落 완성한다成'는 의미를 담고 있다. 즉, 떨어지는 것은 있는 자리에서 마지못해 수동적으로 이탈하는 것이 아니라 무언가를 완성하기 위해서 적극적으로 벗어나는 행위다.

떨어지지 않으면 진짜 떨어진다. 즉, 스스로 지금 몸에서 땅바닥으로 떨어지지 않으면 다음 해 새순을 틔우는 시기를 놓치고 다른 나무와의 경쟁에서 밀릴 수 있다. 따라서 떨어진다는 것은 실패가 아니라 새로운 출발을 의미한다. 낙엽은 떨어지는 순간 자신을 키워준 나무가 더 튼실하게 성장하는 데 필요한 거름으로 쓰이도록 자신을 죽여서 상대를 살리는 살신성인殺身成仁의 자세를 보여주고 있다. 자신의 한평생을 도와준 나무에게 결초보은結草報恩의 자세로 은혜를 갚는 것이다. 나뭇가지에 붙어 있지 않고 때가 되면 다시 나무에게 조용히 다가가 기꺼이 나무의 성장에 필요한 자양분을 공급해 준다. 한생을 마감한 나뭇잎은 자신의 생명이 다했음을 감지하고 새봄과 함께 힘찬 출발을 하기 위해 가장 아름다운 순간에 자신을 키워준 나무에게 모든 것을 내려놓고 미련 없이 땅바닥으로 떨어진다. 떨어지는 순간 또 다른 생명의 용틀임이 시작된다.

낙엽에게 배우는 또 다른 교훈은 나뭇잎을 버리고 찾은 여유 속에서 즐기는 자유다. 나무는 새봄부터 여름까지 줄기차게 자란다. 그리고 보다 많은 에너지를 확보하기 위해, 더 많은 햇빛을 확보하기 위해 잎마다 사투를 벌인다. 그렇게 치열하게 성장하는 과정에서는 옆을 돌아볼 여유가 없다. 당연히 자유를 찾기도 힘들다. 그러다 나뭇잎을 다 떨어뜨리고 밖으로 성장하는 과정을 멈추고 안으로 성숙하는 시간을 맞이할 때 비로소 자신의 존재 이유를 성찰하고 사색하기 시작한다. 그때 비로소 여유 속에서 자유의 참맛을 즐기는 것이다. 신영복의 《감옥으로부터의 사색》[70]에 보면 교도소에서 이감할 때 고수의 짐은 가볍지만 하수의 짐은 무겁다는 말이 나온다. 감옥 생활을 오래한 사람일수록 자신에게 필요한 짐이 적지만 감옥 생활을 오래해 보지 않은 신참은 필요한 물건이 많다는 것이다. 내 손이 비어 있을 때 남을 도와줄 수 있는 여유가 생긴다. 내 손에 뭔가를 무겁게 들고 있다면 다른 사람의 짐을 덜어줄 여유가 생기지 않는다. 2012년에 사하라 마라톤에 도전한 적이 있다. 처음 출전하는 사막 마라톤이라 개인당 배낭 무게 한계인 10kg을 초과하고 말았다. 이것도 필요하고 저것도 필요하다는 생각에 무엇 하나 자신 있게 버리지 못하고 배낭에 무겁게 다 챙겨갔다가 첫날 40km 레이스를 완주하고 돌아와서 많은 짐을 버려야 했던 아픈 추억이 있다. 내가 지고 가던 '짐'이 남을 위해 나누는 '줌'으로 바뀔 때 내 몸은 훨씬 가벼워지고 나를 돌아볼 여유가 생긴다.유영만·유지성, 2013[71] '짐'이 '줌'으로 바뀌어야 비로소 나를 일으켜 세우는 진정한 경쟁력의 원천을 알 수 있으며 더불어 살아가는 행복의 비밀도 깨닫게 된다.

2부

삶의 원리,
나무에게 배우다

원리原理를 파악해야
이유理由를 알 수 있다

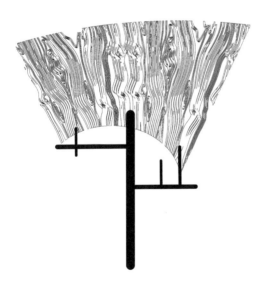

"개념을 글로 표현하는 것은 창에 서린 성에를 닦아내는 작업과 비슷하다. 흐릿하고 모호했던 개념이 글을 쓰면서 서서히 명확하게 윤곽을 드러내기 시작한다. 어떤 글이든, 메모든, 편지든, 베이비시터에게 전하는 쪽지든 무언가를 쓰면서 우리는 비로소 진정으로 자신이 무엇을 말하고자 하는지 깨닫는다." 윌리엄 진서, 2017[72]

나무의 부위에 대해서 대강 알고 있었던 개념들이 책을 쓰면서 분명해졌다. 어렴풋하게 알고 있었던 의미들이 유리창의 성에가 걷히듯 말끔해지면서 나무의 존재가 더 드높게 느껴졌다. 씨앗에서 싹이 트고 뿌리가 내리며 줄기와 가지가 뻗는 과정에서 만들어지는 나무의 부위들이 그렇게 아름다워 보일 수가 없다. 특히 "나무든 풀이든 모든 생명체는 뿌리를 닮는다."^{강판권, 2014}[73]는 사실을 주지할 필요가 있다. 뿌리에서 줄기가 나오고 줄기에서 가지가 자라며 그 가지에서 잎이 나고 꽃이 피며 열매가 맺히기 때문이다. 자기 마음대로 자라지 못하고 결국 성장을 멈춘 나뭇가지의 죽음이 줄기에 만든 상처, 옹이를 알게 되면서 나무의 상처에 담긴 사연을 바라보는 다른 눈이 생겼다. 나이테가 품고 있는 나무의 역사, 여러 가지로 뻗어가지만 다 마찬가지인 나뭇가지, 그리고 단풍과 낙엽이 보여주는 자기만의 색깔과 버림의 미덕은 사람이 꼭 배워야 할 미덕이 아닐 수 없다. 봄에 꽃을 피우기 위해 겨울부터 준비하는 겨울눈에서 준비의 중요성을 알았고, 해거리에서는 속도 경쟁 속에서 멈춤이 주는 삶의 지혜를 깨달았다. 해를 걸러 쉬지 않으면 영원히 쉬게 된다는 사실을 오랜 삶을 통해서 몸으로 터득한 나무가 알려주는 것이다. 나무는 정말로 수많은 교훈을 주는 삶의 동반자가 아닐 수 없다.

1.
씨앗:
모험을 감행해야
뜻을 이룰 수 있다

먹혀야 먹고살 수 있다

"춤추는 별 하나를 탄생시키기 위해 사람은 자신들 속에 혼돈을 지니고 있어야 한다."프리드리히 니체, 2000[74]

씨앗이 품고 있는 뜻은 아무도 모른다. 엄청난 혼돈과 질서가 함께 들어 있을 수도 있고 극심한 혼돈과 불확실한 세계만 품고 있을 수도 있다. 씨앗이 품은 뜻은 씨앗이 발아되면서 성장하는 과정에서만 비로소 확인할 수 있다. 그런데 나무를 비롯한 모든 식물의 씨앗은 혼자 발아할 수 없다. 자연의 힘을 이용하거나 주변의 다른 생명체의 도움을 받아야 한다. 그런 까닭에 저마다 숱한 자연환경을 만나면서 스스로 터득한 생존 전략을 품고 있다.

어떤 씨앗은 땅에 떨어져 때를 기다리다가 스스로 땅속으로 파고드는 경우가 있다. 바로 국화쥐손이Erodium stephanianum의 씨앗이다. 때가 되면 어미 식물로부터 여러 갈래로 갈라져 땅으로 떨어지는 이 씨앗은 긴 스프링처럼 생겼다. 신기하게 이 씨앗은 비가 오면 땅속으로 드릴처럼 파고든다. 누가 시키지도 않았는데 신기하게도 씨앗의 꼬리 부분을 스프링 모양으로 감아 땅을 굴착하기 시작한다. 그런데 스프링 모양이 다 풀렸음에도 불구하고 굴착에 실패한 씨앗이 있다. 이들은 그대로 버려지는 게 아니라 다시 때를 기다린다. 비가 그치고 날씨가 건조해지면 다시 굴착을 시도하는 것이다. 그렇게 씨앗이 땅속에 완벽히 박히면, 싹을 틔울 수 있는 확률이 현저히 높아진다. 그냥, 거기에, 수동적으로 존재한다고 생각한 식물이 스스로 운동에너지를 씨앗에 장착해놓았다가 땅속으로 파고드는 모습은 경이로운 생명 현상이 아닐 수 없다.

식물은 자기 혼자의 힘으로는 이동할 수 없는 운명을 잘 알고 있다. 그래서 움직이기 위해서는 자신 이외의 다른 식물이나 바람 또는 동물의 힘을 이용해야 한다. 이런 식물 중에는 씨앗을 멀리 보내기 위해 동물의 습성을 파악하여 절묘하게 이용하는 경우가 있다. 무화과나무Ficus carica L.가 그렇다. 보통 나무는 줄기와 가지가 자라고 가지 끝에 열매를 맺는다. 하지만 무화과나무는 종에 따라 땅속에 열매를 맺기도 하고 덩굴열매를 키워나가며 나무 아랫부분에 열매를 맺기도 한다. 자신의 씨앗이 동물에게 먹혀야 살 수 있음을 간파한 전략적 판단에 따른 것이다. 다시 말하면 '산포자' 역할을 하는 동물의 눈높이에 맞춘 배려이자 '후손 번식'을 위한 무화과나무의 고도 전략이다. 땅속에 열매를 맺는 무화과나무의 전략은 땅속을 파는 습성을 가진 멧돼지를 노린 것이다. 지면 가까이에 열매를 맺는 무화과나무의 전략은 날지 못하는 새로 알려진 화식조를 배려한 치밀한 계산이다. 열매를 먹은 화식조가 배설을 하면 거름 속에 있던 씨앗이 발아된다. 이러한 전략들을 통해 현재 지구상에 서식하는 무화과나무 종류는 800가지가 넘을 만큼 다양해졌다.

새의 배설을 이용해 씨앗을 퍼뜨리는 식물은 많다. 겨울철에는 새들의 먹이가 없어진다. 씨앗이 새들에게 독보적인 먹이가 될 수 있는 절호의 찬스다. 겨우살이는 직박구리의 부리크기에 맞게 열매가 열리는데, 그것을 직박구리가 전담해서먹어치운다. 겨우살이는 나뭇가지에 붙어사는 기생식물이다. 거미줄처럼 늘어지고 접착제를 지니고 있어서 바람이 불면길에 늘어져 다른 나뭇가지에 쉽게 붙는다. 새에게 먹힌 겨우살이 씨앗은 새를 통해 또 다른 곳으로 옮겨져 그곳에 새로운생명을 퍼뜨린다.

헛개나무 씨앗은 평균 3% 정도의 발아율을 지니고 있다. 이런 낮은 발아율이 산양으로 인해 30%까지 늘어난다. 그 비밀의 열쇠는 헛개나무 씨앗을 둘러싸고 있는 단단한 껍질이산양의 위에서 손상되지 않은 채 배설되는 데 있다. 산양이 헛개나무 씨앗을 먹고 배설하면 거기서 새로운 헛개나무가 탄생하는 것이다. 모든 씨앗은 어미 나무로부터 가급적 멀리 떨어져야 생존경쟁에서 살아남을 수 있다. 그래서 바람을 타고 멀리 날아가거나 사람이나 동물의 몸에 붙어 이동하거나 아예 다른 동물에게 먹혀서 배설되는 전략을 선택한다. 나무가 풍작을 해서 많은 씨앗을 만들면 동물들도 이에 맞서 대응전략을 세운다. 언제 죽을지 모르는 불확실한 세상에서 먹이 역시 풍작과 흉작이 반복되기 일쑤다. 따라서 동물들은 흉작에 대비하여 풍작에는 씨앗을 저장하는 전략을 사용한다. 하지만 땅속에 저장해놓은 나무의 씨앗을 일정한 시기 안에 꺼내 먹지 않으면 거기서 싹이 난다. 나무는 동물들에게 씨앗을 먹이로 내주는 대신, 자손들을 멀리 퍼뜨리기 위해 운송요금으로 씨앗 중 일부분을 희생시키는 상호주의 전략을 채택한다.조나단 실버타운, 2010[75]

씨앗에는 생명의 거울이 숨어 있다[76]

"설탕이 녹기까지 우리는 기다려야만 한다."

《창조적 진화》[77]의 저자 앙리 베르그손의 말이다. 설탕물을 먹으려면 설탕이 녹는 시간만큼의 인내심이 필요하다. 인위적으로 어찌할 수 없는 시간의 지속을 견디며 기다릴 때 비로소 내가 원하는 결과를 만날 수 있다. 씨앗도 마찬가지다. 씨앗에서 싹이 트기까지의 자연적인 시간을 기계적으로 앞당길 수 없다. 발아에 필요한 시간은 생명체가 탄생하는 데 요구되는 절대 시간이다. 생명체가 저마다의 고유함을 지닌 채 역동적인 변화 과정을 거치면서 창조적으로 진화한다는 주장을 담고 있는 책이 바로 《창조적 진화》다. 즉, 특정 생명체의 창조적 진화 과정은 그 생명체가 장차 어떤 생명체로 성장할 것인지를 기대하는 마음으로 지켜보아야 미래가 열린다는 의미다.

하지만 과연 씨앗에 대한 우리의 기대대로 씨앗의 미래가 펼쳐질까. 싹이 트기까지 우리가 인내심을 갖고 기다리면서 기대하는 대로 씨앗의 미래상이 구현될 수 있을까. 사실 씨앗의 운명은 씨앗이 품고 있는 유전자 형태대로 결정된다는 리처드 도킨스 방식의 진화[78]로도 설명이 안 될 뿐만 아니라 베르그손의 창조적 진화처럼 주체의 창조적 의지대로 역동적으로 변화하는 과정을 거치지도 않는다. 오히려 씨앗은 자라는 과정에서 예기치 못한 환경적 장애물을 만나 자신의 의지대로 살지 못하고 본래의 방향과는 전혀 다른 방향으로 줄기와 가지를 뻗어가며 살아간다. 이런 점에서 철학자 엠마누엘 레비나스가 《시간과 타자》[79]에서 주장하듯 "미래는 생각지도 못한 타자가 나타나 나와 맺는 관계가 결정한다."는 관점이 더 설득력을 지닌다. 씨앗의 미래는 자신의 성장에 영향을 미치는 다양한 환경과 다른 생명체와의 관계가 결정한다. 자신의 의지와 관계없이 갑자기 불어닥치는 비바람, 생각지도 못한 다른 생명체의 위협과 방해 공작을 이겨내는 사투 과정에서 씨앗의 미래는 결정될 수밖에 없다.

열매는 씨가 아니고 씨는 열매가 아니다. 이 말을 상징적으로 대변하는 말이 바로 불교 철학 중에 불일불이不一不二라는 말이다.[80] 동일하지도 않지만 그렇다고 다르지도 않다는 의미다. 하나도 아니고 둘도 아니며 하나이자 둘이다. 즉, 어느 쪽이 옳으냐, 더 소중하냐가 중요한 것이 아닐 뿐만 아니라 둘 다 부정하는 중용의 미덕을 주장하는 것도 아니다. 양방이 동시에 존재하면서 하나의 생명으로 존재하는 세계. 여기에는 개개의 차이가 존재하지만 일체이기도 하다. 개체 속에는 기氣가 있고 성性이 있으며, 체體가 있고 동動이 있다. 개체는 개개별로 자신을 완수하는 생명인 동시에 개개의 차이가 없는 단 하나의 존재, 즉 본체로서의 생명을 구성한다.

이도흠은 불일불이의 철학을 원효의 화쟁 사상의 핵심적인 사유 체계로 보고, 이는 우열이 아니라 차이를 통하여 자신을 드러내고, 투쟁과 모순이 아니라 자신을 소멸시켜 타자를 이루게 하는 상생의 사유 체계라고 주장한다.

"씨와 열매는 별개의 사물이므로 하나가 아니다不一. 국광 씨에서 국광사과가 나오고 홍옥 씨에서는 홍옥사과가 나오듯, 씨의 유전자가 거의 모든 성질을 결정하고 열매는 또 자신의 유전자를 씨에 남기니 양자가 둘도 아니다不二. 씨가 있어 열매를 맺고 열매가 있으니 씨가 나오는 것처럼 이것이 있으므로 저것이 있고 저것이 있으므로 이것이 있다. 열매일 때는 씨가 없으므로 씨는 열매 속에 들어가는 것이 아니다. 씨일 때는 열매가 없으니 열매는 씨에서 나오는 것이 아니다."이

도흠, 2002[81]

　불일불이의 철학은 씨가 썩어 열매를 맺는 것처럼 이것이 없으니 저것이 있고, 저것이 없으니 이것이 있다는 것이다. 또한 씨가 있어 열매를 맺고 열매를 맺어 씨가 나오는 것처럼 이것이 있으므로 저것이 있고 저것이 있으니 이것이 있다. 결론적으로 불일불이의 철학은 이항대립적 사고, 우열을 가리는 이분법적 사고의 한계와 문제점을 극복하고 차이를 인정하면서도 상생을 지향하는 사유 체계다.

　"사과 한가운데 숨은 씨앗은 보이지 않는 과수원이다."

　영국 웨일스의 속담이다. 사과 씨앗 속에 사과가 보이지 않고 나아가 과수원이 보이지 않지만 사과가 품고 있는 꿈과 희망이 나중에는 사과도 만들고 드넓은 과수원도 만든다는 의미다. 모래알 속에서도 우주를 보고 사과 씨앗 속에서도 사과나무를 보는 영혼의 눈, 영안靈眼을 씨앗이 가르쳐주고 있다.

2.
뿌리:
뿌리의 깊이가
높이를 결정한다

아래로 뻗어야 위로 자랄 수 있다

성장할 수 있는 '높이'는 성장하기 위해서 아래로 뻗은 뿌리의 '깊이'가 좌우한다. 아래로 파고드는 깊이 없이 쉽고 빨리 위로 성장하려는 사람은 어느 순간 높이 자랄 수는 있지만 높이를 지탱할 수 있는 깊이가 없어서 쉽사리 무너진다. 아래로 뿌리를 내리는 노력이 위로 성장하기 위한 가능성을 결정한다. 잡초의 생명력은 위로 자란 줄기의 높이보다 아래로 자란 뿌리의 깊이가 결정한다. 뿌리 깊은 나무가 되어야 뿌리 뽑히는 나무가 되지 않는다. 일단 뿌리가 뽑히면 나무는 더 이상 생명 연장이 불가능하다. 그만큼 나무에게 뿌리는 생명의 다른 이름이다.

아래로 깊이 뿌리를 내려야 결국 위로 높이 자랄 수 있다.

아래로 뿌리를 내리는 노력은 위로 줄기와 가지를 뻗으려는 노력보다 힘들고 어렵다. 그러나 뿌리 내리기를 포기한다면 성장의 가능성도 함께 포기해야 한다. 뿌리 없이 줄기 없고, 줄기 없이 가지 없으며, 가지 없이 꽃을 피울 수 없고, 꽃이 피지 않고는 열매를 맺을 수 없다. 열매의 풍족함과 풍요로움은 뿌리의 깊음과 힘겨움을 버텨내는 노고에서 비롯된다. 연못을 가득 채운 연잎도 '위로 밖으로' 향하고 있는 것처럼 보이지만 '아래로 안으로' 향하고 있다.안도현, 2009[82] '위로 밖으로' 향하고 싶은 욕망이 강할수록 '아래로 안으로' 파고들어 가려는 노력을 멈추지 말아야 한다. 낮추면 높일 수 있다. 낮춤이 높임이다. 아래로 숙여야 더 높이 치켜세울 수 있다. 아래로 파고든 깊이가 위로 치솟을 수 있는 성장 에너지를 결정한다. 그러나 파고들지 않고 치켜세우려고만 하면 금방 무너진다. 무너지지 않으려면 기초를 튼실하게 가꾸어야 한다. 기초는 기본이고 본질이며, 본질은 흔들리지 않는다. 흔들리지 않으려면 파고들어야 한다. 확고부동한 신념은 파고들어간 깊이에서 나온다.

"나무든 풀이든 모든 생명체는 뿌리를 닮는다."강판권, 2014[83]

뿌리는 겉으로 드러나지 않은 채 겉으로 드러난 실체의 본질을 결정하고 지배한다. 보이지 않는 것이 보이는 것을 결정하는 셈이다. 지금 나의 모습도 지금까지 내가 파고든 뿌리가 만든 산물이다. 파고들기 전에 옆으로 뻗거나 위로 올라가다가 무너지면 다시 회복하기 어렵다. 파고든 깊이의 내공이 옆으로 뻗을 수 있는 넓이를 결정하고, 위로 올라갈 수 있는 높이를 결정한다.

나무가 위로 성장할 수 있는 원동력은 아래로 뻗은 뿌리 덕분이다. 뭔가를 얻거나 되려면 뭔가를 해야 한다. 나무는 위로 향하면서도 옆으로 몸집을 불린다.강판권, 2015[84] 사람도 위로 성장하면서 옆으로 살이 찐다. 그러나 위로 성장하는 키에 비해 옆으로 성장하는 몸집 불리기는 그다지 이미지가 좋지 않다. 몸집 불리기는 지나친 욕망이라는 부정적 이미지를 지니고 있다. 하지만 나무에게 높이 성장하는 것은 수직적 깊이를 전제로 이루어지는 시간적 성장이고 옆으로 몸집 불리기는 수평적 넓이의 확산을 통한 공간적 성장을 의미한다. 한마디로 나무는 위아래로 성장하는 동시에 옆으로도 성장하면서 나무로서의 존재 가치를 드러낸다.

사람에게 수직적 깊이의 심화는 곧 전문성의 추구를 통한 종적縱的 심화 과정이다. 이에 반해 수평적 넓이의 확산은 또 다른 전문성과의 부단한 접목을 통한 인식 지평의 확대, 즉 횡적橫的 확산을 의미한다. 부정적 뉘앙스를 지니고 있는 수평적 몸집 불리기와는 다르게 횡적 확산은 우물 안의 개구리처럼 좌정관천坐井觀天의 한계를 극복하기 위한 분투노력이다. 사람에게는 두 가지 나이가 있다. 하나는 깊이 파고든 수직의 나이다. 수직의 나이가 깊을수록 해당 분야의 전문성의 정도도 깊어진다. 또 다른 하나는 수평의 나이다. 수평의 나이는 인간관계를 통해 인맥을 구축한 관계의 나이다. 수직적 깊이 없는 수평적 넓이는 참을 수 없는 가벼움이며, 수평적 넓이 없는 수직적 깊이는 견딜 수 없는 답답함이다. 나무는 수직으로 파고들면서 동시에 수평으로 줄기와 가지를 두껍게 만들어나간다.

오랜 준비 없이 쉽게 시작하는 모든 일은 그 결실을 맺기 전에 무너지기 십상이다. 세상 사람들로부터 보다 빠른 시간에 관심과 주목을 받기 위해 튼튼한 뿌리를 땅속 깊이 내리기도 전에 보여주는 생각과 행동은 참을 수 없는 가벼움의 첨단을 걷기 쉽다.

"용두사미龍頭蛇尾란 경구를 모르는 사람이 없듯이 정당이든 단체든 개인이든 거대하고 요란한 출발은 대체로 속에 허약함을 숨기고 있는 허세인 경우가 허다하다. 민들레의 뿌리를 캐어본 사람은 안다. 하찮은 봄풀 한 포기라도 뽑아본 사람은 땅속에 얼마나 깊은 뿌리를 뻗고 있는가를 안다. 모든 나무는 자기 키만큼의 긴 뿌리를 땅속에 묻어두고 있는 법이다. 대숲은 그 숲의 모든 대나무의 키를 합친 것만큼의 광범한 뿌리를 땅속에 간직하고 있다. 그리고 더욱 중요한 것은 대나무가 그 뿌리를 서로 공유하고 있다는 사실이다. 대나무가 반드시 숲을 이루고야 마는 비결이 바로 이 뿌리의 공유에 있다. 대나무가 숲을 이루고 나면 이제는 나무의 이야기가 아

니다. 개인의 마디와 뿌리의 연대가 이루어내는 숲의 역사를 시작하는 것이다." 신영복, 2000[85]

그래서 잡초에는 TR비라는 것이 있다. TR비는 잡초가 땅 위로 뻗은 줄기와 가지의 높이Top와 땅속 깊이 뻗은 뿌리Root 의 비율이다. 20:80 법칙이다. 잡초의 20%만이 땅 위로 드러나 있고 80%는 땅속에 뻗어 있다는 것이다. 사람들이 아무리 잡초를 뜯어내고 동물들이 아무리 많은 양의 잡초를 뜯어 먹어도 잡초는 땅 밑의 뿌리로부터 새로운 싹을 틔우고 줄기와 가지를 뻗어 자신의 종족을 퍼뜨린다.

보이지 않는 뿌리가 변하지 않는 진리를 결정한다

어느 날 바람이 삼나무에게 말을 걸어왔다.

"삼나무야, 오늘 우리 바람들이 심하게 불어올 것 같은데 안 뽑히고 네가 살 수 있는 날도 오늘이 마지막일 거 같다. 살아 있을 때 유언 남길 것은 없니?"

이에 삼나무가 바로 맞서서 대답했다.

"어림도 없는 바람잡이야. 네가 아무리 세찬 바람으로 괴롭혀도 우리는 서로 강한 믿음의 뿌리로 의지하고 있어서 꼼짝도 안 할 거야."

삼나무의 대답은 바람의 자존심을 건드리고도 남았다. 바람은 그날 밤 강력한 바람 친구들을 총동원해서 삼나무 숲에 대공습을 퍼부었다. 삼나무는 그래도 꼼짝 않고 끝까지 꿋꿋하게 서 있었다. 바람은 더 이상 삼나무를 얕잡아보지 않았다. 겉으로 드러난 삼나무를 보고 깔보았던 바람은 삼나무에게 한 수 배우고 홀연히 사라졌다고 한다.

끝없는 성장을 하고 싶다면 우선 내가 버티고 서 있는 땅속에 뿌리를 튼튼히 내리고 다른 나무와의 연대망을 구축하는 삼나무에게 지혜를 배울 필요가 있다. 뿌리의 견고함은 성장의 버팀목이다. 삼나무가 큰 키와 무게에 비해서 비교적 얕은 뿌리를 내리고 있음에도 불구하고 다른 나무 못지않게 비바람에 넘어지지 않고 무려 300피트에 2000톤이 넘는 중량을 견디는 이유는 자기 혼자 서 있지 않고 다른 삼나무 뿌리들과 함께 군건한 연대망을 땅속에 구축하고 있기 때문이다. 삼나무 한 그루의 뿌리는 모든 삼나무의 뿌리라 볼 수 있다. 모든 나무의 뿌리가 땅속에 깊이 얽혀 있어서 아무리 강력한 태풍이 지나가도 쓰러지지 않고 버틸 수 있다.

이 세상에서 혼자 독립적으로 존재하는 것은 아무것도 없다. 모두가 인연의 고리로 연결되어 있다. 따라서 세상은 개체적 존재에서 그 모습과 특징을 배울 수 있는 것이 아니라 끊임없이 역동적인 관계에서 존재의 모습을 찾을 필요가 있다. 나는 나와 직간접적으로 관계를 맺고 있는 다른 사람들과의 관계성 속에서 비로소 나라는 존재의 본질과 속성을 파악할 수 있다. 왜냐하면 나의 존재는 오늘의 내가 되기까지 내가 맺어온 관계의 역사성이 투영된 결과이기 때문이다. 그 관계의 본질을 깨닫는 것이 학습의 본질이다. 학습은 겉으로 보이는 현상과 징후들로부터 어떤 교훈을 끌어내는 데 있지 않고 겉으로 보이지는 않지만 특성과 본질을 결정하는 구조적 관계를 깨닫는 과정, 즉 세계는 거대한 관계라는 사실을 통찰해낼 때 비로소 완결된다. 따라서 하나의 지식을 자기 것으로 만드는 과정에서 가장 중요한 활동은 그 지식의 근본과 근원을 따져 물어보고, 또 다른 지식과의 관계망이 구조적으로 어떻게 연결되어 있는지를 간파해내는 노력이다.

뿌리의 관계망에 대한 이해와 그 깊이의 추구야말로 가장 기본적이고 근본적인 학습의 참다운 모습이 아닐까. 뿌리의 심연함과 탄탄한 연대망 속에서 드러나는 지식의 색은 아름답기 그지없으며, 그 맛은 깊은 산속 옹달샘의 형언할 수 없는 물맛과도 같다. 날파리 날아다니듯이 디지털 정보망을 분주하게 돌아다니기보다는 지금 내가 고민하고 직면하고 있는 문제의 본질과 그 뿌리를 천착해야 한다. 외부에서 누군가가 쉽게 전해주는 답을 찾아 나서기보다 나의 내면으로 파고들어가 나의 지적 고뇌로부터 나오는 목마름을 해소할 수 있는 본질적인 답을 찾아야 한다. 그런 노력을 통해 거대한 지식의 뿌리가 연결되어 있는 관계망에 도달할 수 있게 된다. 왜냐하면 모든 지식은 개별적 지식의 독립적 존재에서 그 속성과 본질이 결정되지 않고 다른 지식과 문제의식을 공유하고 궁극적인 방향성에 대한 답을 찾는 여정에서 그 의미와 가치를 발견할 수 있기 때문이다.

3.
줄기:
줄기차게 자라야
슬기롭게 살 수 있다

줄기가 있어야 포기하지 않고 정기를 품을 수 있다

이기기 위한 삶도 중요하지만 무너지지 않고 버티는 삶도 중요하다. 사실 따지고 보면 매일매일 전쟁 같은 삶을 살면서 우리가 바라는 것은 남들처럼 살지 않고 나다움을 찾아 어제와 다른 삶으로 부단히 변화하는 것이다. 남들처럼 살려고 평생을 남과 비교하면서 불행하게 사는 게 아니라 나로서, 나답게 살아가는 삶을 통해 내가 누구인지를 알아가는 것이다.

하루가 다르게 오락가락하며 불규칙적이고 한 치 앞도 예측할 수 없는 불안한 삶의 연속이다. 그래도 어제와 다른 오늘, 오늘과 다른 내일을 기대하며 조금 더 나아지기 위해 오늘도 애쓰며 살아간다. 이럴 때 필요한 한 마디, 줄기차게 살아가자!

줄기stem는 뿌리에서 솟아나와 가지를 연결하는 중심축이다. 아래로는 식물의 뿌리와 연결되고 위로는 가지와 잎이 연결되어 있는 식물체의 영양 기관이다. 줄기는 식물체를 받치고 뿌리로부터 흡수한 수분과 양분을 체관부, 물관부를 통하여 각부에 나르는 역할을 한다.

뿌리는 아래로 뻗어나가지만 줄기는 줄기차게 위로 성장한다. 줄기가 얼마나 위로 성장할 수 있는지는 전적으로 뿌리가 결정한다. 줄기가 위로 성장하는 원동력은 아래로 뻗은 뿌리의 경쟁력에 있다. 줄기는 말 그대로 줄기차게 자라야 한다. 줄기차게 자라기 위해서는 무엇보다도 깊이 뿌리를 내려야 한다. 위로 자라는 줄기의 경쟁력은 아래로 뻗은 뿌리의 깊이가 전적으로 좌우한다. 그래서 사물의 바탕이나 중심이 되는 중요한 것을 근간根幹이라고 한다.

줄기는 한자로 '간幹'이다. 어떤 일을 책임지고 맡아서 처리하거나 그런 일을 하는 사람을 주간主幹이라고 한다. 책이나 잡지의 편집 책임을 지고 있는 사람을 편집주간編輯主幹이라고 한다. 이외에도 줄기를 뜻하는 간幹이 들어간 말은 많다. 일을 맡아 주선하고 처리하거나 단체나 기관의 사무를 담당하는 직무, 또는 그런 일을 하는 사람을 간사幹事라고 한다. 기관이나 조직체의 중심이 되는 자리에서 책임을 맡거나 지도하는 사람을 간부幹部라고 한다. 어떤 단체나 사회에서 중심이 되는 간부를 중견간부中堅幹部라고 한다. 이런 중견간부일수록 문제를 해결하고 일을 처리하는 능력이 남다르다. 일을 감당할 뛰어난 능력이나 기술을 재간才幹 또는 능간能幹이라고 한다. 재간 중에서 특별히 잘하는 재간을 별재간別才幹이라고 한다. 도로, 수로, 전신, 철도 따위에서 줄기가 되는 주요한 선은 간선幹線이라고 한다. 간선도로幹線道路는 중심이 되는 도로다. 또 어떤 분야나 부문에서 가장 으뜸이 되거나 중심이 되는 부분을 기간基幹이라고 한다. 그래서 산업의 토대가 되는 산업을 기간산업基幹産業이라 지칭한다.

이처럼 줄기는 세상의 중심이며 조직의 허리에 해당한다. 사람으로 따지면 척추 뼈처럼 중심을 잡고 중요한 일을 수행하는 나무의 '정기精氣'다. 줄기를 타고 흐르는 정기가 나무의 성장을 좌우한다. 나무의 줄기가 없으면 뿌리로부터 영양분을 나르는 중심축이 없기에 나무도 더 이상 성장할 수 없다. 뿌리根와 줄기幹, 근간根幹이 있어야 줄기幹와 가지枝, 즉 간지幹枝도 생긴다.

실내에서 기르던 화초의 줄기가 불의의 사고로 중간에 끊어져버렸다. 시간이 지나면서 작은 변화가 시작되었다. 잘려나간 줄기의 끝 부분은 상처가 아물면서 까맣게 변색되고, 줄기의 중간 부분에서 새순이 자라기 시작하더니 거기서 새로운 가지가 뻗어나왔다. 불의의 사고로 줄기가 중간에서 끊어졌지만, 새순에 담긴 성장 욕망과 생존 본능이 또 다른 줄기로 뻗어나온다.

줄기가 끊어져도 줄기에서 다시 '줄기차게' 가지를 뻗다 보면 그 가지에서 '여러 가지' 희망을 낚을 수 있다. 줄기가 성장하다가 잘려나갔다고 '절망'이라고 생각하지 않는다. 줄기는 거기서 다시 반전과 재도전을 거듭하고, 마침내 새로운 희망의 싹을 틔운다. 줄기가 끊어졌다고 '가지'마저 '희망'을 포기할 수 없지 않은가. 가지가 '여러 가지'인 이유는 '한 가지'가 아니라 그야말로 다양한 '가지각색'의 꿈을 꾸고 자라기 때문이다. 한 가지에서 뭔가가 되지 않으면 다시 다른 가지에서 이전과 다른 시도를 해야 한다. 그래야 다른 희망의 싹을 틔울 수 있다.

이처럼 꺾인 줄기의 끝에서 새로운 시작을 꿈꿀 때 끝의 머리, 즉 '끄트머리'에서 새로운 가능성이 담긴 머리를 생각할 수 있다. 시작을 생각하는 마음이 '끄트머리'에 담겨 있다는 것이다. 막다른 끝에서는 별다른 도리가 없다. 주어진 바로 그 자리에서 목숨 걸고 승부수를 던지거나 필살기를 꺼내 화룡점정의 끝마무리를 해야 한다. 줄기의 '끄트머리'에서 새로운 '가지'가 시작될 수 있다. '줄기차게' 줄기에서 '여러 가지'를 뻗다 보면 '가지'도 '줄기'가 될 수 있다는 신념과 희망을 가질 수 있다. 분명 가지는 줄기가 아니지만 가지도 줄기가 될 수 있다는 믿음이 경이로운 기적을 만들어내고 신화를 창조할 수 있다.

줄기의 색다름이 곧 특유의 아름다움이다

나무는 저마다의 줄기에 색깔을 드러내고 있다. 소나무만 해도 줄기 색깔이 붉은 소나무는 적송赤松이라고 하고 줄기 색깔이 흰 소나무를 백송白松이라고 한다. 바닷가에 사는 검은색 줄기의 곰솔, 즉 해송海松을 흑송黑松이라고도 한다. 바닷바람을 오랫동안 맞고 자라면 피부색이 검게 변하는 것은 사람이나 나무나 마찬가지인 것 같다. 그래서 바닷가에 사는 해송이 흑송으로 변한 것이 이해가 된다.

"한 존재의 색깔은 곧 정체성입니다."강판권, 2016[86]

나무의 정체성은 나무줄기가 보여주는 특유의 색깔이다. 나무가 보여주는 색깔은 줄기 안에서 밖으로 성장하면서 세상과 만나는 과정에서 만들어진 증표다. 누구에게서도 쉽게 찾을 수 없는 고유한 색깔, 그 독창적인 '색'과 자기 특유의 '깔'이 어우러져 만들어가는 '색깔'은 나무에게도 있다. 자기만의 삶의 중심인 줄기를 잡고, 그 줄기를 통해 특유의 색깔을 드러내기 위해서는 다양한 실험과 모색, 시행착오와 우여곡절의 체험을 통한 깨달음이 필요하다. 나무줄기도 자신이 뻗고 싶은 방향대로 줄기차게 뻗으며 살아오지 못했다. 똑바로 자라고 싶었지만 자라는 과정에서 장애물을 만나면 그것을 피해서 줄기가 굽어진다. 장애물을 제거해줘도 똑바로 자라기는 쉽지 않다. 나의 의지와 상관없이 벌어지는 환경 변화와 느닷없이 나타나는 방해꾼들의 공작 때문이다.

줄기는 잇대어 뻗어나가는 산, 강, 물 따위의 갈래를 세는
단위로도 쓰인다. 예를 들면 물줄기, 강줄기, 산줄기, 빗줄기
처럼 거침없이 뻗어나가는 갈래를 지칭한다. 물줄기나 강줄
기, 산줄기나 빗줄기도 그 마음대로 결정되지 않고 처한 상황
에 따라 대응하면서 자기만의 줄기 형태를 갖춰나간다.

자기만의 색깔을 찾아가는 과정이 우리가 하는 공부다.유영
만, 2016[87] 남들처럼 살지 않고 자기만의 색깔을 찾아 나답게 살
아가려는 사람이야말로 줄기차게 사는 사람이다. 줄기차게
살아가는 사람은 색다름을 추구하면서 저절로 남다름을 증명
해 보이는 사람이다.

이안 감독의 영화 〈색계色,戒〉를 보면 '색色'으로 '계戒'가 무
너지는 장면이 나온다. '색'은 색욕色慾을 의미하는 것이 아니
라 그 사람 특유의 개성을 드러내는 색깔이다. '계'는 색을 경
계하는 마음이다. 경계하는 마음의 빗장을 풀게 하는 원동력
은 그 사람 특유의 색깔이다. 색깔은 단순히 '물색物色'해보고
'수색搜索'해본다고 알 수 있는 것이 아니다. 물색해서 본래의
의도를 찾아보고 수색해서 숨은 의도를 찾는 노력 가운데 '반
색斑色'할 수 있는 색깔을 찾을 수도 있다. 하지만 그렇게 찾은
반색은 잠깐 반짝이는 색일 뿐이다. 그렇게 찾은 색깔은 그
사람의 고유한 색깔이라기보다 궁색하기 이를 데 없는 색깔

이다. 다른 사람의 색깔을 흉내 내서 도색塗色을 해도 그 사람 본래의 색깔을 가질 수는 없다. 나만의 색깔은 내 안에 있다. 내 안의 색깔은 구색究索을 통해 구색具色을 갖출 수 있다. 이는 어느 날 갑자기 드러나지 않는다. 끊임없이 실험하고 모색摸索하며, 탐색探索하고 사색思索하는 가운데 찾을 수 있다. 고독한 사유의 시간을 통해서 내면으로 파고드는 사색만이 자기 특유의 사유 체계를 완성하는 길이며, 독창적 사상을 확립하는 길이고, 세상의 흐름을 뒤바꿀 수 있는 철학적 사유 체계로 자리 잡을 수 있게 된다.

4.
가지:
여러 가지이지만
마찬가지다

중심지에서 여러 가지를 뻗어야 경지에 이른다

"'나'라는 말이 '우리'라는 말로 대체되면 '아픔'도 '건강함'으로 바뀐다When 'I' is replaced with 'We', even 'Illness' becomes 'Wellness'."

흑인 인권 운동가 맬컴 엑스Malcolm X의 말이다. 사실 이 말은 Illness의 첫 스펠링 'I'와 Wellness의 첫 스펠링 'W'를 대조한 언어유희다. 외화 번역가 이미도는 이 말을 나뭇가지에 비유한다. 'I'는 나뭇가지 한 개로, 'We'는 나뭇가지 묶음으로 보인다고 하면서 영화 〈스트레이트 스토리The Straight Story〉에 나오는 일화를 소개한다.

아들 형제가 허구한 날 싸우자 아버지가 장남에게 나뭇가지 묶음을 주며 부러뜨려 보라고 지시한다. 나뭇가지 묶음이 부러지지 않자 아버지는 자식들에게 또다시 지시한다. "하나씩 부러뜨려라." 이번에는 나뭇가지가 잘 부러지자 아버지는 그제야 가르침을 준다. "분열하면 각자는 나뭇가지 하나만큼도 강해질 수 없다." 그리고 이 영화의 명대사, "가족은 묶어 놓은 나뭇가지와 같다Family is like a bundle of twigs."는 말이 쉽게 지워지지 않는다. 홀로 버티는 한 가지는 약하지만 여러 가지가 하나로 뭉쳐서 발휘하는 힘은 강하다.

'가지'라는 말은 나무나 풀의 원줄기에서 뻗어나온 줄기라는 뜻이다. 나무의 가지는 나무줄기에서 뻗어나온 또 하나의 줄기다. 나뭇가지는 수직으로 자라는 줄기에서 뻗어나와 수평으로 자란다. 하나의 줄기에서 여러 가지가 뻗어나오지만 한 줄기와 뿌리에서 나온 것은 '마찬가지'다. 가지가 하나면 '한 가지'고, 여러 개면 '여러 가지'다. 한 가지는 형태, 성질, 동작 따위가 서로 같은 것이라는 뜻이고, 여러 가지는 여러 성질을 갖고 있어서 한 가지로 말할 수 없는 상태를 가리킨다. 가지가 여러 개인데 마치 한 가지처럼 보이면 '마치 한 가지', 즉 '마찬가지'라고 한다. '마치'와 '한 가지'가 합쳐져 '마치 한 가지'가 되었고 결국 '마찬가지'로 변한 것이다.

나무를 관찰하다 보면 여러 가지 뿌리에서 하나의 줄기가 나오는 것을 볼 수 있다. 물론 뿌리도 처음에는 하나이지만 나무가 성장하면서 뿌리와 뿌리 사이로 여러 갈래의 뿌리가 생긴다. '여러 가지' 뿌리에서 하나의 줄기가 나오고 다시 하나의 줄기에서 '여러 가지'가 각자의 방향으로 자란다. '여러 가지'는 가지각색의 꿈을 꾸면서 자라지만 모든 가지가 처음에는 하나의 줄기에서 성장한 것이다. 하나의 줄기에서 자라는 '여러 가지'는 다 다른 것 같지만 자세히 보면 한 그루의 나무에서 자라는 '마찬가지'다.

입장은 다르지만 주장하고자 하는 의도와 의미는 '마찬가지'인 경우가 있다. 사람은 다 다르지만 뿌리를 찾아 들어가 보면 모두 가족을 근간으로 형성된 사람 공동체라는 점에서 '마찬가지'다. 한 가족은 아버지와 어머니 사이에서 태어난 사람들로 구성되는 공동체라는 점에서 마찬가지다. 겉으로 보기에는 다른 것 같지만 자세히 보면 '마찬가지'라는 말이다. 나뭇가지도 각자 다른 방향으로 자라고 있지만 사실 따지고 보면 하나의 줄기에서 나온 '마찬가지'다.

"세상에는 온갖 나무가 있어 나무마다 그 가지들이 지니는 독특한 개성대로 뻗어가지만 감나무 가지만큼 너그럽게, 자유롭게, 평화롭게 뻗어나가는 나무는 없다. 처음 둥치에서 가지 몇 개가 나오면 그것이 동서남북으로 뻗어나간다. 그 가지에서 다시 다음 가지가 나면 그것이 또 사방으로 뻗는다. 이래서 어떤 가지는 이쪽으로, 어떤 가지는 저쪽으로, 어떤 것은 위로, 어떤 것은 아래로, 또 앞으로, 뒤로, 어느 방향이든지 빈 하늘로 나아가는데, 결코 다른 가지가 뻗어가는 쪽으로 같이 다투어 가는 일이 없고, 가지끼리 부딪치지도 않는다."[이]

오덕, 2002[88]

가지가지이지만 그럼에도 불구하고 가지끼리 싸우지 않고 사이좋게 자란다.

"花枝自短長화지자단장 春色無高下춘색무고하."

《금강경오가해金剛經五家解》에 나오는 구절이다. 같은 나무에서 자란 것인데도 꽃가지는 긴 것도 있고 짧은 것도 있으며 온 천지에 찾아든 봄에는 차별이 없다는 뜻이다. 가지마다 여러 가지 차이가 있기 때문에 다름과 차이가 조화를 이루어서 나무 전체가 아름다운 균형미를 보여주는 것이다.

이렇게 하나 저렇게 하나 '마찬가지'라는 말이 있다. 이런 저런 노력을 하면서 여러 가지 시도를 해봤지만 결과는 같다는 말이다. 이때의 '마찬가지'는 괜히 다른 생각이나 여러 가지 시도를 하면서 쓸데없이 시간과 에너지를 낭비하지 말라는 뉘앙스가 잠재되어 있는 부정적인 말이다. '마찬가지'와 비슷한 말에 '피장파장'과 '피차일반彼此一般'이라는 말이 있다. "내 처지나 네 처지나 피장파장 아닌가?"라고 하면 네 입장이나 내 입장이나 마찬가지라는 말이다. 여기서 '마찬가지'는 두 사람의 입장이나 처지가 다르지 않고 똑같다는 말이다. "돈도 없고 집도 없어 떠돌이 생활하는 것은 자네나 나나 피차일반이 아닌가?"라고 하면 자네나 나나 마찬가지라는 말이다. 이처럼 마찬가지는 잘난 척 해봐야 피차일반이고 피장파장이라는 말이다.

그런데 "그 사람은 일에 대한 열정이 10년 전이나 지금이나 마찬가지"라고 한다면 여기서 '마찬가지'는 한결같다는 말이다. 초심을 유지하면서 열심히 살아가는 모습이 예나 지금이나 '마찬가지'라는 말은 놀라울 정도로 한결같아서 칭찬해 주고 싶다는 말이다. '마찬가지'라는 똑같은 말이지만 부정적인 의미를 담은 말이기도 하고 긍정적인 의미를 담은 말이기도 하다.

여러 가지이지만 마찬가지인 나뭇가지도 비록 수평으로 줄기에 매달려 있지만 위로 자라려는 욕망을 품고 있다. 대부분의 나뭇가지는 살아 있다는 증거로 수평으로 뻗어 있거나 위로 자란다. 그러나 나이가 들면서 나뭇가지를 지탱할 힘이 없으면 아래로 축 처진다. 힘없이 늘어진 나뭇가지는 나무가 살아가는 힘겨운 삶의 단면을 보여주는 것이다.

"울창한 숲에서 나무의 아래 가지는 세월이 지나면 죽게 된다. 죽였는지 죽었는지는 몰라도. 나무는 해를 향해 위로 올라가려고 한다. 그늘에 놓이면 생명을 유지하기 어렵다. 큰 고목 곁에서 어린 나무가 자라지 못하는 이유다. 나는 나무를 보면서 '내가 태양을 바라보는 동안 내 뒤에는 그늘이 생기겠구나.' 하는 걸 느낀다. 어쩌면 인간도 존재하는 그 이유만으로 주위에 '그늘'을 만들 수 있겠구나 하는 것이다."[89]

내가 만든 그늘이 누군가의 생명에는 지장이 될 수 있음을 나뭇가지를 통해 깨닫는다.

가지가지 하다 보면 긍지를 갖고 고지에 이른다

사람들은 저마다 가지각색의 꿈을 가지고 살아간다. 꿈의 색깔은 가지각색이다. 사람들마다 가슴을 뛰게 만드는 일이 각기 다르기 때문이다. 그럼에도 불구하고 사람들이 마침내 꿈을 이뤘을 때의 기분과 성취감은 '마찬가지'다. 꿈을 이루는 여정에서 직면하는 걸림돌의 종류는 '여러 가지'이지만 그걸 극복하려는 불굴의 의지와 집요한 노력은 '마찬가지'다. 꿈의 종류나 꿈을 이루는 과정에서 만나는 어려움은 '여러 가지'로 구분될 수 있지만 이 또한 결국은 '마찬가지'다.

꿈을 이루기 위해서는 갖가지 노력을 하면서 여러 실험과 모색을 통해 내 몸이 끌리는 일을 찾아야 한다. 꿈을 성취한 사람들의 열정은 예나 지금이나 '마찬가지'다. 그들은 꿈을 이루었다고 자만하거나 거기서 안주하지 않고 또 다른 꿈을 찾아 도전하는 삶을 살아간다.

걸림돌과 디딤돌은 같은 돌이다. 꿈을 향해 달려가는 사람은 수많은 걸림돌을 만난다. 걸림돌은 꿈으로 향하는 여정을 가로막는 방해물이 아니라 오히려 밟고 넘어가야 할 디딤돌이다. 그래서 걸림돌은 디딤돌이다. 걸림돌과 디딤돌의 성격과 유형은 다르지만 둘 다 밟고 넘어서야 될 돌이기 때문에 '마찬가지' 돌이다. 걸림돌과 디딤돌을 '마찬가지' 돌이라고 생각하는 사람과 그렇지 않다고 생각하는 사람의 차이는 천지 차이다. 둘 다 같은 돌에서 왔지만 앞에 놓인 돌을 어떻게 생각하고 받아들이느냐에 따라 걸림돌이 되기도 하고 디딤돌이 되기도 한다. 걸림돌 때문에 앞으로 전진하지 못했다고 생각하는 사람이 있는가 하면 걸림돌을 만난 덕에 걸림돌을 디딤돌로 전환하는 법을 배웠다고 생각하는 사람이 있다. 성공하는 사람은 걸림돌을 디딤돌로 볼 수 있는 가능성의 눈을 가진 사람이다.

나뭇가지는 바람이 불면 흔들리고 눈이 쌓이면 힘들게 버티다 때로는 부러지기도 한다.

"나무는 소백산보다 무거운 세월의 무게를 수백 년 동안 잘 견디다가도 어느 순간 몸을 간직하기 위해 가지를 버린다. 나무가 세찬 비바람에 가지를 버리는 것은 체념이 아니라 몸을 가볍게 하기 위한 지혜이자 비바람에 대한 예의다."강판권.
2015[90]

가지가 너무 많으면 다른 가지뿐만 아니라 나무 전체가 자라는 과정에 방해가 될 수 있다. 이때는 가지치기를 해줘야 한다. 가지치기는 두 가지 의미를 갖고 있다. 가지가 계속 뻗어나가는 것을 가지치기branching라고 하고, 가지를 잘라내고 정리하는 것을 가지치기pruning라고 한다.신준환. 2014[91] 가지치기 pruning 없이 가지치기branching를 할 수 없다. 나무가 너무 많은 가지를 치면 가지치기pruning를 통해서 잘라내야 한다. 그래도 나무 생명에는 지장이 없다. 가지치기branching를 너무 왕성하게 한 나머지 가지끼리 부대끼는 일도 생긴다. 그러다 비바람이나 눈을 못 이겨 부러지기도 한다. 그래도 나뭇가지는 비바람을 탓하거나 좋지 못한 환경을 탓하지 않는다. 도리어 비바람과 눈보라 덕분에 너무 길게 가지를 뻗으면 부러질 수 있다는 교훈을 얻는다.

또한 나뭇가지는 여러 가지가 너무 가까운 거리에서 한꺼번에 같은 방향으로 자라기 시작하면 가지각색의 어려움을 겪을 수 있다는 사실을 오랜 삶을 통해서 깨달아왔다. 그래서 하나의 다른 나뭇가지와 일정한 거리를 유지한 채 각자의 방향으로 뻗어나가면서 꿈을 꾼다. 나뭇가지는 가만히 있는 것 같지만 각자의 꿈을 이루기 위해 때로는 동분서주하고 때로는 다른 새들이나 곤충들에게 편안한 휴식처를 제공하기도 한다.

나뭇가지가 보여주는 가지각색의 꿈과, 여러 가지이지만 하나의 나무로 귀결되는 마찬가지의 정체성, 어떤 상황에서도 환경을 나무라지 않는 나무의 의연함을 오늘도 배운다. 나무는 나무라지 않는다. 주어진 자리에서 비록 흔들리더라도 운명을 부둥켜안고 살아가는 나무의 의연함에 고개가 숙여진다.

감당하기 벅찬 나날들은 이미 다 지나갔다.
그 긴 겨울을 견뎌낸 나뭇가지들은

봄빛이 닿는 곳마다 기다렸다는 듯 목을 분지르며 떨어진다
그럴 때마다 내 나이와는 거리가 먼 슬픔들을 나는 느낀다
그리고 그 슬픔들은 내 몫이 아니어서 고통스럽다
그러나 부러지지 않고 죽어 있는 날렵한 가지들은 추악하다

기형도 시인의 〈노인들〉이라는 시다. 목을 분지르며 떨어지는 나뭇가지의 의연함과 부러지지 않고 죽어 있는 날렵한 가지들의 추악함을 극명하게 대조해서 보여주고 있다. 세상의 불의와 싸우다 죽은 의인들의 숭고한 죽음과 혁명의 뒤안길에서 눈치를 보며 자리를 넘보던 기회주의자들의 삶을 부러진 나뭇가지와 죽어 있는 날렵한 가지의 뻔뻔스러움으로 비교하고 있다.

"하늘과 경계한 나뭇가지, 손을 펼쳐 미래를 만진다. 시간의 흩뿌림은 나를 타자로 만드는 공, 간에 데려다놓았다. 그리하여 나는 나에게(너에게) 말을 건넨다. 평화 안에서 숨 쉬기를, 더욱 사랑하기를, 내가 미래의 너를(그러니까 나를) 바라볼 수 있기를, 나무가 된 나는(너는) 큰 마음을 열어 하늘을 만진다."김화수, 2015[92]

줄기에서 중심을 두고 사방팔방으로 뻗어나온 나뭇가지는 저마다 살아가는 취지와 요지를 갖고 있다. 숱한 어려움에도 불구하고 긍지를 갖고 살아가는 나뭇가지는 있는 그 자리에서 오늘도 안간힘을 쓰고 있다. 지나가는 바람을 만지고 내리

쬐는 햇볕을 받으며 줄기차게 솟구치려는 줄기에 붙어 오늘
도 어떻게 사는 것이 올바른 삶인지를 묵묵히 굽어보고 있다.
숱한 시련과 역경을 견디며 자라다 보면 나뭇가지는 본인의
의지와 관계없이 굽어진다. 굽은 나뭇가지, 곡지曲枝가 있어야
그만큼 가슴속에 품은 뜻, 심지心志도 굳어진다.

5.
옹이:
상처가 있어야
상상력이 비상한다

옹이는 나무의 한이 맺힌 응어리다

나무는 위로 자라면서 가지가 점점 많아진다. 아래쪽에 위
치한 가지는 위쪽 가지에 가려져 햇볕을 충분히 받지 못하면
서 성장에 필요한 영양분을 만들지 못한다. 아랫부분에 위치
한 가지가 성장을 멈추고 죽은 가지로 변하면서 나무줄기에
옹이가 생긴다. 옹이는 나무가 성장함에 따라 나무 몸에 박힌
나뭇가지의 그루터기다. 나뭇가지가 외부적 압력에 의해 부
러지거나 다른 나뭇가지에 눌려서 죽었을 때도 옹이가 생긴
다. 분절, 사절 등 옹이가 생기는 이유는 여러 가지다. 옹이는
줄기에 붙어 있는 가지가 더 이상 성장할 수 없을 때 나무의
몸에 남긴 한맺힌 응어리다.

　모든 나무는 뿌리에서 줄기를 만들고 줄기에서 가지를 만

들지만 모든 가지가 다 동일하게 성장하는 것은 아니다. 줄기에서 만들어진 가지는 옆으로 성장하면서 환경적 장애물을 만나면 더 이상 성장할 수 없는 시점을 만난다. 그 시점에서 나뭇가지는 자신이 살아온 삶의 흔적을 나무줄기 깊숙이 남기고 한생을 마감한다. 이런 점에서 옹이는 외부의 상처가 안으로 깊어져 생긴 고통의 흔적이자 희망의 에너지이며 고통을 견디는 내성耐性이다.강판권, 2015[93]

나무줄기에 옹이가 많다는 것은 그만큼 자라면서 가지가 많이 꺾였다는 증거다. 옹이는 나무가 나이를 먹으면서 자기 몸에 아로새긴 사투의 흔적이자 삶의 얼룩이다. 하지만 그 흔적과 얼룩이 세월이 지나면서 그 어떤 나무에서도 발견할 수 없는 특이한 삶의 발자취를 보여주는 증표다. 옹이가 처음 만들어질 때 나무가 겪었던 아픔은 세월과 함께 안으로 파고들어 생긴 내성으로 작용한다. 아픔이 승화되면 찬란한 무늬가 된다. 상처 위에 핀 꽃이 더 아름다운 이유다.

옹이가 줄기에 박힌 깊이와 강도는 줄기가 자라면서 벌인 사투의 정도에 따라 다르다. 단단한 옹이가 줄기 속으로 깊게 파여 있다는 것은 그만큼 줄기가 자라면서 힘들었다는 증거다. 마치 사람이 받은 상처의 깊이가 깊을수록 아픈 삶을 상징적으로 보여주는 증표가 되듯이 옹이도 살아오면서 줄기가 받은 고통의 응어리를 소리 없는 아우성으로 보여준다.

나무줄기에 옹이가 생기면 나무는 목재로서 가치가 현격하게 떨어진다. 옹이는 목재의 가치를 떨어뜨리는 홈이기 때문이다. 비단 같은 나뭇결에 옹이가 보이면 옥의 티를 넘어서 치명적인 얼룩이자 결함으로 여겨진다. 하지만 이런 옹이도 그 나름의 가치를 인정받을 때가 있다. 건물의 대들보나 기둥으로 쓰일 때다. 나무는 습도나 온도 변화가 심하면 결이 갈라지거나 뒤틀릴 수 있다. 하지만 옹이가 있는 나무는 갈라짐이나 뒤틀림 현상이 덜하기 때문에 그만큼 더욱 튼튼한 버팀목으로서의 역할을 한다. 외부에서 견디기 힘든 충격이 와도 나무가 자라면서 겪은 고통을 안으로 받아들여 만든 옹이 덕분에 뒤틀리거나 갈라지지 않고 굳건히 버티는 것이다. 또한 옹이는 나뭇결을 거슬러 반대 방향으로 힘을 쓸 수 있도록 작용하기 때문에 목재로서의 강도를 높일 수 있는 나무의 비밀병기가 아닐 수 없다.

옹이는 아픔을 견디고 피워낸 아름다운 상처다

옹이는 아픔을 견디고 피워낸 꽃이자 힘든 과정을 극복하고 만들어진 내면의 무늬라서 웬만한 충격에도 변하지 않는다. 다른 부분은 쉽게 변색되고 변화되지만 옹이는 힘겨운 시간이 축적되면서 내면의 단단함으로 승화되었기에 어지간한 외부 충격에는 아랑곳하지 않는다. 옹이는 그래서 삶의 버팀목이자 힘들 때 자신을 지켜내는 마지막 보루다. 옹이가 없이 말끔한 나뭇결을 자랑하는 나무는 겉으로 보기에는 아름답지만 그만큼 살아오면서 힘든 과정이 없었다는 뜻이 된다. '못생긴 나무가 산을 지킨다'는 말처럼 옹이가 박힌 나무는 다른 나무보다 견고해서 오랫동안 건축물을 유지할 수 있는 디딤돌이 된다. 흠집이 없는 말끔한 나무가 외관상 목재로서 가치가 더 있어 보이지만, 옹이처럼 옥의 티가 있어야 더욱 돋보이는 건축자재가 될 수도 있다. 특히 강도를 요구하는 용처에는 옹이가 있는 나무가 목재로서의 가치가 훨씬 뛰어나다. 예측 불허의 외압이 작용하거나 위협적인 뒤틀림이 예상되는 곳에는 옹이가 훌륭한 버팀목이 된다.

옹이는 사람으로 따지면 손바닥에 맺힌 굳은살이다. 그래서 본래는 나무의 몸에 박힌 가지의 밑 부분을 의미하지만 '굳은살'을 비유적으로 이르는 말이기도 하다. 예를 들면 손바닥에 굳은살이 박이도록 힘들게 일했을 때 '손에 옹이가 박혔다'고 한다. 옹이는 가슴에 맺힌 감정 따위를 비유적으로 이르는 말이기도 하다. 예를 들면 "마음속에 응어리졌던 옹이가 흐물흐물 삭아져버리고 말았다."처럼 쓰인다. 이렇듯 옹이는 마음에 자리 잡은 깊은 상처를 말한다. "옹이에 마디"라는 속담은 엎친 데 덮친 격으로 힘든 일이 계속 생긴다는 의미다. '옹이 지다'는 '마음에 언짢은 감정이 있다'는 의미다.

경지에 이른 사람은 모두 가슴속에 저마다의 아픈 옹이를 지니고 있다. 손바닥에 박인 굳은살처럼 마음에도 옹이를 품고 있는 것이다.

옹이 속을 들여다보면 그 사람이 살아온 삶이 담겨 있다. 나무는 옹이를 통해 자신의 존재를 증명한다. 옹이의 크기와 색깔이 다른 이유는 나무마다 겪어온 삶이 다르기 때문이다. 세상에 똑같은 옹이는 없다. 저마다 사연과 배경, 색깔과 향기가 다르다. 예기치 못한 사건으로 물거품이 되었던 아픔의 흔적, 음지에서 벌인 사투, 걸림돌에 넘어져본 쓰라린 체험, 바닥에서 기어본 좌절과 절망의 시간이 고스란히 가슴속의 옹이로 남는다. 그 옹이에 담긴 숱한 시간의 점이 모두 빛나는 나의 이야기로 거듭나는 것이다.

시커멓게 멍든 것처럼 보이는 옹이의 흔적이 나무의 존재를 색다르게 만들듯 아픈 상처가 모든 사람들에게 감동을 주는 스토리로 탄생한다. 옹이가 없는 나무는 다른 나무와 차이가 없는 나무다. 마찬가지로 내 삶에 옹이가 없다면 추억으로 건져 올릴 스토리가 없는 삶이다. 삶이 아름다운 이유는 저마다 간직하고 있는 옹이가 보여주는 특이함 때문이다. 옹이와 비슷한 말이지만 나무의 다른 상처를 지칭하는 말로 '옹두리'가 있다. "옹두리는 나뭇가지가 부러지거나 상한 자리에 결이 맺혀 혹처럼 크게 튀어나온 자국"우종영, 2003[94]이다. 옹두리나 옹이는 모두 나무가 어쩔 수 없이 당하면서 아픈 제 몸이 토해

내는 옹알이나 다름없다. 무슨 말인지 이해는 되지 않지만 하고 싶은 내면의 욕망이 겉으로 표출되는 게 바로 아이의 옹알이인 것처럼 옹이도 상처를 견디면서 소리 없이 외치는 침묵의 함성이다.

옻나무는 평생 상처받으며 사는 나무다. 옻칠의 원료를 채집하기 위해 옻나무에 사람들이 수없이 상처를 낸다. 칼로 옻나무 줄기를 긁어서 흠집을 내면 거기서 진한 옻나무 체액, 즉 옻진이 나오는데, 이것은 옻나무가 아파서 흘리는 피눈물이다. 나전칠기 공예가들은 옻나무 상처에서 흐르는 옻진을 피고름이라고도 한다. 옻나무가 인간에게 바치는 헌신의 선물인 것이다. 옻나무는 평생을 인간에게 긁혀서 피고름을 짜내듯 옻칠의 원료를 내준다. 더 이상 긁힐 곳이 없으면 옻나무는 이제 사람에게 베어져 최후를 맞이하게 된다. 자기 삶을 다 산 것이다.

한평생 옻칠의 원료를 인간에게 아낌없이 주고 살다가 장렬히 죽어가는 옻나무를 보면서 나무의 희생이 사람에게 주는 진정한 가치가 무엇인지를 생각해본다. 옻나무가 내뿜는 진한 체액 덕분에 제품들이 아름다운 광택을 낼 수 있고 오랫동안 썩지 않고 보관될 수 있다. 내가 혜택을 보고 있는 지금 이 순간의 감동과 환희는 보이지 않는 가운데 누군가가 희생한 대가다. 나뭇가지가 부러져서 생긴 옹이처럼 옻나무의 상처에서 나오는 옻진 덕분에 우리는 나전칠기의 화려한 빛깔을 만날 수 있다. 옻나무의 상처에서 흐른 옻진이 옻칠의 원료가 되어 수백, 수천 년 썩지 않는 아름다운 광택을 만든다. 진정한 사랑은 아픈 상처가 피워낸다.

6.
나이테:
나무는 나이를
옆으로 먹는다

나이테는 나무의 성장 일기다

나이테는 나무의 자서전이라고 한다. 나무가 살아온 역사를 알고 싶으면 나이테를 보면 된다. 나무는 어떤 환경에서 얼마 동안 어떻게 자랐는지 자신의 삶의 역사를 고스란히 나이테에 축적해놓는다. 그래서 나이는 속여도 나이테는 속일 수 없다.이동혁, 2012[95] 나이는 그동안 내가 어떤 공간에서 어떤 시간을 보냈는지를 말해주는 내 삶의 이정표이기도 하다. 나는 결국 내가 보낸 시간과 공간의 합작품이다. 지금까지 만든 나의 이정표는 또 다른 미래로 향하는 내 삶의 소중한 등대 역할을 할 수 있다.

나이테를 보면 나무가 자라면서 겪은 희로애락이 그려져 있다. 봄부터 여름까지는 나무가 쑥쑥 자라면서 나이테에도 넓고 연한 자국을 남기지만 가을부터 겨울까지는 별로 자라지 않고 힘들었던 고생의 흔적을 나이테에 좁고 진하게 남기는 것이다.

"나이테란 봄부터 여름까지 세포 분열이 활발해 나무가 쑥쑥 자라는 시기에는 목재의 색깔이 연하고 폭도 넓다가, 가을부터 겨울을 견디는 동안에는 아주 천천히 자라나 조직이 치밀해지고 색깔이 진하며 폭도 좁아져 생겨나는 것입니다. 그러니 겨울이 없다면 나무에게 제대로 된 나이테가 생길 수 없습니다."이유미, 2004[96]

나이테 간격이 넓다는 것은 그 당시 나무가 자라는 환경이 좋았다는 의미다. 반면에 나이테 간격이 좁다는 것은 그만큼 자라는 과정에서 숱한 역경이 있었음을 방증하는 것이다. 하지만 나이테는 오로지 나무가 죽었을 때에만 볼 수 있다. 나무가 살아 있을 때 나무의 역사를 알기 위해서는 기록이 있어야 한다. 하지만 모든 나무가 역사적 기록을 갖고 있지 않기 때문에 전해져 내려오는 다양한 이야기를 통해 나무의 나이를 추측할 수밖에 없다.

사람은 저마다의 환경 속에서 사연과 배경을 토대로 자신의 삶을 살아간다. 나무도 마찬가지다. 나무는 어떤 환경에서 처음 출발하는지에 따라 자신의 삶을 만들어간다. 척박한 땅에서 자라기 시작하면 출발부터 순조롭지 못한 운명을 타고

난 것이다. 그런 나무의 나이테는 색이 어둡고 간격도 좁다. 그만큼 살아남기 위한 치열한 사투가 있었음을 보여주는 것이다.

서울 동의동에 있었던 백송은 원래 천연기념물로 지정되었다가 벼락을 맞고 말라 죽어 천연기념물에서 제외된 소나무다. 놀라운 사실은 백송의 나이테를 분석하는 과정에서 밝혀진 점이다. 1919년부터 1945년 사이의 나이테 간격이 다른 해에 비해 상대적으로 좁았다고 한다.차윤정·전승훈, 1999[97] 일제강점기 민족이 겪었던 아픔을 나무도 같이 겪은 것일까. 어지러운 세월의 수상함을 감지해서 백송도 성장을 제대로 하지 못했음을 나이테에 증거로 고스란히 남긴 것이라 할 수 있다. 아무 생각 없이 서 있을 것이라는 생각과 다르게 나무도 한 시대의 어지러운 기운을 알아차려 나이테로 자신의 괴로운 심정을 남겼는지도 모른다. 나무도 사람처럼 시대적 상황의 어려움을 감지하고 나름의 생존 전략을 채택한다는 신비한 이야기가 그저 들려오는 전설이 아니라는 점이 어느 정도 입증되고 있다. 나무는 성장하면서 많은 시련과 역경을 경험한다. 예기치 못한 환경의 위협과 인간의 무분별한 개발로 인해 성장에 위협이 느껴질 경우 그 아픔을 나이테에 남긴다. 나이테는 그래서 나무가 자라며 겪은 희로애락이 고스란히 담긴 성장 일기다.

사람의 나이는 얼굴에 그려지고 몸에 각인된다. 나이가 들수록 얼굴에 주름이 생기고 소위 나잇살이 생기면서 몸도 본래의 기능을 하나둘씩 잃어가고 동시에 연륜과 경험을 더해 간다.

"마음의 고름은 의심이고, 마음의 주름은 근심이고, 마음의 기름은 욕심입니다."주철환, 2010[98]

나이를 '좀 먹는' 것은 얼마든지 괜찮지만 남의 일, 어떤 사물에 드러나지 않게 조금씩 자꾸 해를 입히는 '좀먹는' 일은 하지 말아야 한다. 나이가 들수록 보다 겸손하고, 말을 적게 하며, 다른 사람의 이야기를 들어야 한다. 그게 나이에 어울리게 사는 비결이다. 나무는 나이가 들수록 더욱 아름다워지지만 사람은 다 그런 것만은 아니다. 연륜年輪이라는 말이 시사하듯 나이를 먹을수록 나무처럼 둥글게 살아가며 세상을 포용하고 수용할 때 더욱 품격이 있어 보인다. 하지만 나이를 먹는 사람의 경우 연륜과 경험에 걸맞은 언행을 하지 못하고 가슴에 못을 박는 일을 자신도 모르게 저지를 때가 많다. 이런 일이 바로 다른 사람의 행복에 해를 끼치는 '좀먹는' 행위다. 나이는 '나 이제 스스로 생각하고 행동할 수 있는 자립심이 있다'는 것을 보여주는 보증수표다. 나무가 자신의 삶을 고스란히 나이테에 담아 아름다운 무늬를 만들듯 사람도 살아가면서 몸으로 겪은 다양한 흔적을 자기만의 아름다운 무늬로 재탄생시켜야 행복한 사람이 아닐까.

옆으로 성장하는 나이테가 위로 성장하는 높이를 결정한다

"나무의 줄기는 위로 향하지만 뿌리는 아래로 향하고, 나이테는 수평으로 뻗는다. 한쪽은 위로 향하면서 다른 한쪽은 아래로 향하는 절묘한 조화가 바로 나무의 삶이다. (…) 줄기가 위로 향할 때 가지는 옆으로 뻗는다. 나무는 햇볕을 먹기 위해 수직상승하는 힘만큼 '수평 살이'에도 같은 힘을 쏟는다. 그래야만 균형을 잡을 수 있기 때문이다."강판권, 2015[99]

우리가 나이테에서 배울 수 있는 소중한 교훈은 나무는 위로 자라면서 동시에 옆으로 자란다는 것이다. 보통 전문가라고 하면 아래로 파고들어 깊이 있는 경험과 지식을 가진 사람을 연상한다. 나무로 따지면 옆으로 성장하지 않고 아래로 뿌리를 내리면서 동시에 위로 성장하는 모습이다. 나무와 풀의 차이점이라면, 나무는 위로 성장하는 동시에 옆으로 성장하면서 나이테를 만들지만 풀은 나이테를 만들지 않고 위로만 성장한다는 데 있다. 나무는 자신의 존재 기반을 마련하기 위해 뿌리를 깊이 내리고 동시에 그만큼 위로 성장하면서 옆으로 몸집을 불려나간다. 그것도 둥근 원 모양으로 띠를 만들면서 자란다. 한 분야의 이상적인 전문가는 자기 분야에서의 내공도 있어야 하지만 타 분야를 이해하는 열린 마음과 폭넓은 관점을 겸비해야 한다.

위아래로 향하면서도 옆으로 몸집을 불리는 나무는 수직

적인 시간축의 삶과 수평적인 공간축의 삶, 즉 종적인 삶과 횡적인 삶을 동시에 산다. 아래로 파고드는 노력을 '세로 지르기'라고 한다면 옆으로 영역을 넓히려는 노력은 '가로 지르기'라 할 수 있다. 나무는 수직적 깊이와 높이는 물론 수평적 넓이를 동시에 추구하는 생명체다. 본립도생本立道生, 근본根本이 서면立 도道가 생긴다生! 《논어》 '학이편'에 나오는 말이다. 공부는 근본을 깊이 파고들어 성장할 수 있는 높이를 준비하는 작업이다. 아래로 파고든 깊이가 위로 성장할 수 있는 높이를 결정하는 것이다. 깊이 없는 높이는 사상누각이다. 깊이 뿌리를 내려야 세찬 비바람에 흔들려도 넘어지지 않듯이 공부도 깊이 파고들어 근본을 잡아놓아야 시련과 역경에 무너지지 않고 앞으로 나아갈 수 있다.

공부는 뿌리를 찾기 위해 깊이 파고들되 넓이를 동시에 추구하는 과정이다. 우선 깊이 파고드는 공부를 하지만 넓이 없이 깊이만 파면 기피 대상이 될 수 있다. 깊이 없는 넓이는 참을 수 없는 가벼움이며 넓이 없는 깊이는 견딜 수 없는 답답함이다. 우선 내 전공 분야를 파고들어 어느 정도 경지에 이르러야 다른 분야를 만나도 내 주관으로 비판적으로 바라볼 수 있고 어떤 융합을 시도해야 창조적 지식 융합이 일어날지를 알 수 있다. 깊이 없는 무분별한 학문적 접목은 이것도 저것도 아닌 미천한 논리와 지식을 양산할 뿐이다. 전공에 대한 내공을 쌓아야 더 깊은 곳을 더 넓게 파고들어가는 관점이 생길 수 있다. 깊어지되 마음을 열자. 내가 모르는 분야가 더 많다는 것을 인정하여 언제나 자세를 낮추고 공부를 게을리하지 않을 때 비로소 그 누구와도 구분될 수 있는 색다른 경지에 이르게 된다. 이는 세로 지르기로 깊이를 추구하는 동시에 가로 지르기로 넓이를 확장하는 십자 지르기를 병행해야 하는 이유다.

7.
단풍:
시련받은
단풍이 '앓음'답다

단풍은 나뭇잎의 찬란한 죽음이다

단풍丹楓은 무성했던 성하의 녹음을 지나 겨울로 가는 길목에서 나무가 보여주는 마지막 사투의 흔적이다. 광합성을 위해 필요했던 나뭇잎은 겨울이 오기 전에 마지막 열정을 불사른다. 불타는 단풍으로 물들인 만산홍엽滿山紅葉은 인간에게 보는 즐거움을 주지만 나무에게는 겨울로 가는 준비 작업이 된다. 나무는 미련 없이 버릴 것을 준비한다. 버릴 때를 놓치고 그대로 갖고 있다가는 큰코다칠 수 있다는 사실을 나무는 잘 알고 있기 때문이다.

나무는 그동안 광합성을 하는 데 큰 기여를 했던 나뭇잎에 마지막 축제의 장을 마련하는데, 다름 아닌 단풍으로 자신의 몸을 불태우는 것이다. "버려야 할 것이 무엇인지 아는 순간부터/ 나무는 가장 아름답게 불탄다." 도종환 시인의 〈단풍 드는 날〉에 나오는 시 구절이다. 나무에게 단풍은 곧 낙엽을 준비하는 치열한 과정이다. 자기 살의 일부를 떼어내야 혹한의 추위를 견딜 수 있다는 결연한 판단이 선 것이다. 나무는 동물과 다르게 그냥 서서 엄동설한嚴冬雪寒의 삭풍을 견뎌내야 한다. 나무가 택한 비상 대책은 줄기와 잎으로 흐르는 수분을 줄이는 것이다. 이렇게 하면 나무는 최소한의 에너지만 갖고도 살아남을 수 있으며 추운 겨울에 수분 때문에 얼어붙을 염려도 없다.

나무는 잎으로 흐르는 수분의 양을 줄이면서 가지와 잎을 연결하는 떨켜를 만든다. 가지에서 잎으로 가는 수분의 흐름을 차단하지 않으면 겨울에 나뭇잎이 모두 얼어붙기 때문이다. 떨켜가 완성되면 수분이 잎으로 가지 않아 푸름을 유지하던 엽록소도 서서히 파괴되기 시작한다. 대신에 가을과 함께 온도가 내려가기 시작하면 나뭇잎에 포함되어 있는 엽록소가 급격히 파괴되어 안토시아닌anthocyanin이라는 붉은 색소와 카로티노이드carotinoid라는 노란 색소가 선명해지면서 나뭇잎은 저마다의 색으로 아름다운 치장을 하기 시작한다.차윤정·전승훈, 1999[100]

단풍丹楓의 '단丹'은 붉다는 뜻이지만 노랗게 변하는 은행나무 잎이나 갈색으로 변하는 느티나무 잎도 모두 단풍이라

한다. "기온의 변화에 따른 나뭇잎의 색소 변화"가 일어나기 때문에 나무는 그 특성에 따라 잎을 형형색색으로 물들인다. 나무에 대한 문외한의 입장에서 단풍을 바라보면 성하의 여름을 견뎌왔던 녹음방초綠陰芳草가 겨울로 가기 전에 마지막 발악을 하는 모습으로 보인다. 그러나 이는 광합성을 담당했던 잎이 수명을 다해 본래의 색깔을 잃어버리고 불타는 단풍으로 자신의 존재를 보여준 다음 미련 없이 떨어져나가는 소멸 과정이다.

낙엽수는 물론 상록수도 나뭇잎을 떨어뜨린다. 우리가 보기에 상록수는 늘 푸른 것처럼 보이지만 우리도 모르는 사이에 나뭇잎을 순차적으로 갈아나간다. 나뭇잎은 자신의 죽음이 임박해오면 이전과 다르게 화려한 색으로 물들면서 생의 마지막을 준비한다. 죽어가는 단풍이 유난히 아름다운 이유는 그것이 생의 마지막에서 가장 나다운 본색을 보여주려는 사투이기 때문이다. 얼마 남지 않은 생을 감지한 전나무가 불안의 꽃을 피워내는 '앙스트블뤼테Angstblüte'처럼 위기 속에서 위대한 변화가 일어난다. 평범하고 정상적인 상황에서는 나무도 평소 살아가는 방식을 답습하지만 자기 몸에 심각한 위협이 가해지면 신체적 변화를 일으켜 마지막 발악을 하는 것이다.

환경이 열악할수록 불타는 단풍이 생긴다

사실 나무의 단풍은 나무 입장에서는 몹시 아픈 상태다. 나무의 그 아픔을 보고 인간은 황홀한 감동을 느낀다.

"단풍이 아름다운 것은 그것이 나무 일부의 죽음이기 때문이다."강판권, 2002[101]

단풍은 나무 입장에서는 어쩔 수 없는 상태에서 결정한 최후의 발악이다. 단풍으로 잎에 남아 있는 영양소를 다 태워 없앤 다음 남은 에너지는 가지로 흡수한다. 그리고 자기 몸의 일부를 떼어내기 위해 가장 뜨겁게 열정을 불사른다. 엄밀히 말하면 단풍을 구경하며 우리가 감동을 받는 과정은 한 나무의 일부가 죽어가는 과정을 보고 감동을 받는 것이다.

한 생명체의 일부가 죽어가는 과정이 그렇게 아름답다는 것은 무슨 의미일까. 모든 생명체가 가장 아름다운 때는 사투를 벌이면서 겪은 아픔을 승화시켜 경지에 이르렀을 때다. 단풍은 살아남은 나뭇잎이 보여주는 나무의 경이로운 돌풍이다. 나뭇잎도 지난봄부터 여름까지 시도 때도 없이 들이닥치는 숱한 바람에 흔들리면서 살아남았다. 또 나뭇잎을 갉아먹는 벌레들의 공격도 잘 견뎌내지 않았는가. 나뭇가지에 붙어 있는 나뭇잎만이 지금 가을의 단풍 축제를 보여줄 수 있는 기회를 잡은 것이다. 단풍은 이런 숱한 역경을 극복하고 나무가 보여주는 아름다운 풍경이다.

가을이 되면 나무는 한여름의 치열한 생존 경쟁이 언제 있었냐는 듯 자신의 몸집을 가볍게 정리하기 시작한다. 우선 한여름의 폭염을 간직한 신록의 치열함이 놀랍게도 가을이 되면서 울긋불긋한 단풍으로 변해 사람들에게 아름다움을 선사한다. 물론 일 년 사계절 푸름을 간직하는 소나무처럼 독야청청 한 가지 색을 자랑하는 나무도 있지만 대부분의 활엽수는 한여름 나뭇잎에 축적했던 삶의 치열한 흔적을 아름다운 단풍으로 바꿔 입으면서 낙엽으로서의 버림의 삶을 준비한다. 낙엽은 사람의 눈으로 볼 때는 바닥으로 떨어지는 잎이지만 나무 입장에서 보면 새봄부터 시작한 자신의 일 년의 삶을 정리하면서 과감히 또 다른 시작을 준비하는 적극적인 '보내는' 행위다. 바람과 같은 외부의 힘에 의해 떨어져나가는 것이 아니라 나무 자신의 주체적인 의지를 통해 버리고 떠나는 행위다. 그래서 나무는 버림의 미덕을 몸소 실천하는 아름다운 생명체다.

나무의 아름다움은 공존과 나눔의 미덕을 몸소 실천하는 가운데 더욱 빛을 발한다. 아름다움은 자기만의 생존과 이익을 위하는 데 급급하지 않고 남과 함께 나누며 살아가는 즐거움을 만끽하는 가운데 발견된다. 나무는 그런 의미에서 아낌없이 낙엽을 버리고 긴긴 겨울을 준비하기 위해 몸집을 가볍게 만든다.

나무 입장에서 보면 봄과 여름은 몸집을 불리고 잎을 푸르게 만들어 줄기차게 자라나는 시기다. 이때 최선의 노력을 다해 살도 찌우고 키도 키워놓지 않으면 풍성한 가을을 맞이할 수 없다. 나무에게 가을은 열매를 맺고 한 해 동안의 성과를 거둬들이는 계절이기도 하지만 혹독한 겨울 추위를 견디기 위해 다이어트를 시작하는 시기이기도 하다. 에너지의 원천이었던 나뭇잎을 단풍으로 만들어 뜨겁게 불태운 다음 미련 없이 낙엽으로 떨어뜨리는 게 나무 입장에서는 결연한 다짐으로 시작하는 다이어트다.

단풍은 나무 입장에서 보면 자기 몸에서 떨어지기 직전에 온 힘을 다해 불태우는 열풍熱風이다. 몸살을 앓을 정도로 뜨겁게 잎을 불태운 뒤 나뭇잎을 버리지 못하고 붙잡고 있다가는 같이 얼어 죽을 수도 있다. 이제 나무는 모든 것을 벗어던지고 앙상한 줄기와 가지만 살아남는다. 그것도 불안하다. 언제 눈보라가 삭풍과 함께 몰아닥칠지 모를 일이다. 부실한 나뭇가지는 여지없이 부러져나가고 튼실한 나뭇가지만 살아남는다. 나뭇가지가 바람에 부러지는 것도 나무에게는 팔이 떨어져나가는 큰 아픔이지만 그렇게라도 하지 않으면 혹독한 겨울을 견뎌낼 수 없다. 그래서 나무는 그동안 불려왔던 몸집을 더 가볍게 하기 위해 과감히 자신의 가지까지 떨어져나가게 하는 것이다. 다 버리고 몸통만 남긴다. 나목의 단순함에서 나무의 결연한 판단과 삶에 대한 열정을 느낀다.

해마다 단풍색이 다른 이유는 단풍을 만드는 시기마다 계절이 몰고 온 기온차가 다르기 때문이다. 특히 혹독한 환경에서 자란 나무의 나이테가 촘촘하듯이 가뭄이 심하거나 갑작스러운 기온 변화가 있을 때 단풍잎은 더욱 선명한 색을 만든다. 극한의 상황에서 생의 마지막임을 느낄 때 생명체는 삶을 향한 갈망과 절규가 극에 달한다. 열악한 환경에서 자란 포도로 만든 포도주가 말로 다할 수 없는 그윽한 향을 간직하고 있듯이 단풍도 열악한 환경에서 자란 나무일수록 더 붉은색을 띤다는 연구 결과가 있다.

미국 노스캐롤라이나 대학의 에밀리 해빈크Emily Habinck 박사는 2007년 10월 미국 지질학회 추계학술대회에서 영양분이 부족한 토양에서 자라는 나무일수록 단풍이 더 붉다는 연구 결과를 발표했다.[102] 해빈크 박사 연구팀은 주기적으로 물에 잠기는 범람원氾濫原: flood plain과 그곳에 인접한 고지대의 단풍 색을 비교했다. 연구 결과 비옥한 토양이 있는 범람원의 단풍잎은 노란색인데 반해, 영양분이 부족한 고지대의 단풍잎은 선명한 붉은색을 띠고 있었다. 해빈크 박사 연구팀은 열악한 환경에 처한 나뭇잎은 얼마 남지 않은 양분을 더 많이 활용하면서 색소가 더 붉어진다고 결론을 이끌어냈다.

사람도 힘든 상황에서 안간힘을 쓸 때 혈압이 오르고 안색이 붉어진다. 아마 단풍도 온도가 점차 낮아지고 환경이 열악해질수록 이를 극복하기 위해 단풍 색소를 만들어내려고 발버둥을 치는 것이 아닐까. 실제로 연구 결과 붉은 색소는 낮은 온도와 뜨거운 햇볕을 견디기 위한 항산화제라는 점이 밝혀지기도 했다.

8.
겨울눈:
겨울눈은 겨울에
만들지 않는다

준비에 실패하는 것은 실패를 준비하는 것이다

"준비에 실패하는 것은 실패를 준비하는 것이다By failing to prepare, you are preparing to fail."

벤저민 프랭클린Benjamin Franklin의 말이다. 나약한 인간은 겨울이 되면 잔뜩 움츠리고 조금만 추워도 두꺼운 옷을 준비한다. 인간에 비하면 나무는 한없이 강인하다. 뜨겁게 불타오르던 단풍은 찬바람이 불면 하나둘씩 낙엽이라는 선물이 되어 자연에게 돌아간다. 자신을 키워줬던 땅에게 나무가 보답과 감사의 뜻으로 마지막 잎을 떨어뜨리는 것이다. 낙엽은 모든 생명체의 밑거름이자 에너지원으로 작용한다. 이제 나무는 나목의 몸으로 홀로 추운 겨울을 견뎌내야 한다. 나무가 혹독한 추위와 눈보라를 견뎌낼 수 있는 것은 새봄에 새싹을 키워

내리라는 뜨거운 의지와 희망이 있기 때문이다. 자신을 포장했던 모든 거품을 걷어낸 나무는 오랜 침묵의 시간을 갖는다. 아무것도 하지 않는 것처럼 보이는 겨울나무, 사실은 조용한 가운데 미래의 새로운 도약을 위해 바쁜 나날을 보내고 있는 것이다.

나무는 우선 겨울눈에서 희망의 싹을 틔울 준비를 한다. 겨울눈은 겨울에 만들어지지 않는다. 영양분이 턱없이 부족하고 주변 환경도 최악인 상황에서 겨울눈을 틔우기는 참으로 어렵다. 그래서 나무는 영양분이 가장 풍부하고 성장이 가장 왕성하게 일어나는 봄과 여름부터 겨울눈을 준비한다. 미리 준비하지 않으면 새봄에 싹을 틔울 수 있는 기회를 놓칠 수 있기 때문이다. 또한 늦게 싹을 틔우면 햇볕이 부족할 수 있고 수분을 해주는 벌과 나비를 유혹하기 어렵다. 뒤늦게 출발하면 뒤늦게 도착하거나 아예 기회를 잃을 수 있다. 잘나갈 때 다음을 기약해두지 않으면 순식간에 추락할 수 있다. 기업도 잘나갈 때 다음을 준비하지 않고 안주하거나 머뭇거리면 순식간에 쇠락의 길로 빠져들 수 있다.

겨울눈을 가만히 살펴보면 보송보송한 털로 뒤덮인 외투를 입고 있다. 외투 안을 들여다보면 여러 겹으로 된 겉껍질, 갑옷을 입고 있다. 갑옷을 잘라보면 그 안에 잎눈과 꽃눈이 가지각색으로 겹겹이 포개져 있다. 겨울눈에는 봄에 잎이 나오는 잎눈과 꽃이 피는 꽃눈이 있다. 잎눈에서는 잎이 먼저 나와 자라면서 꽃봉오리가 생기고 나중에 거기서 꽃이 핀다. 꽃눈에서는 꽃이 먼저 피고 진 다음 잎이 자란다. 겨울눈 속에는 꽃은 언제 필 것이며 꽃봉오리는 몇 개로 만들 것인지도 이미 결정되어 있다.

미래를 준비하는 겨울눈의 치밀한 계산과 철저한 대비를 알고 나면 참으로 숙연해진다. 나무는 삶의 교훈을 고스란히 담고 있는 지혜의 보고가 아닐 수 없다. 나무는 아주 오랜 기간 자연에서 살아오면서 생존의 지혜를 온몸으로 터득하고 어떤 시련과 역경이 와도 슬기롭게 대처할 수 있는 거의 완벽에 가까운 준비를 한다.

가장 먼저 봄소식을 알리는 개나리와 진달래는 추운 겨울을 나면서 모든 준비 태세를 갖추고 있다가 봄이 오면 가장 먼저 꽃망울을 터뜨린다. 눈에 보이는 결과는 눈에 보이지 않는 중에 조용히 준비한 결과다. 경쟁은 꽃이 만개하는 봄부터 시작되지 않는다. 봄에 개화를 준비하는 꽃은 그 봄에 꽃을 피우지 못한다. 봄 이전의 봄부터 겨울까지 치밀한 준비를 해야 진한 향기를 지닌 아름다운 꽃을 그 봄에 피울 수 있다. 준비에 실패하면 실패를 준비하는 것이나 다름없다는 진리를 나무는 잘 알고 있다.

겨울눈에는 나무가 세상을 바라보는 눈이 들어 있다

가장 먼저 꽃을 피우는 나무는 추운 겨울이라는 시련과 역경이 오기 전에 모든 준비를 마치고 꽃눈을 준비한다. 긴 기다림 속에서 언제 올지 모르는 짧은 기회를 준비하는 것이다. 기다림은 길지만 기회는 짧은 순간에 지나간다. 기회는 긴 기다림 속에서 인고의 시절을 보낸 덕에 찾아오는 선물이다. 긴 겨울을 겨울잠으로 허비하고서 용솟음치는 새봄의 기운을 기대할 수는 없다. 겨울은 폭풍 전야의 전운이 감도는 치열한 준비 기간이다.

"겨울의 어려움을 겪어낼 겨울눈이 없다면 그 나무는 새봄을 기약할 수 없습니다. 올 한 해의 준비 과정에서 어려움이 없었다면 우리도 새해를 혹은 미래를 기약할 수 없는 것과 같습니다. 그래서 겨울눈은 어려움의 상징인 동시에 희망입니다."^{이유미, 2004}**103**

겨울눈은 한겨울의 모진 추위와 풍파를 견뎌내기 위해 두꺼운 옷을 입고 완전무장하고 있다. 하지만 놀랍게도 겨울눈 안을 들여다보면 나무의 가장 연약한 조직이 새봄의 희망을 잉태하고 있다. 겨울눈을 만드는 과정은 고통스럽고 힘겹지만 그런 노력을 거쳐야 비로소 새봄의 파릇한 희망의 싹을 틔울 수 있다. 가장 힘든 순간 뒤에 가장 빛나는 시간이 다가오는 법이다.

"겨울눈은 겨울을 나는 눈이다. 겨울에 생기는 눈이 아니다. (…) 겨울눈은 다음 해의 성장을 위한 기관이다. 그래서 가장 소중한 기관이다. 새로운 뿌리는 그때그때 만들어지지만, 새로운 잎은 반드시 눈을 통해서만 만들어진다. 눈을 만드는 작업은 한 해 살림살이에서 가장 중요한 일정이다. (…) 겨울눈 속에는 꽃도 들어 있고 잎도 들어 있고 가지도 들어 있다."

차윤정, 2004[104]

겨울눈은 봄부터 겨울까지 준비한다. 겨울눈은 정확히 말해서 집중적으로 여름부터 가을까지 만들지만, 그 안에 봄부터 여름까지의 모든 노력이 담겨 있다.

나무의 철저한 유비무환有備無患 정신에서 다시 큰 깨달음을 얻는다. 겨울눈을 만드는 작업은 나무의 전부가 달려 있는 중요한 작업이다. 겨울눈에 줄기와 잎과 꽃이 모두 들어 있기 때문이다. 겨울눈을 만들지 못하면 암담한 미래가 기다리고 있을 뿐이다.

나무는 대나무처럼 씨 없이도 뿌리로 번식할 수 있지만 나뭇잎 없이 광합성을 할 수는 없다. 따라서 겨울눈에 들어 있는 잎은 나무의 미래 성장 동력을 만들어가는 유전자다. 겨울눈雪이 올 때 나무는 겨울눈芽을 만드는 안목을 지니고 있다. 나무도 남다른 눈目을 가지고 있음을 알 수 있다. 눈雪과 눈芽, 그리고 눈目은 다 똑같은 눈이지만 각기 다른 의미를 갖고 있다. 그래서 눈目을 뜨면 세상이 열리고 눈芽을 뜨면 세상이 시작된다.이동혁, 2012[105] 겨울 눈雪이 겨울눈芽을 덮어도 나무는 추위를 견디면서 새봄의 희망을 싹芽 틔운다. 나무는 오랜 삶을 통해 겨울에 눈雪이 어디까지 쌓이는지를 알아내고 그 높이에 맞게 겨울눈芽을 만든다. 때로는 눈의 높이를 잘못 계산해서 겨울눈이 눈 속에 파묻히기도 한다. 그러나 나무는 자신을 둘러싸고 있는 환경에 변화가 일어나면 놀라운 감지 체계로 읽어낸 다음 적절한 대응 전략을 구사한다. 눈 속에 파묻혀도 오히려 그 눈을 추위를 막아주는 보호막으로 활용한다. 움직일 수는 없지만 나무는 주어진 환경을 모두 자신의 성장에 이로운 방향으로 바꿔서 활용하는 놀라운 재주를 지니고 있다.

9.
해거리:
거리를 둬야
멀리 갈 수 있다

해거리는 살아남기 위한 나무의 비장한 몸부림이다

해거리에는 본래 두 가지 의미가 있었다. 첫 번째는 나무가 자라는 땅을 쉬게 하자는 뜻을 담고 있다. 같은 땅에 작물을 계속 재배하면 지력地力이 떨어진다. 한 해 잘 사용했으면 다음 해에는 땅을 쉬게 해야 한다. 쉬는 동안 땅에 거름도 주고 자주 갈아엎어서 토질을 개선하고 지력을 회복하자는 의도를 담고 있다. 두 번째는 스스로 해를 걸러 쉬겠다는 나무의 의도가 담겨 있다. 나무마다 다르겠지만 나무의 열매는 엄청난 노력과 시간을 투자해서 비로소 얻을 수 있는 인고의 산물이다. 그런데 문제는 매년 열매나 과실을 풍성하게 맺을 수는 없다는 것이다. 한 해 혼신을 다해 많은 과실을 맺었으면 다음 해에는 적게 맺거나 아예 열매 맺기를 포기하고 한 해를 쉰다.

이 글에서 말하고자 하는 해거리는 바로 후자를 가리킨다.

일반적으로 해거리란 과일나무에서 과일이 많이 열리는 해와 아주 적게 열리는 해가 교대로 나타나는 현상을 말한다. 해거리를 다른 말로 '격년결과隔年結果'라고도 한다. 수확이 많은 해를 성년成年이라 하고, 적은 해를 휴년休年이라 한다. 성년에는 과일을 많이 맺기 위해 평소보다 더 많은 양분을 소비한다. 이렇게 필요 이상으로 소비되기 때문에 다음 해에는 양분이 부족해진다. 이로 인해 꽃눈이 제대로 자라지 않아 다음 해에는 휴년을 맞게 되는 것이다.

"어느 해가 되면 갑자기 한 해 동안 열매 맺기를 포기해버리는 것이다. 병충해를 입은 것도 아니고, 토양이 나빠진 것도 아닌데 꼭 삐친 사람처럼 꽃도 제대로 안 피우고 열매 맺는 것도 영 시원찮다. 실한 열매를 기대하고 가을을 기다렸던 사람들은 이런 나무의 모습에 그만 맥이 빠지고 만다. 나무가 열매 맺기를 거부하는 것, 이를 가리켜 '해거리'라고 한다."우종영, 2001[106]

해거리는 해를 거른다는 말이다. 매년 열매를 맺는 동안 나무는 온 힘을 다해 에너지를 쏟은 탓에 자생력이나 기력을 잃어버린다. 사람도 쉬지 않고 계속 일만 하면 완전히 방전되는 경우가 있다. 나무는 스스로 살아내기 위해서 결단을 내린다. 계속 이런 식으로 살다가는 자신도 주체할 수 없을 정도로 심각한 문제가 생길 수 있음을 감지한 것이다. 더 많은 과실을 맺기 위해서는 지금 여기서 쉬었다 가자고 스스로에게 휴식 시간을 주는 것이다. 쉬지 않고 예년과 비슷하게 계속 열매를 맺다가는 영원히 쉬게 될 수도 있음을 나무는 어떻게 감지한 것일까. 참으로 놀라울 따름이다. 해거리를 해야 될지 말아야 될지를 결정하는 것은 사람이 아니라 나무다.

　나무 중에서 해거리를 자주 하는 나무는 감귤나무나 감나무다. 한 해 감이나 귤이 많이 열리면 다음 해는 여지없이 열매를 전년도 대비 현격하게 적게 맺거나 아예 맺지 않고 쉰다. 반면 배나무나 포도나무 등은 해거리를 거의 하지 않는다. 《동아사이언스》에 실린 제주도농업기술원 기술지원조정팀 부좌홍 파트장의 말에 따르면, 감귤의 해거리 주기는 일년으로, 다른 나무에 비해 비교적 뚜렷하다고 한다.[107] 해거리는 맛에도 영향을 미친다고 한다. 흉년에는 귤이 적게 열리면서 크기가 커지고 맛이 덜한 반면, 풍년에는 당도가 더 높은 소과, 중과가 열린다고 한다. 최근에는 해거리의 영향을 줄이기 위해 과수원을 반으로 나눠 한쪽은 가지를 모두 쳐 열매가 열리지 않게 하고 나머지 부분에서만 재배하는 '격년결실' 방법을 쓴다고 한다. 부좌홍 파트장은 "해거리를 역이용해 수확량을 늘리는 방식"이라고 설명했다.

해거리는 나무의 하안거나 동안거다

주변에서 쉽게 관찰할 수 있는 참나무도 해거리를 한다. 국제 학술지 《네이처》 1998년 11월자에 실린 연구에 따르면, 최대 2,500km에 분포하는 참나무가 동시에 해거리를 하는 것으로 나타났다. 학자들은 참나무속이 해거리를 하는 이유로 두 가지를 들었다. 하나는 '규모의 경제'이고 다른 하나는 '포식자 포만'이다. 첫째, '규모의 경제'는 열매를 조금씩 매년 생산하는 것보다 한 번에 많이 생산하는 편이 에너지가 적게 든다는 원리다. 두 번째 이유인 '포식자 포만'은 동시에 막대한 양의 열매가 생산되면 천적이 한꺼번에 다 먹을 수 없기 때문에 선택한 전략이다. 포식자가 배불리 먹고 남은 열매의 씨앗으로 다음 해에 싹을 틔울 수 있는 것이다.

나무가 해거리를 하는 또 다른 이유는 생태계 균형을 맞추기 위한 전략이라는 주장도 있다. 《씨앗의 자연사》[108]에서 저자 조나단 실버타운 박사는 1994년 영국의 예를 들며 참나무가 천적인 매미나방을 없애기 위해 도토리 양을 조절한다고 주장했다. 예를 들어 도토리 풍년으로 설치류 등의 개체수가 늘어나는 경우, 이듬해 참나무가 해거리를 하면 설치류의 먹이가 절대적으로 부족하게 되고, 먹이가 부족한 설치류들은 참나무의 천적인 매미나방의 애벌레를 잡아먹는다. 반대로 매미나방과 설치류의 개체수가 줄어들면 참나무는 양분을 축적해 다음 해에 다시 많은 열매를 낸다.

이처럼 나무가 살아가기 위한 비밀 전략으로 사용하는 해거리는 결국 나무가 자기 자리를 지키기 위해 선택할 수밖에 없는 생존 전략인 셈이다.

나무는 해거리를 하는 동안 모든 에너지 활동 속도를 늦추면서 다음 해를 살아가기 위한 숨고르기를 통해 오로지 재충전하는 데만 온 신경을 기울인다. 그리고 일 년간의 휴식이 끝난 다음 해에 나무는 그 어느 때보다 풍성하고 실한 열매를 맺는다.우종영, 2001[109]

해거리는 스님들이 수행에 전념하기 위해 외출을 금하고 참선에만 전념하는 여름철음력 4월 15일부터 7월 15일의 하안거夏安居나 겨울철음력 10월 15일부터 이듬해 1월 15일의 동안거冬安居와 같다. 이보 전진하기 위해 일보 후퇴해서 에너지를 충전하고 심신을 단련하는 것이다. 만약 해거리를 하지 않고 평소와 같은 방식으로 매년 쉬지 않고 열매를 맺는다면 아마 오래 못 가 에너지를 소진당하고 생의 마지막을 고할지도 모른다는 것을 나무는 오랜 체험을 통해 아는 것이다.

사람도 마찬가지다. 사람의 에너지는 유한하다. 일정 기간 에너지를 쉬지 않고 사용하면 방전이 된다. 방전된 에너지를 충전하지 않고 계속 몸을 사용하면 몸이 아우성을 치기 시작한다. 몸살이 오고 몸 구석구석에서 이상 반응이 일어난다. 몸이 말하는 소리를 듣지 않고 계속해서 사용하면 어느 순간 몸은 무너질 수밖에 없다. 신체 에너지는 따뜻한 공감력을 불러오는 감성 에너지와 맑은 정신과 분명한 사유를 가능케 하는 정신 에너지의 기반이다. 한마디로 체력이 따라주지 않으면 정신력은 물론 감수성도 바닥을 칠 수밖에 없다. 몸이 건강해야 꿈을 향한 의지와 지치지 않는 열정도 생기는 것이다. 신체 에너지는 꾸준히 운동을 하면서 적당한 시간 간격을 두고 휴식을 취할 때 생겨난다. 운동도 하지 않고 몸도 쉬어주지 않은 상태로 목표 달성을 위해 달려가다가는 하루아침에 무너진다. 나무처럼 일 년을 쉴 수는 없어도 주말에는 재충전하는 시간을 갖는다든지 일 년에 일정 기간은 철저하게 자기만의 시간을 갖고 쉬어야 재도약이 가능하다.

축구와 농구, 그리고 배구와 같은 구기 종목의 선수들은 전반전을 뛰고 나면 후반전을 뛰기 전에 하프타임을 갖는다. 회사원들도 주중에 열심히 일을 하면 주말에는 쉰다. 또 상반기를 열심히 달렸으면 하반기를 시작하기 전에 잠시 전열을 정비하고 후반기를 준비한다. 사하라 사막 마라톤에 도전했을 때 나 또한 같은 경험을 했다. 10km마다 의료진이 기다리고 있고 물과 그늘이 있어 잠시 휴식을 취할 수 있었다. 긴 레이스 중에 갖는 잠깐의 휴식은 보약 같은 충전제나 다름없다. 테니스 선수도 공을 받아 넘기기 위해 정신없이 왔다 갔다 하며 사력을 다하지만, 상대가 서브를 하는 순간 긴장 속에서 잠시 휴식을 취한다. 그 짧은 시간이 다시 기력을 회복하고 공을 강하게 받아치게 하는 원동력이 되는 것이다.

잠시라도 쉬지 않으면 영원히 쉬게 될지도 모른다. 멈춤과 쉼이 있어야 다시 달릴 수 있다. 삶은 잠깐 멈춰 서서 뒤를 돌아보고 앞을 내다보는 쉼표에서 그 의미와 가치를 발견하는 여정이다. 쉼표가 없으면 영원히 마침표를 찍을지도 모른다. 쉼표가 없으면 물음표를 생각할 겨를도 없어진다. 쉼표가 없으면 경이로운 삶을 느끼는 감동의 느낌표도 사라진다.유영만·유지성, 2013[110] 해를 걸러 나무가 쉬는 것은 한가하고 시간이 많이 남아서 취하는 조치가 아니다. 매 순간 최선을 다해 치열하게 살아가는 나무도 더 오랫동안 의미 있는 열매들을 맺기 위해 마음은 조급하지만 잠시 짐을 내려놓고 자기 몸을 돌보는 해거리 전략을 쓰는 것이다. 사람도 나무처럼 일정한 주기로 성찰reflection하는 삶, 나를 재발견rediscovery하는 시간, 그리고 끊어진 관계를 회복하는reconnect 순간을 보내면서 휴식relax을 취할 필요가 있다.

3부

삶의 방식,
나무에게 배우다

방식方式이 있어야
식견識見을 쌓을 수 있다

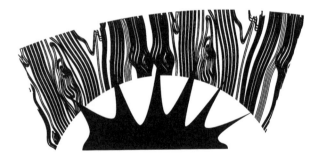

나무는 저마다 살아가는 방식이 있다. 여기에서는 수많은 나무 중에 열두 가지 나무를 소개하여 나무 특유의 생존 방식이 우리에게 주는 교훈을 알아볼 것이다. 주목朱木이 세상의 주목注目을 끄는 방식, 대나무가 빠른 속도로 자라는 비결, 등나무가 갈등葛藤 없이 살아가는 노하우를 알아본다. 또 바다와 육지의 경계에서 융합의 꽃을 피우는 맹그로브 나무를 만나보고, 나무의 화석이라고 불릴 정도로 지구상에서 가장 오래 살아가는 은행나무를 만나 장수의 전략을 캐본다. 또 낮에는 떨어져 있다가 밤에는 서로 붙어 끈끈한 사랑을 나누는 자귀나무의 사랑법을 배워보고, 고욤나무 줄기에 붙인 감나무에 감이 열리는 것에서 지식 융합의 새로운 가능성을 찾아본다. 극한의 위기를 기회로 바꾸는 앙스트블뤼테의 지혜를 진

나무에게 물어보고, 백 일 동안 정열적으로 붉은 꽃을 피우는 배롱나무에게서는 열정이 무엇인지를 배워본다. 소나무에게는 몸서리치는 지조와 백절불굴의 의지를 물어본다. 험상궂은 밤송이가 품고 있는 새하얀 알밤의 진실에서 밤나무의 아름다움을 생각해보고, 살신성인殺身成仁의 표본인 살구나무에게는 연민과 공감의 차이를 물어본다. 나무가 살아가는 방식의 차이를 알아야 나무에 대한 확실한 식견을 가질 수 있다. 식견은 방식을 파고들 때 비로소 생기는 안목이다. 다 같은 나무라도 씨앗이 품고 있는 이상과 유전적 속성이 다르고 사는 곳 또한 달라서 살아가는 방식도 천차만별이다. 저마다의 개성을 살려가며 살아가는 나무에게 인간은 무엇을 배울 수 있을까. 나무가 살아가는 방식을 보면서 나는 과연 나만의 식견을 쌓아가고 있는지를 물어보지 않을 수 없다.

1.
주목나무:
주목朱木이 세상의
주목注目을 끌다

성장이 더디다고 생각하는가?
세상의 이목을 끈 주목朱木을 만나보라

'살아서 천 년, 죽어서 천 년'이라는 주목朱木나무는 백 년이 되기 전까지는 10m 내외의 높이로 자라다가 백 년이 되는 시점부터 생장이 빨라진다고 한다. 중세 영국의 전설적인 영웅 로빈 후드Robin Hood는 "이 화살이 떨어진 곳에 나를 묻어 달라."는 유언을 남기고 마지막 화살을 쏜 뒤 숨을 거뒀다. 그 마지막 화살이 떨어진 곳이 다름 아닌 주목이 주류를 이루고 있던 숲이었다. 그 숲에 로빈 후드의 무덤을 만들어주었다. 주목은 로빈 후드가 가장 아끼던 나무라고 한다. 실제로 로빈 후드가 애용하던 장궁長弓: Long Bow도 주목으로 만들었다고 한다. 독일에서 발견된 세계에서 가장 오래된 1만 년 전의 활도 주목으로 만든 것이다.

로빈 후드의 피가 묻어서 그럴까? 주목나무의 껍질과 줄기는 붉은빛이 강하다. 그래서 주목朱木이라는 이름이 붙었다는 설도 있다. 썩는 데만도 천 년이 걸려서 삼천 년에 걸쳐 그 명맥을 유지한다는 주목나무. 얼마나 줄기가 붉었으면 그 이름까지도 '붉을 주朱'를 써서 '주목朱木'이라 했을까. 주목이 붉은 나무가 된 이유는 껍질은 물론 속도 붉고 꽃도 붉어서다. 그래서 주목은 겉과 속이 같은, 변치 않는 존재의 상징이 되기도 한다. 살아서 천 년, 죽어서 천 년을 살면서 변치 않는 마음을 오랫동안 간직하는 영원성의 나무로 많은 사람들의 '주목'을 받는 것도 그 때문이리라.강판권, 2014[111] 주목에서 뽑아낸 붉은빛은 귀신을 쫓는 효력이 있다 하여 궁궐에서 임금이나 궁녀의 옷감을 물들이는 데 사용했다. 또 잘 썩지 않기 때문에 평양에서 발굴된 낙랑고분의 관처럼 왕족의 관을 짜는 데 사용하기도 했다.

주목처럼 성장 속도가 느린 나무도 드물 것이다. 나무 전문가들에 따르면 허리는 일 년에 1mm 정도 굵어지고, 백 년 동안 자라도 키는 고작 10m 정도이며, 허리둘레는 60cm 남짓이라고 한다. 그러다가 백 년이 되는 시점에서 다른 나무들이 늙어 힘을 못 쓰고 고사될 그때부터 성장이 빨라진다고 한다. 대부분의 사람들은 나무가 백 년 동안 별다른 성장을 보이지 않는다면 병에 걸렸거나 뭔가 문제가 있을 것이라고 생각할 것이다. 그러나 주목에게 초기 백 년은 아마도 전열을 정비하고 성장 기반을 다지는 적응 기간이자 준비 기간이 아닐까. 그렇게 뒤늦게 자라면서 천 년 이상의 생명을 유지하면서 산정의 제왕이 된다. 그래서 주목이 많은 사람들의 '주목'을 받는 것이 아닐까.

사람도 처음에는 별다른 주목을 받지 못하다가 어느 순간 대중의 관심을 끌면서 주목의 대상으로 부각되는 경우가 있다. 처음부터 주목을 받으며 세상에 나타나는 사람도 있지만, 대부분의 사람은 그렇지 않다. 대부분은 오랫동안 남들의 시선이 비껴간 음지나 밑바닥에서 절치부심切齒腐心하다가 마침내 기회가 왔을 때 이를 놓치지 않는다. 때를 기다리되 호시탐탐 기회를 엿보면서 결정적인 순간에 승부수를 던진다. 결정적인 순간에 한방으로 승리하는 나만의 비밀병기가 바로 필살기다. 남들이 보기에는 가만히 있는 것처럼 보이지만 정중동靜中動처럼 조용한 가운데에서도 치열한 준비를 거듭하면서 때를 기다리는 것이다. 주목도 세상의 주목을 받기 위해서 비록 다른 나무에 비해 초기 성장은 느리지만 다른 나무의 기세등등함에 아랑곳하지 않고 오로지 주어진 자리에서 자신이 할 수 있는 최선의 경주를 하면서 기회를 엿보다가 도약할 수 있는 기틀을 잡은 것이다. 주목은 비록 느리게 성장하지만 마지막까지 살아남아서 모든 나무의 주인, 주목主木이 된 것이다.

우리나라에서 수령이 가장 오래된 나무도 주목이다. 강원도 정선군 사북읍의 두위봉에 있는 주목은 무려 1,400살이 넘는다고 한다. 주목을 보면 세월의 풍파를 견뎌내고 살아남은 나무의 위엄이 느껴진다. 특히 삭풍이 몰아치는 한겨울, 살을 에는 눈보라에도 아랑곳하지 않고 정상에 우뚝 서 있는 주목을 바라보노라면 모진 세월을 이겨낸 나무의 의연함에 고개가 숙여진다.

주목에 우리가 주목하는 이유는 주목이 가진 뛰어난 재능이나 장기, 외모로 드러나는 화려함 때문이 아니다. 주목이 주목받는 이유는 평범한 나무들과 달리 주목성注目性을 갖고 있기 때문이다. 첫째, 주목은 다른 나무에 비해 성장 속도가 무척 느릴 뿐만 아니라 장수하는 나무다. 긴 성장 기간과 상상을 초월하는 수명은 주목이 주목을 끄는 중요한 첫 번째 이유가 될 수 있다. 둘째, 주목에게 배울 수 있는 또 다른 교훈은 주목을 받은 후에도 자신을 알아봐달라고 호소하지 않는다는 점이다. 오히려 시간이 지날수록 주목은 고요하고 엄숙한 분위기를 풍긴다. 셋째는 나무의 성장에 관한 우리의 상식을 깨고 식상함에 통렬한 문제를 제기한 주목의 특이한 스토리 때문이다. 주목은 천 년을 살아오면서 외형적인 성장만을 추구하지 않고 내면을 튼실하게 가꿔왔다. 나무의 나이는 나이테로 기록되는데 천 년을 자라온 주목의 나이테는 구별하기 힘들 정도로 그 간격이 촘촘하다. 모진 비바람을 견뎌내며 꿋꿋하게 살아남은 비결은 외유내강을 추구해온 주목의 생존 철학 덕분이다.

인생의 전반전이든 후반전이든 누군가에게 주목을 받게 되는 이유는 자기 고유의 특유한 역경을 경력으로 바꾼 스토리가 존재하기 때문이다. 주목注目을 끌기 위해서는 사람들의 주의注意를 집중시킬 감동적인 스토리가 있어야 한다. 어둠의 긴 터널을 빠져나온 기차가 다시 묵묵히 목적지를 향해 가듯이 주목도 천 년을 살면서 한 번도 자신의 위치를 불평하거나 불만을 토로하지 않고 언제나 그 자리에서 최선의 노력을 다해온 스토리를 갖고 있다. 살아가면서 한두 번 주목을 받아 사람들의 관심을 끄는 것은 어렵지 않다. 하지만 지속적으로 사람들의 주목을 받기 위해서는 뭔가 달라야 한다. 사람들의 관심을 계속해서 끌기 위해서는 지속적인 재미와 의미를 던져주는 탄탄한 스토리가 뒷받침되어야 한다. 남과 다르게 계속 빛나고 주목받기 위해서는 일관된 신념과 철학, 진정성을 근간으로 한 스토리에 현실적 설득력이 가미되어야 한다. 나도 공감할 수 있고 그래서 힘든 세상을 살아갈 용기를 북돋아줄 때 그 스토리는 의미심장하게 다가오고 심장에 지워지지 않는 감동으로 각인된다.

주목이라는 나무는 과연 자신이 주목받으면서 살아가는 이유를 알고 있을까? 물론 주목은 사람에게 그 이유를 설명해줄 수 없다. 하지만 내가 주목의 입장에서 생각해보고 느끼면서 감정이입을 해볼 수 있다. 수업 시간에 학생들에게 캠퍼스에 있는 나무와 대화하는 프로젝트를 실행해본 적이 있다. 캠퍼스에 있는 나무를 한 그루 선정한 다음 매주 그 나무에게 찾아가 대화를 하고 대화한 내용을 육필로 써오는 프로젝트다. 우선 나무에게 다가가 자신을 소개하고 고민을 털어놓고 나무가 어떻게 응해주는지를 적는다. 물론 나무에게 아무리 물어봐도 대답은 하지 않는다. 다만 나무가 어떤 어려움을 겪으면서 지금 여기 서 있는지를 느끼고 생각하고 말해보는 것이다. 일주일 동안 있었던 일상사를 소상하게 털어놓기도 하고, 마음 한쪽에 자리 잡고 떠나지 않는 고민을 얘기하면 나무가 뭐라고 말하는지를 손으로 써오는 이 프로젝트는 몇 가지 점에서 학생들의 감성을 자극했다. 우선 컴퓨터를 활용해서 글을 못 쓰게 하는 이유는 복사와 붙이기 기능을 이용해 손쉽게 보고서를 작성하는 디지털 글쓰기의 폐단과 한계를 조금이나마 극복하기 위해서다. 둘째, 사람이 아닌 나무와 대화를 시키는 목적은 평상시에는 무관심했던 나무에게 다가가 움직이지도 못하고 말도 못하면서 한곳에서 평생을 살아가는 나무가 하고 싶은 이야기가 무엇인지를 가슴으로 들어보게 하는 데 있다.

주목이 처음 백 년 동안 거의 자라지 않고 있을 때 주변 나무는 물론 풀과 꽃이 무슨 이야기를 했을까? 주목을 죽은 나무일 거라 생각했을지도 모른다. 백 년을 살기 어려운 사람들은 좀처럼 쑥쑥 자라지 않는 주목을 없애고 그 자리에 다른 나무를 심었을지도 모른다. 그러나 다 때가 있다. 어느 목욕탕 간판에 있는 "사람은 다 때가 있는 법이다."라는 말에는 다의적 의미가 들어 있다. '때'는 몸에 낀 이물질을 의미할 수도 있고 기회나 타이밍을 의미할 수도 있기 때문이다. 저마다의 개성으로 자연스럽게 살아가는 자연의 모든 생명체는 때가 되면 새순을 틔우고 꽃을 피우며 열매를 맺는다. 다 때가 있기에 지금 있는 자리에서 자기 본분을 다하며 살아간다. 주목을 받기 위해서 살아온 주목이 아니라 자기 본분을 다하면서 살아온 주목이 주목을 받은 것이다. 사람도 마찬가지다. 누군가에게 주목받기 위해서 또는 뭔가를 보여주기 위해서 노력하는 것이 아니라 자신의 적성을 찾아 재능을 발휘하면서 재미있게 살다 보면 의미심장한 가치도 깨닫고 자신의 철학과 열정이 담긴 작품도 탄생한다. 그렇게 자기 일에 열정적으로 몰입하는 사람과 그 사람의 작품이 세상 사람들에게 주목의 대상이 되는 것이다. 오늘도 주목은 주목을 받지 않아도 지금 있는 자리에서 묵묵히 뿌리는 땅으로 향하고 줄기와 가지는 하늘로 향하고 있다.

2.
대나무:
어둠 속 고뇌로
지상의 무한 성장을 꿈꾸다

고속 성장의 비결을 알고 싶은가?
마디를 맺으며 성장한 대나무를 만나보라

매화梅花, 난초蘭草, 국화菊花, 그리고 대나무竹를 가리켜 사군자四君子라고 한다. 각 식물의 고유한 특성을 군자君子, 즉 덕목과 학식을 갖춘 사람의 인품에 비유하여 사군자라 일컫는다. 매화는 이른 봄의 추위를 무릅쓰고 제일 먼저 꽃을 피우고, 난초는 깊은 산중에서 은은한 향기를 멀리까지 퍼뜨리고, 국화는 늦은 가을에 첫 추위를 이겨내며 피고, 대나무는 모든 식물의 잎이 떨어진 겨울에도 푸른 잎을 계속 유지한다는 점에서 군자가 지녀야 할 네 가지 덕목을 비유적으로 표현한 것이다.

사군자에 포함된 대나무는 나무도 아닌 것이 풀도 아니고 그 중간 지대에 위치하면서 사람에게 전해주는 교훈이 참으로 많은 철학적 나무 가운데 하나다. 나무와 풀의 가장 큰 차이는 나이테의 존재 여부다. 대나무는 죽순일 때의 굵기를 그대로 가지고 위로만 자란다.

"나이테가 있는 나무는 안에서 썩지만 대나무처럼 나이테가 없는 풀은 밖이 썩는다."강판권, 2015[112]

대나무는 오동나무와 비슷하게 속이 비어 있다. 특히 대나무는 마디와 마디를 연결하는 부분만 막혀 있고 나머지 부분은 비어 있다. 대나무가 위로 자랄 수 있는 원동력은 바로 마디에 있다. 대나무 하면 떠오르는 단어가 대나무를 쪼개듯 거침없이 진군하는 '파죽지세破竹之勢'이지 않는가. 비 온 뒤 대나무 자라듯 어떤 일이 한때에 많이 생겨남을 비유적으로 이르는 '우후죽순雨後竹筍'도 대나무에서 유래된 사자성어다. 선가禪家에서 수행자를 지도할 때 사용되는 도구도 대나무로 만든 '죽비竹扉'다.

절개節槪나 절도節度 또는 절의節義를 생각하면 떠오르는 나무가 대나무다. 대나무 마디를 의미하는 한자가 바로 '절節'이기 때문이다. 대나무는 줄기에만 마디가 있는 게 아니고 가지와 뿌리에도 마디가 있다. 대나무의 성장 비결은 역시 때마다 마디를 맺고 다음 도약을 준비하는 멈춤과 절도에 있다.

다른 나무에서 찾아볼 수 없는 대나무만의 또 다른 특징은 씨앗으로 번식하는 대부분의 나무와는 다르게 뿌리로 번식한다는 것이다. 알려진 바에 따르면 대나무는 일생에 한 번 꽃을 피우고 그 꽃을 피우고 나면 죽는다. 보통은 60년에서 120년에 한 번 꽃을 피우는데, 이는 더 이상 뿌리로 번식할 수 없을 때 보여주는 마지막 발악이다.강판권, 2015[113] 종족 보존이 더이상 뿌리로 불가능한 상황에 이르면 꽃을 피우면서 모든 에너지를 소진하고 장렬한 최후를 맞이한다. 대나무가 대쪽 같은 선비처럼 보이는 이유는 여러 가지 특성에 있다. 대나무가 자라는 모습을 보면 그 어떤 나무보다 곧게 자라면서 잎은 언제나 푸르다. 그래서 대나무를 생각하면 곧고 푸른 선비상이 떠오른다.

"대나무는 풀처럼, 태어난 모습대로 평생 살아간다. 죽을 때까지 몸집을 불리지 않고 평생 살아가는 대나무의 삶, 다른 나무처럼 열매를 만들지 않고 다른 존재들이 볼 수 없는 뿌리를 통해 자손을 번식하는 삶, 죽을 때까지 푸른 색깔로 자신의 본래 모습을 잃지 않는 삶, 이런 대나무의 삶이야말로 황현과 선비들의 마음을 빼앗은 매력이었다."강판권, 2014[114]

중국에는 아주 특이한 대나무가 있다고 한다.[115] 처음 씨앗을 뿌리고 나서 다섯 해가 지나야 비로소 싹을 틔우고 일 년만에 무려 12m나 자라는 대나무 이야기다. 5년이라는 인고의 세월을 땅속 깊은 곳에서 숨죽이고 있다 나온 이 대나무 우화를 통해 세상의 일이란 눈으로 볼 수 없다고 해서 아무 일도 일어나지 않는 것이 아님을 알게 된다. 즉, 너무도 갑작스럽고 때로는 순간적으로 일어나는 어떤 변화라도 그렇게 되기까지 인간의 감각으로는 도저히 인지할 수 없는 내밀하고도 오랜 진화의 결과라는 것이다. 일 년 만에 무려 12m가 자랄 수 있는 원동력은 보이지 않는 가운데 세상을 향해 자신의 꿈을 펼쳐보겠다는 결연한 다짐과 치열한 의식에 있다. 뿌리의 견고함 없이 쉽게, 그리고 빨리 가려는 고속 성장의 신드롬 뒤에 찾아오는 허탈함과 허무함의 병폐를 우리는 역사적 경험을 통해서 알고 있다. 하지만 여전히 사람들은 세상의 빛을 받고 빨리 뜨기 위해 기본을 간과한 채 발전부터 하려는 욕망에 사로잡혀 있고, 어둠을 견뎌내는 인고의 시간 따위는 안중에도 없다. 그러나 대나무의 고속 성장의 이면에는 그것을 뒷받침하는 오랜 준비 기간이 있었음을 기억해야 할 것이다.

대나무의 고속 성장은 물리학자 보어가 발견한 일종의 '양자도약Quantum Leap'에 견주어 설명할 수 있다. 원자를 구성하는 전자는 서로 다른 궤도를 따라 핵 주위를 도는데, 전자가 궤도를 변경하려면 현재의 궤도에서 다음 궤도로 이동할 만한 에너지를 축적해야 한다. 이때 전자는 필요한 에너지의 90%를 축적해도 본래 궤도를 계속 회전하기만 한다. 그러나 에너지를 100% 축적한 순간 전자는 다음 궤도로 급격히 이동하게 된다. 즉, 사전에 정해진 일정 에너지 수준에 도달할 때까지는 아무 일도 일어나지 않다가 일단 그 수준에 도달하기만

하면 급격한 변화가 일어난다.

"중국 대나무의 우화에서 우리가 배울 점은, 어떤 노력도 지금 당장은 아니라도 언젠가는 결국 결실을 맺기 마련이며, 헛된 노력이란 결코 없다는 것이다."《계란, 병아리, 그리고 오믈렛》, p.56

지금 나의 꿈에 생명력을 입히기 위해 부단히 노력하는 몸부림을 세상 사람들이 알아주지 않는다고 해도 결코 좌절과 포기라는 말을 떠올리지 말라는 의미다. 대나무의 죽순이 세상의 빛을 보기 위해 5년간 어둠 속에서 조용히 준비해왔듯이 찬란한 기회가 오기 전까지는 묵묵하게 자신의 길을 걸어가라는 메시지다.

"지금 하고 있는 일이 유용하다는 사실을 보여주는 구체적인 증거가 하나도 없다고 해도 절대 포기하지 말아야 한다는 것을, 그런 마음가짐이 성공과 실패를 가르는 가장 기본적인 조건임을 중국의 대나무 우화는 웅변한다."《계란, 병아리, 그리고 오믈렛》, p.63

자기 딴에는 지금까지 상당한 노력을 거듭했음에도 불구하고 세상 사람들에게 보여줄 수 있는 가시적인 결과가 나오지 않는 경우가 많다. 더욱이 우리를 좌절시키는 것은 그러한 노력의 여정에서 나오는 잠정적인 결과물에 대해서 사람들이 비판할 경우 미래에 대해 감내할 수 없는 불안이 찾아온다는 것이다. 그러나 모든 것이 확실하고 꿈의 목적지에 도달하는 길이 정해져 있다면, 그리고 그곳에 닿는 가장 빠른 길을 미리 알 수 있다면 세상을 바꿀 수 있는 위대한 아이디어는 아예 잉태되지도 실현되지도 않았을 것이다.

"아기는 세상에 태어나기 전에 엄마 뱃속의 어둠 속에서 아홉 달을 보낸다. 모든 식물의 씨앗은 싹을 틔우기 전에 어두운 땅속에서 일정한 기간을 보낸다. 어둠이야말로 생명체들이 더 밝은 세상으로 나가기 전에 반드시 거쳐야 될 필수 과정인 것이다."《계란, 병아리, 그리고 오믈렛》, p.67

지금 겪고 있는 고통과 번민, 잠 못 이루는 번뇌의 시간은 모두 옹골찬 삶의 싹을 틔우기 위한 필수 영양제라고 생각할 필요가 있다.

"중국 대나무 우화는 또한 임계질량의 개념까지도 담고 있다. 임계질량이란 핵분열 연쇄반응을 유지할 수 있는 한계인 최소질량을 말한다. 예를 들어 새로운 사상이 전파되어 대중에게 받아들여지기까지 상당히 오랜 시간이 흘러야 한다. 이 기간 동안에는 이 사상을 전파하려는 모든 노력이 아무 결실도 맺지 못하는 것처럼 보일 수도 있다."《계란, 병아리, 그리고 오믈렛》, pp.59-60

자신의 독창적인 생각을 아무도 알아주지 않고 더욱이 신랄한 비판의 화살을 쏘아대더라도 그 아픔을 감내한다면 마침내 도도히 흐르는 세상의 물결에 또 다른 일파만파를 일으키는 획을 그을 수 있는 것이다. 물도 정확히 100℃가 되어야 끓는다. 99℃가 되기까지 물은 자신의 용솟음을 준비하는 것이다. 99%의 노력이 뒷받침되어야 어느 순간 1%의 영감이 떠오른다. 99%의 노력이 뒷받침되지 않고 이따금씩 떠오르는 영감은 그 뿌리가 견실하지 못해 스쳐 지나가는 한 생각에 불과하다. 대나무 뿌리의 견실함이 어떤 세파에도 굴하지 않고 올곧은 삶을 향해 도약하듯이 튼실한 영감의 뿌리는 99%의 노력에서 비롯된다. 임계질량을 확보하기 위해서는 빨리 달려나가는 고속주행의 유혹을 벗어날 필요가 있다.

"무엇을 하든, 그것이 세상에서 가장 빠르고 가장 강하게 자랄 수 있기를 바랄수록 비밀 속에서 천천히 준비하라. 땅속에서 은밀하게 일어나고 있는 변화를 응시할 수 있는 예민한 눈을 키워라. 그것이 긍정적인 변화든 부정적인 변화든 간에 말이다."《계란, 병아리, 그리고 오믈렛》, pp.70-71

세상에 한줄기 희망의 빛을 비춰주기 위해서는 창조의 비밀을 조용히 준비할 필요가 있다. 위대한 변화는 사소함의 진지한 반복 속에서 어느 순간 비로소 탄생한다. 사소함이 누적되어 반복되는 가운데 상상할 수 없는 폭발적인 임계질량이 확보된다. 그 임계질량은 세상을 향한 용솟음의 에너지다. 임계질량이 에너지로 폭발하는 순간을 임계점이라고 볼 수 있다. 임계점은 물이 끓기 직전 아무런 변화가 일어날 것 같지 않다가 갑자기 비약적인 양자도약이 일어나는 시점이다. 이 양자도약은 '연잎 현상'에 비견될 수 있다.

"연잎 현상이라는 것도 있습니다. 연못을 반쯤 덮었던 연잎이 그 연못 전체를 다 덮는 날은 바로 그다음 날이라는 비유이지요. 주전자의 물이 99℃가 되어도 끓지 않다가 마지막 1℃에서 갑자기 끓는 것과 같아요. 상품도, 비즈니스 모델도, 사회현상도, 정치나 이념도 어떤 임계점에 달하면 눈 깜짝할 사이에 연잎 현상이 일어난다는 겁니다."[116]

이런 차원에서 신영복 교수가 2006년도 서울대 입학식에서 학생들에게 들려준 말이 인상적이다.

"땅속의 시절을 끝내고 나무를 시작하는 죽순의 가장 큰 특징은 마디가 무척 짧다는 사실입니다. 이 짧은 마디에서 나오는 강고함이 곧 대나무의 곧고 큰 키를 지탱하는 힘이 됩니다. 훗날 온몸을 휘어 강풍을 막는 청천 높은 장대 숲이 될지언정 대나무는 마디마디 옹이 진 죽순으로 시작합니다. 모든 시작하는 사람들이 맨 먼저 만들어내어야 하는 것이 바로 이 짧고 많은 마디입니다. 그것은 삶의 교훈이면서 동시에 오래된 과학입니다. 여러분은 장대 숲으로 자라기 위해서 짧고 많은 마디를 만들어내야 합니다. 그리고 여러분들이 직면하게 될 숱한 어려움에 대비하기 위해서도 먼저 마디마디 옹이 진 죽순으로 시작해야 합니다."[117]

3.
등나무:
갈등葛藤 없이
등신藤身처럼 살아가다

등지고 살면서 갈등을 겪고 있는가?
등 대고 등신처럼 사는 등나무를 만나보라

무더운 여름날 우리에게 단비처럼 고마운 것은 나무가 만든 그늘이 있다는 점이다. 폭염이 기승을 부릴수록 사람은 더위를 피하기 위해 그늘을 찾으려 한다. 나무 중에 그늘을 가장 잘 만드는 나무는 활엽수다. 잎이 넓을수록 햇볕을 차단할 수 있는 면적이 더 크기 때문에 그만큼 사람이 쉴 수 있는 그늘도 넓어진다. 잎 넓기로는 둘째가라면 서러운 것이 등나무다. 등나무는 다른 나무처럼 위로 자라지 않고 덩굴처럼 옆으로 뻗어가면서 자란다. 등나무 하면 생각나는 장면은 초등학교 시절 학교 운동장 구석에 만들어놓은 등나무 쉼터다. 한여름 무더위가 계속될 때 잠시 등나무 그늘로 들어가 더위를 피했던 추억은 누구나 갖고 있을 것이다.

등나무는 일정한 높이로 자란 다음 수평으로 덩굴을 뻗으며 자라는 특이한 나무다. 나무의 뿌리가 아래로 뻗은 덕분에 대다수의 나무줄기는 줄기차게 위로 자란다. 하지만 등나무 줄기는 수평으로 덩굴을 뻗으며 자라기 때문에 지지대 없이는 제대로 자랄 수 없다. 지지대가 있어야 사람이 쉴 수 있는 공간도 마련된다. 등나무는 등을 돌리고 살아가는 나무가 아니라 나무 지지대에 등을 대고 살아가는 나무다. 우리에게는 등지고 살지 말고 등 대고 살아가자는 메시지를 던져준다. 등 대고 살면서 등진 사람들에게 따뜻한 위로와 편안한 휴식의 메시지를 전해주는 나무가 바로 등나무다. 내 몸에 있으면서 내 손이 다가갈 수도 없고 볼 수도 없는 곳이 등이다. 내 몸이지만 내 맘대로 할 수 없는 등, 그 등이 나에게 말을 건다. 등지고 살지 마라! 그 등에 내 인생이 숨어 있다.

"이 세상에서 가장 고통스러운 일은 돌아서서 가는 그대의 등을 바라보는 일이다."

정성수 시인의 〈등〉이라는 시의 일부다. 등 돌리고 떠나는 사람의 심정이 등에 담긴다. 앞모습은 화장이나 분장, 위장이나 변장으로 속일 수 있지만 뒷모습은 속일 수 없다. 등 돌리고 떠나는 당사자의 모습이 고스란히 담긴다. 등지고 살겠다는 다짐과 의지가 보이고 한편으로는 등 돌리게 된 아픈 사연이 보인다.

"등이 가려울 때가 있다/ 시원하게 긁고 싶지만 손이 닿지 않는 곳/ 그곳은 내 몸에서 가장 반대편에 있는 곳/ 신은/ 내 몸에 내가 결코 닿을 수 없는 곳을 만드셨다/ 삶은 종종 그런 것이다/ 지척에 두고서도 닿지 못한다/ 나의 처음과 끝을 한 눈으로 보지 못한다/ 앞모습만 볼 수 있는 두 개의 어두운 눈으로/ 나의 세상은 재단되었다/ 손바닥 하나로는 다 쓸어주지 못하는/ 우주처럼 넓은 내 몸 뒤편엔/ 입도 없고 팔과 다리도 없는/ 눈먼 내가 살고 있다/ 나의 배후에는/ 나의 정면과 한 번도 마주보지 못하는/ 내가 살고 있다."

서안나 시인의 〈등〉이라는 시다. 등지면 악연이지만 등 대면 인연이 시작된다. 등지고 산 사람들의 아픈 상처가 등나무 밑에서 쉬며 풀어질 수 있다면 얼마나 좋을까.

등나무는 우리가 흔히 등나무라고 부르는 콩목 콩과 등속에 속하는 식물이다. 잎이 지는 덩굴성 갈잎나무로 10m 이상으로 자라는 긴 덩굴이 지지대를 감싸면서 뻗어나간다. 대체로 5월이 되면 연자줏빛 꽃들이 잎겨드랑이에서 수십 센티미터에 이르도록 주렁주렁 피는데, 이때 등나무 꽃, 즉 등화藤花의 향이 진동한다. 꽃 향이 향긋하고 진해서 등나무 근처에 앉아 있는 것만으로도 코가 씰룩거린다. 그래서 등나무는 주로 관상용으로 재배하는 편이다. 열매는 꽃이 난 자리에서 꼬투리 형태로 열린다.

등나무는 자신의 몸身으로 뙤약볕을 정면으로 받아가면서

사람에게 그늘을 만들어준다. 그래서 등신藤身이다. 본래 등신
等神은 나무, 돌, 흙, 쇠 따위로 만든 사람의 형상인데, 몹시 어
리석은 사람을 낮잡아 이르는 말이기도 하다. 하지만 여기서
말하는 등신藤身은 등나무 줄기와 가지가 뒤엉켜 있는 모습을
지칭한다.

"갈잎 덩굴의 잎은 짙은 그늘을 만들어 사람들을 자신의
몸, 등신藤身으로 불러들인다. 그러나 등신 아래서 더위를 식
히며 곤히 잠을 자는 사람들은 등의 몸이 어떤 모습인지를 기
억하지 못한다."강판권, 2015[118]

세상은 등신藤身처럼 살아야 등 돌리거나 등지지 않고 등
대면서 살아갈 수 있다.

등나무의 꽃말은 '사랑에 취하다'이다. 등나무가 이러한
꽃말을 가지게 된 이유는, 경상북도 월성군 견곡면 오류리에
위치한 용림이라는 곳에 전해 내려오는 전설 때문이다. 때는
신라 시대, 어느 농가에 열아홉, 열일곱 살 되는 예쁜 자매가
있었고 그 옆집에는 씩씩한 청년이 살고 있었다. 자매는 매
우 예뻤을 뿐만 아니라 마음씨까지 고와 온 마을에 칭찬이 자
자했다. 문제는 자매가 동시에 옆집 청년을 남몰래 짝사랑하
였다는 데 있었다. 그러다 옆집 청년이 전쟁터로 나가게 되었
다. 청년이 떠나는 것을 보며 언니는 장독대에 숨어서 눈물
을 흘리고 동생은 담 밑에서 흐느껴 울다가 서로 마주치게 되

었고, 비로소 자매는 한 청년을 동시에 사랑하고 있음을 알게 된다. 그러던 어느 날 청년이 전사했다는 비극적인 소식이 들려왔다. 자매는 너무 슬픈 나머지 용림으로 달려가 둘이 꼭 껴안은 채 물 속으로 몸을 던졌다. 그 후 연못가에서 두 그루의 등나무가 자라기 시작했다. 그런데 시간이 어느 정도 흘렀을까. 전사한 것으로 알려진 옆집 청년이 훌륭한 화랑으로 살아 돌아왔다. 청년은 자신의 죽음을 애도하면서 물로 뛰어든 자매의 슬픈 이야기를 듣게 되었다. 목숨을 바칠 정도로 자신을 사랑했던 자매의 애틋한 사연을 들은 청년은 죄의식에 사로잡혀 도저히 정상적인 삶을 이어갈 수 없었고, 마침내 그 역시 용림에 몸을 던져 목숨을 바친 사랑에 목숨으로 보답했다.

청년이 죽은 후에 연못가에는 한 그루의 팽나무가 자라났는데 사람들은 이것을 청년의 화신이라 했다. 해마다 봄이 되면 자매의 화신으로 자라난 두 그루의 등나무가 세상에서 가장 아름답고 화려한 꽃을 피우면서 청년의 화신으로 돌아온 팽나무를 힘껏 껴안듯이 감고 올라간다. 이렇게 두 그루의 등나무가 한 그루의 팽나무를 감아 올라가면서 뜨겁게 사랑하는 모습은, 관심과 애정 없이 경계를 긋고 살아가는 모든 사람들에게 뜨거운 사랑의 교훈을 보여준다. 자매는 한 남자를 놓고 사실 갈등하지 않았다. 하지만 서로가 서로에게 양보하면서 애달픈 사랑의 사연을 안으로 삭히려고 무던히도 애를 썼을 것이다.

'갈등葛藤'은 한자어 그대로 '칡葛'과 '등나무藤'를 뜻하는 말이다.[119] 칡과 등나무는 줄기가 감아 올라가는 방향이 서로 다르다. 자세히 관찰해보면 칡의 줄기는 오른쪽에서 왼쪽으로 감아 올라가고, 등나무 줄기는 왼쪽에서 오른쪽으로 감아 올라간다. 즉 '갈葛'은 '등藤'을 감고, '등藤'은 '갈葛'을 감아 올라간다. 이처럼 칡과 등나무가 서로 얽히듯이 까다롭게 뒤엉켜 있는 상태를 이르는 말이 '갈등'이다. 따라서 두 식물은 아무리 길게 뻗어가도 화합해 만날 수가 없다. '갈등'의 어원은 이 같은 두 나무줄기의 속성에서 비롯됐다. 우리 선조들이 식물을 바라보는 세심한 관찰력과 지혜가 단어를 만드는 조어법에도 절묘하게 적용된 것이다.

4.
맹그로브 나무:
이질적 경계에서
융합의 꽃을 피우다

경계에서 한계를 고민하고 있는가?
맹그로브 나무를 만나 융합의 지혜를 배워보라

난해한 시를 쓰기로 유명한 시인 이상李箱. 그가 지닌 문학적 독창성과 예술적 창작력은 어디에서 발원된 것일까. 한마디로 이상은 이상理想을 꿈꾼 브리꼴레르bricoleur였다. 소설 같은 시, 시 같은 수필, 이상李箱의 이상理想은 무엇이었나. 그는 어느 하나로 규정할 수 없는 잡종적 문학가이자 예술가였다.

"시인이자 소설가, 수필가이자 화가, 삽화가이자 미술평론가였다. 요즘 말로 하면 '하이브리드 예술가'이자 언제나 경계를 뛰어넘고자 하는 '지적 노마드'였다. 그는 소설을 시처럼, 수필을 시처럼, 시를 의료 진단서처럼 썼고, 시에 그림을, 기하학적 도형을, 숫자판을, 인쇄 기호 등을 도입해 타이포그래피 등을 실험했다. 이상의 예술이 난해하다는 느낌을 주는 것은 그가 언어와 회화, 언어와 기하학, 언어와 물리학, 언어와 숫자, 고유어와 외래어 등이 혼합된 잡종성의 하이브리드 텍스트를 만들었고 그 결과로 새로운 것을 만들었기 때문이다. 그 혼합의 텍스트가 당대 독자들은 물론이고 21세기 독자들에게도 미적 충격을 주는 것이다."[120]

이상은 시와 소설, 수필과 그림, 삽화와 미술 평론 사이에서 고뇌하고 방황했지만 어느 한 분야로 포착할 수 없는 독창적인 문제의식으로 누구도 흉내 낼 수 없는 문학성과 예술성을 유감없이 발휘했다. 시인 이상은 박이정博而精을 구현한 대표적인 문학가이자 예술가였다. 박이정이란 여러 방면方面으로 널리 알 뿐 아니라 깊게도 안다는 뜻이다. 즉, '나무도 보고 숲도 본다'는 뜻이다. 시인 이상은 다양한 장르 사이에 존재하는 경계에서 다른 경계를 넘겨다보면서 어느 분야에서도 해낼 수 없는 독창적인 창작 활동을 전개했다. 경계 사이에 서식했던 이상은 육지와 바다 사이에서 살아가는 맹그로브 나무를 닮았다.

맹그로브라는 나무는 식물 가운데 유일한 태생종이다. 나뭇가지의 가장자리에 생긴 새끼 나무가 바닷물에 떨어져서 번식하는 특이한 나무다. 열매는 바닷물로 운반되지만 어떤 종은 나무에서 싹이 터서 50~60cm 자란 다음 떨어지는 것도 있다. 이러한 종류를 태생식물胎生植物이라고 한다. 맹그로브는 주로 아열대 및 열대 지방의 해안선 수면에서 서식하며 현재까지 4과 12종이 알려져 있다.

맹그로브의 가장 큰 특징은 뿌리의 일부가 땅 위로 올라와 있다는 점이다. 맹그로브는 뿌리를 통해 산소 호흡을 하기 때문에 항상 뿌리의 일부가 문어 다리 모양으로 수면 위에 노출되어 있다. 이 나무는 보통 나무와 다르게 네 개의 뿌리를 가지고 있다. 하나는 여느 뿌리처럼 땅 밑으로 뿌리를 내려 줄기와 가지를 지탱해주는 역할을 한다. 또 하나는 물 밖으로 드러내고 산소를 빨아들이는 역할을 하는 뿌리다. 염해와 냉해처럼 염분은 식물에게 치명적이다. 그런데 맹그로브는 이러한 특수한 뿌리 구조로 인해 염분을 견딜 수 있다. 맹그로브는 갯벌에서 자라기 때문에 몸에 축적된 소금기를 빼내는 역할이 무엇보다도 중요하다. 또 하나는 옆으로 퍼져 나가면서 다른 보조물을 붙잡고 나무가 쓰러지지 않도록 지탱해주는 역할을 하는 뿌리다. 맹그로브가 열악한 환경에도 굴하지 않고 늠름하게 잘 자라는 비결은 바로 이렇듯 평범하지 않은 뿌리에 있다. 지구상에 존재하는 모든 동식물에게 공통적으로 적용되는 한 가지 특징, 바로 뿌리의 경쟁력이 성장 가능성을 결정한다는 것이다.

맹그로브는 육지와 바다의 경계에 뿌리를 내리고 자란다. 기수역처럼 민물과 바닷물이 만나는 접점에서 자란다. 함민복 시인의 〈꽃〉이라는 시를 보면 "모든 경계에는 꽃이 핀다"[121]라는 표현이 나온다. 경계에 꽃이 피려면 경계와 경계 사이에 에너지의 흐름이 있어야 하고 활발한 소통이 전제되어야 한다. 올림푸스 12신 중에 '헤르메스Hermes'라는 신이 있다. 헤르메스라는 낱말의 어원인 '헤르마herma'는 '경계석', '경계점'을 뜻한다. 고대 그리스인들에게 '헤르메스'는 '건너서 넘어간다'라는 개념이 구체화된 신이었다. 헤르메스는 교환·전송·위반·초월·전이·운송·횡단 등과 같은 활동과 관련되는데, 이 모든 활동에는 어떤 종류의 '건너감'이 들어 있다. 이런 이유로 헤르메스는 신들의 뜻을 전하는 전령사나 메신저일 뿐만 아니라 재화나 상품의 교환, 의미와 정보의 전달 등을 돕는 신이다. 이상이 꿈꾼 브리꼴레르 또한 헤르메스처럼 전문가와 전문가 사이를 오가며 두 세계를 이어주는 존재다.

맹그로브는 육지와 바다 사이의 경계에 서식하면서 육상과 수상의 경계를 잇는 아름다운 숲을 이룬다. 맹그로브는 헤르메스처럼 육상을 수상으로 수상을 육상으로 잇는 다리 역할을 하면서 세상에서 가장 비옥하고 생물학적으로 가장 복잡한 숲 생태계를 형성한다. 하늘을 나는 새들은 맹그로브 꼭대기에 둥지를 틀고, 각종 갑각류와 연체류 등의 해양 생물들도 맹그로브를 삶의 터전으로 삼는다. 뱀과 악어와 같은 파충류도 맹그로브 숲에서 사냥을 한다. 맹그로브 숲은 물고기의 산란장이며, 새들의 놀이터다. 또한 박쥐와 꿀벌이 꿀을 얻는 공급원임과 동시에 원숭이와 사슴, 캥거루와 같은 포유류의 먹거리장이다. 맹그로브 숲은 그 자체로 완벽한 하나의 생태계다.

이외에도 맹그로브 숲은 맹그로브의 거대한 뿌리로 형성된 시스템으로 인해 파도 에너지를 아주 효과적으로 줄이는 역할을 한다. 태풍이나 지진해일 때문에 밀려오는 거대한 파도를 막아주는 든든한 방파제 역할을 하는 것이다. 2004년 인도양에 지진해일이 발생했을 때 맹그로브 숲이 온전하게 남아 있던 곳에서는 숲이 천연 방파제 구실을 하여 파도를 막아준 덕에 재산 피해와 인명 피해가 적었지만 그렇지 않은 곳에서는 심각한 피해를 입었다. 기존 연구에 따르면 맹그로브 숲은 일상적인 파도가 내는 에너지의 70~90%를 흡수한다고 한다.

또한 맹그로브 숲은 육지의 토양이 바다로 쓸려 내려가는 것을 막아주는 역할을 한다. 특히 강 하구에 유기물 많은 고운 입자의 진흙clay, silt을 퇴적시키면서 새로운 땅을 만드는 데도 탁월한 능력을 발휘한다. 잡초가 강한 뿌리로 홍수로 인한 흙의 유실을 막아주는 것과 같은 이치다. 맹그로브의 뒤엉킨 뿌리는 강물에 실려온 퇴적물이 바다로 빠져나가는 것을 막아주고, 가지와 줄기는 파도의 침식 작용을 약화시키는 울타리 역할을 한다. 일단 새끼 나무들이 뿌리를 내려 군락을 이루면 갯벌 바닥은 육지로부터 흘러내려온 퇴적물에 의해 점차 육지로 변하기 시작한다. 이와 같은 번식 방법으로 해안선을 확장하는 속도가 평균 연간 100m 정도나 된다. 맹그로브는 또한 지구 온난화의 주범인 이산화탄소를 마시고 산소를 내어놓는 지구의 허파 역할을 하기도 한다. 이처럼 맹그로브는 염분이 있는 척박한 갯벌 환경에서 살아가면서 육지와 바다의 경계에서 아름다운 차이를 만들어내고 있다.

전공은 다르지만 전공과 전공의 경계에도 수많은 다름과 차이가 존재한다. 우리는 지금 남다름을 '남이사'로 취급하고 있지는 않은가. '남이사'는 '남이야'의 변형된 표현이다. 남이 무엇을 하든 상관하지 않겠다는 비아냥거림의 의미가 들어 있다. 한 분야의 전문가가 놓친 문제의식, 그들이 간과한 사각지대, 무관심 속에서 존재하는 그 사이에서 차이를 탐구하면서 어느 한곳에 매몰되지 않고 경계 너머의 꿈을 꾸는 탈경계적 헤르메스가 필요한 시대다. 오늘과 내일 사이, 낮과 밤 사이, 어둠과 밝음 사이, 절망과 희망 사이, 오르막과 내리막 사이에 근본적으로 다른 차이가 있다. 그 차이로 인해 어제와 다른 오늘, 오늘과 다른 내일이 만들어지는 것이며, 어둠 속에서도 밝음을, 절망 속에서도 희망을, 내리막길에서도 오르막을 꿈꿀 수 있는 것이다.

맹그로브는 양극단의 경계를 동시에 끌어안으면서 변방의 경계 사이에서 변화와 혁명을 꿈꾸는 지적 노마디스트nomadist

의 삶을 살아가는 나무다. 맹그로브야말로 낯선 경계에서 새로운 관계를 만들어 아름다운 경지를 창조하는 나무랄 데 없는 나무다. 모든 나무가 그렇듯이 맹그로브는 척박한 환경이나 조건을 탓하지 않는다. 더군다나 맹그로브는 보통 나무로서는 꿈도 꿀 수 없는 악조건을 극복하고 경계를 무너뜨려 하나의 경지로 만들어버리는 경이로운 나무다. 마찬가지로, 경지에 이른 사람은 경계에서 한계를 느끼지 않고 경계와 한계를 극복할 수 있는 경이로운 영역을 만들어낸다.

5.
은행나무:
은행나무가 전해주는
장수의 비결이 궁금하다

오랫동안 견디는 비결을 알고 싶은가?
행운도 견디기 힘든 행동이 만든 선물임을 은행나무에게 배워라

지구상에 1과 1속 1종만이 존재하는 나무! 그래서 은행나
뭇과에는 은행나무만 존재한다. 인간보다 더 먼 지구에 뿌리
를 내리고 자신과 비슷한 친족을 인정하지 않으면서 2억 년
이상을 살아온 나무가 은행나무라고 한다.안도현, 2014[122] 은행나
무는 바퀴벌레만큼이나 지구상에서 오래된 생물이다. 2억 년
전에 등장해 빙하기에도 살아남고 심지어는 화산 폭발로 황
무지가 된 땅에서도 살아남은 '화석化石 식물'이다. 1945년 히
로시마에 원자폭탄이 떨어졌을 때 거의 모든 생명체가 다 죽
었지만 은행나무는 거기서도 살아남을 정도로 생명력이 강하
다. 그 어떤 나무와도 구분되는 전대미문의 유일성을 갖추고

있고 지구상에서 가장 오래 살아남으며 영원성을 상징적으로 보여주는 나무가 아닐 수 없다. 강판권, 2014[123]

은행나무가 오랫동안 살아남을 수 있는 원동력은 무엇보다도 그 어떤 환경적 악조건에서도 개의치 않고 살아가는 강한 생명성에 있다. 병충해에도 영향 받지 않는다. 특히 은행나무 잎은 벌레도 안 먹고, 초식동물도 쳐다보지 않으며, 새도 은행 열매는 안 먹을 정도로 냄새가 고약하다. 말린 은행잎을 봉지에 담아 집안 구석구석에 두면 바퀴벌레도 없어진다고 할 정도로 은행나무의 해충 방제 효과는 탁월하다. 은행잎을 책갈피에 끼워두면 좀벌레가 덤벼들지 못한다는 얘기가 있을 정도로 은행나무에 뭔가 해충이 싫어하는 성분이 들어 있는 모양이다.[124]

사람들이 은행나무를 좋아하는 이유는 가을 단풍과 함께 노랗게 물든 은행잎 때문이라고 생각한다. 노랗게 물든 나뭇잎을 주워서 책갈피로 사용해보지 않은 사람은 거의 없을 것이다. 지금도 가끔 예전에 읽었던 책을 다시 펼치다 우연히 책 속에 숨죽이며 기다리고 있는 은행잎 책갈피를 만나곤 한다. 괴테가 마리아네를 유혹한 결정적인 매개체도 은행나무 잎이라고 한다.

"은행나무 이파리 끝은 비록 갈라져 있지만 한 장이듯이 당신과 나 역시 둘이면서 하나지요."

은행나무 잎에 빗대어 자신과 마리아네의 사랑을 은유적으로 표현한 덕분에 60대 괴테는 젊고 아름다운 마리아네를 연인으로 얻었다는 이야기가 《안도현의 발견》에 소개되었다. 은행나무 잎을 유심히 관찰한 괴테는 남다른 문학적 호기심이 발동해서 평범한 은행나무에 사랑의 의미를 심어 전달한 것이다.

은행나무의 진정한 생명력은 지구 환경의 숱한 변화에도 불구하고 꿋꿋하게 자신을 지켜오면서 겪은 혹독한 외로움에서 찾을 수 있다.

"은행나무의 가장 큰 아픔은 다름 아닌 '외로움'이다."_{강판권,}
2011[125]

은행나무는 다른 나무와 달리 가족이 없다. 현존하는 은행나무도 전 세계적으로 단 1속 1종만 살아남았다고 한다. 살아남은 자의 슬픔이 아니라 살아남은 자의 견딜 수 없는 외로움이 오늘의 은행나무를 나무의 화석이라 일컬을 정도로 장수하는 나무로 각인시킨 것이다.

은행나무가 2억 년 넘게 살아남은 비결은 다음 두 가지로 요약해볼 수 있다._{박중환, 2014[126]} 첫째, 암수가 다른 은행나무는 자기수정을 하지 않는 덕분에 유전적으로 강한 우성인자를 남긴다. 수정을 할수록 이전 유전 인자보다 더 강한 생명체를 탄생시켜온 것이다. 또 다른 비결은 열매에서 풍기는 악취와 돌멩이처럼 단단한 껍질이다. 과육의 악취는 포식자들이 쉽게 접근하지 못하게 막는 강력한 방어막이며, 단단한 껍질은 웬만한 충격에도 파괴되지 않고 오랫동안 씨앗을 보존할 수 있는 보호막이다. 살아 있는 화석으로 알려진 은행나무가 2억 년 넘게 살아남은 것에는 다 나름의 이유가 있다. 샛노란 은행나무 잎으로 인간의 사랑을 독차지하는 은행나무에는 나이테가 없다고 한다. 이는 자신의 과거를 숨기고 환상을 불러일으키려는 은행나무의 치밀한 생존 전략이라 볼 수 있다.

처절한 사투를 거치면서 극심한 외로움을 온몸으로 견디며 살아온 은행나무를 통해 우리는 평범하지 않은 교훈을 얻는다. 도토리처럼 다른 동물에게 먹히는 전략을 통해 씨앗을 퍼뜨리려는 대부분의 나무와는 다르게 은행나무는 열매에 자극적인 냄새와 심한 독성을 품고서 접근 자체를 허용하지 않는 특이한 전략을 사용한다. 이 냄새와 독성은 절체절명絶體絶命의 위기 상황에서도 자신을 지키려는 치열한 생존 전략인 것이다.

"나무에 떨어지면 임산물, 땅에 떨어지면 의약품"이라 할 정도로 은행나무 잎은 사람 몸에 좋다. 피가 빨리 돌도록 도와주고 혈관을 넓게 해주며 균을 막아주는 성분이 많이 들어 있기 때문이다. 그런데 이렇게 좋은 은행나무의 잎이 활엽수로 구분되지 않고 침엽수로 구분되어 있다. 바늘잎은 추위를 견디는 나무들이 가진 잎이다. 은행나무는 고생대에 나타나 쥐라기 때에 가장 번식했다고 한다. 은행나무는 이후 끝없이 계속되는 빙하기를 모두 거치면서 모진 추위 속에서도 살아 남았다. 그래서 긴 시련의 세월을 거친 살아 있는 화석으로서 사람에게 큰 유익을 주는 나무가 되었다. 은행나무를 보면서 고난의 긴 세월을 견딘 사람만이 다른 사람을 잘 도울 수 있 지 않을까 생각해본다. 은행나무는 한자로 '杏행'이라 하는데, 행자杏子 혹은 행자목杏子木이라고도 한다.

이외에도 은행나무를 부르는 이름으로는 공손수公孫樹, 압 각수鴨脚樹, 백과수白果樹 등이 있다. 그렇지만 통상적으로는 그냥 은행銀杏나무라고 부른다. '공손수'라 부르는 이유는 아 버지公가 심어도 손자孫 때나 되어서야 그 열매를 먹을 수 있 을 정도로 열매가 한참 뒤에 열리기 때문이다. '압각수'는 잎 의 모양이 오리발鴨脚같이 생겨서 붙여진 이름이고, '백과수' 는 열매가 노랗게 되기 전에 하얀白 빛깔을 띠기 때문에 생긴 이름이다.

은행나무 하면 떠오르는 나무는 용문사의 은행나무다. 천 연기념물 30호인 용문사 은행나무는 우리나라에서 가장 오 래된 나무일 뿐만 아니라 우리나라 나무 중에서 가장 키가 큰 나무라고 한다. 용문사 은행나무의 수령은 약 1,100년이고 그 높이는 47m나 된다. 한 자리에서 천 년 이상을 살아오면서 아직도 후손을 번식하기 위해 해마다 엄청난 열매를 맺고 있 다. 이 용문사 은행나무는 나무이기 이전에 역사이자 문화다.

용문사 은행나무가 품고 있는 두 가지 역사적 이야기가 매우 흥미롭다.강판권, 2011[127]

하나의 전설은 통일신라 마지막 왕인 경순왕의 아들 마의 태자가 나라 잃은 설움을 안고 금강산으로 가던 도중에 용문사에 은행나무를 심었다는 이야기다. 이렇게 심어진 은행나무는 하나의 나무이기 전에 나라 잃은 설움과 아픔을 지닌 사연 있는 나무다. 하지만 이 은행나무의 존재는 사람들에게 꿈과 희망이 되기도 한다. 용문사 은행나무는 슬픈 역사적 전설을 품고 있지만, 천 년 이상 한자리를 지키며 여전히 그 위용을 자랑하고 있기 때문이다.

두 번째 전설은 의상 대사가 짚고 다니던 지팡이를 이곳에 꽂아두었더니 싹이 나서 은행나무로 자랐다는 이야기다. 확증할 수 없는 전설이지만 한 나무에 이렇게 다양한 전설이 있다는 것은 그만큼 나무가 민족의 흥망성쇠를 같이해온 역사적 산물이자 문화적 유산이라는 사실을 뒷받침한다. 실제로 용문사 은행나무는 속리산의 소나무에게 조선의 세조가 정2품 벼슬을 내린 것처럼 세종대왕이 당상관정3품 이상의 품계이라는 벼슬을 하사했다. 사람도 아닌 나무에게 이런 벼슬을 하사했다는 이야기는 그만큼 나무가 민족의 흥망성쇠를 같이하는 운명 공동체임을 보여주는 사례라고 볼 수 있다.

6.
자귀나무:
세상의 모든 자기에게
사랑의 마력을 전하다

진정한 사랑의 본질과 의미를 느끼고 싶은가?
갑자기 찾아오는 자기의 비밀을 자귀나무에게 배워보라

흔히 잎들이 밤만 되면 스스로 돌아온다고 해서 '자귀'라는 이름이 붙은 나무가 있다. 나무 깎는 연장의 하나인 자귀의 손잡이, 즉 자귀자루를 만들던 나무여서 자귀나무가 되었다고도 한다. 밤중에 잎이 접혀지기 때문에 자귀나무라고 하는 곳도 있고, 소가 잘 먹는다고 하여 '소쌀나무'라고 부르는 곳도 있다.

자귀나무는 부부 금실을 상징하는 나무로 알려져 있다. 그래서 이 나무를 신혼부부의 방 창가에 심어놓거나 안마당에 심어놓으면 부부의 금실이 좋아진다고 하여 많이 심었다고 한다. 합환주를 빚을 때는 자귀나무 꽃을 사용한다. 이 합환

주는 전통 혼례에서 신랑신부가 나누어 마심으로써 두 사람이 하나 됨을 상징하고 혼례식이 성사됨을 알린다.

이런 특성으로 인하여 자귀나무는 별칭도 많은데, 잎이 합쳐지는 모습을 보고 합혼수合婚樹, 밤에 잎을 합한다고 해서 야합수夜合樹, 따뜻한 정을 통한다고 해서 유정수有情樹 등으로 불린다.강판권, 2010[128] 낮에는 잎사귀를 최대한 확장해서 광합성 작용을 하다가 밤이 되면 잎으로 발산되는 수분과 에너지 소비량을 최대한 줄이기 위해 작은 잎들이 서로 합해져 붙어버린다. 자귀나무의 잎이 밤에 모아지는 이유는 폭풍우 등의 피해에 대비하거나 밤새 날아드는 벌레의 침입을 막기 위해서라고 한다.

이와 관련하여 다음과 같은 두 전설이 전해 내려오고 있다. 첫 번째 전설은 중국의 우고와 그의 부인에 관한 이야기다. 옛날 중국에 우고라는 사람이 조씨 성을 가진 부인과 살았다. 조씨 부인은 단오가 되면 자귀나무의 꽃을 따서 말린 후, 그 꽃잎을 베개 속에 넣어두었다가 남편이 우울해하거나 불쾌해하는 기색이 보이면 말린 꽃잎을 조금씩 꺼내어 술에 넣어 마시게 했다. 그 술을 마신 남편은 곧 전과 같이 명랑해졌다고 한다. 이것은 자귀나무의 잎이 가진 독특한 특성 때문이다. 자귀나무의 잎은 버드나무 잎처럼 가늘고 마주 붙어 있는 겹잎이다. 그런데 낮에는 그 잎이 활짝 펴져 있다가 밤이 되면 반으로 딱 접힌다. 사람들이 그 모습을 보고 잎들이 서로 사이좋게 붙어 잔다고 생각한 것이다.

또 하나의 전설은 장고라는 남자의 청혼 이야기다. 옛날 어느 마을에 부지런하고, 황소같이 힘이 센 '장고'라는 청년이 살고 있었는데, 주위에서 중매를 많이 해주었으나 장고는 마음에 드는 여자가 없어 결혼을 못 하고 있었다. 그러던 어느 날 언덕을 넘어가던 장고가 아름다운 꽃들이 만발한 집을 발견하고, 자신도 모르게 그 집 뜰 안으로 들어섰다. 한참 꽃구경에 정신이 팔려 있을 무렵 부엌문이 살며시 열리며 어여쁜 처녀가 모습을 드러냈다.

두 사람은 서로 첫눈에 반했고, 장고는 꽃 한 송이를 꺾어서 처녀에게 주며 청혼을 했다. 그 후 두 사람은 결혼을 했고, 몇 년간은 알콩달콩 잘 살았다. 그러나 세월이 흐른 어느 날 읍내로 장을 보러 갔던 장고가 그만 술집 여인에 빠져 집에 돌아오지 않았다. 장고의 아내는 남편의 마음을 다시 돌리기 위해 백일기도를 시작했다. 백 일째 되던 날 밤 산신령이 장고의 아내에게 나타나서 언덕 위에 피어 있는 꽃을 꺾어다가 방 안에 꽂아두라고 말하였다. 다음 날 아침, 장고의 아내는 산신령의 말대로 언덕의 꽃을 꺾어다 방 안에 꽂아두었다. 그리고 어느 날 밤늦게 돌아온 남편은 그 꽃을 보고 옛 추억에 사로잡혔다. 그 꽃은 자기가 아내를 얻기 위해 꺾어 바쳤던 꽃이었기 때문이다. 남편의 마음을 되돌린 그 꽃이 바로 자귀나무 꽃이었다.

자귀나무는 잎도 신기하지만 꽃도 아름답기 그지없다. 보통 자귀나무 꽃은 6~7월에 피는데, 한 가지 끝에 15~20개의 꽃이 달린다. 연초록색과 분홍색, 그리고 하얀색이 절묘하게 조화를 이루고 있어서 보는 사람으로 하여금 황홀경에 빠지게 할 정도다. 연초록색은 꽃받침과 꽃잎의 색깔이고, 분홍색은 꽃의 수술이고, 하얀색 부분은 수술의 아래를 받치고 있어 마치 타오르는 불꽃같은 모습이다. 한번 보면 그 아름다움에 빠질 수밖에 없다. 자귀나무 꽃이 더욱 아름답게 보이는 이유는, 꽃잎이 퇴화되고 나면 하얗고 긴 수술이 연분홍 색실처럼 길게 늘어지는 꽃다발 형태를 띠기 때문이다.

그만큼 자귀나무는 자기 자신을 귀하게 여길 뿐만 아니라 나의 '자기'에게도 귀한 꽃을 선물하고 싶은 마음이 들도록 유혹의 손길을 멈추지 않는다. 겉으로 보기에 꽃잎처럼 보이는 부분은 사실 자귀나무의 수술이다. 이 수술이 활짝 피면 마치 수백 개의 명주실이 연분홍색으로 물들어가는 듯한 모습이다. 자귀나무의 꽃은 다른 꽃에 비해 오랫동안 피어 있을 뿐만 아니라 그 향기도 짙어서 사랑하는 연인을 위한 이상적인 꽃으로 추앙받고 있다.

자귀나무 잎은 낮에는 각자의 삶의 영역에서 자신에 맡겨진 본분을 다한다. 잎을 최대한 확장시켜 따뜻한 햇볕을 받고, 광합성으로 에너지를 만들어 자신의 몸에 축적하는 부지런한 생활을 한다. 낮에는 각자도생의 삶을 살면서 최선을 다하고 밤이 되면 서로가 서로에게 의지하며 낮에 했던 수고스러움을 위로하고 어루만져준다. 밤에는 낮에 축적한 에너지를 보존하고 흡수한 수분이 증발되지 않도록 잎의 면적을 줄인다. 잎이 접히면서 마치 잠을 자는 것과 같아서 이를 수면운동이라고도 한다.

자귀나무에 숨겨진 놀라운 사실은 이파리가 모두 짝수라는 것이다. 밤에 잘 때는 모두 자기 짝을 맞추어 잎을 접고 같이 자기 때문에 사랑나무라고도 한다. 합혼수나 유정수 또는 야합수라는 자귀나무의 다른 이름들도 이런 데서 유래된 별칭이다. 자귀나무 잎은 옆에 있는 다른 잎들과 합해져서 서로가 서로를 의지하면서 긴긴 밤을 보낸다. 밤중에 불어닥치는 비바람도 같이 견뎌내고 서로의 체온을 나누면서 밤의 적막이 주는 두려움도 극복해내고 마침내 희망의 아침을 맞이한다. 이름처럼 자신도 귀하게 여기지만 사랑하는 이를 누구보다도 귀하게 어루만져주고 보듬어주는 나무가 바로 자귀나무다.

자귀나무에게 배울 수 있는 삶의 교훈은 저마다의 할 일과 본분을 다하면서 어렵고 힘겨울 때 함께 극복해나가는 상생의 미덕이다. 인간은 태어나서 죽을 때까지 끊임없이 수많은 사람들을 만나면서 따뜻한 마음과 관심을 주고받고 살아간다. 내가 그동안 성취한 일들도 나 혼자 노력해서 얻은 것이 아니라 그 성취물이 나오기까지 사실은 수많은 사람들이 보이지 않는 가운데 음으로 양으로 도와준 덕분이다. 특히 기쁠 때 함께하는 것도 중요하지만 힘겨울 때 함께하는 관심과 배려가 함께 사는 인생을 더욱더 아름답게 만들어간다.

인생을 살면서 배우는 과정도 마찬가지다. 배움은 나눔의 과정이다. 배움의 과정에는 지식 축적을 위한 습득과 쟁취도 필요하지만 어려움을 함께 견뎌내는 나눔도 중요하다. 배우고 익히는 과정은 내가 깨달은 따뜻한 지식으로 세상을 훈훈하게 만드는 베풂의 과정을 통해서 또 다른 깨달음을 얻는 여정이다. 소유와 독식, 쟁취와 쟁탈전이 판을 치는 지금 세상에 따뜻한 체온을 나누며 힘겨운 밤을 함께 버텨내는 자귀나무에게서 살아가는 의미가 무엇인지를 배울 수 있다.

7.
고욤나무:
고욤나무 줄기에 붙인
감나무에서 감이 열리다

지식 융합의 비밀을 알고 싶은가?
고욤나무를 만나 감나무와 접목하는 방법을 배워보라

감나무는 한자로 '枾, 柿, 柿감나무 시'로 쓰고, 한자어로는 '시수柿樹'라고 한다. 빨갛게 잘 익은 홍시紅柿만 생각해도 침이 넘어가지 않는가. 감에 비해 고욤은 도토리처럼 작은 열매지만 그 안에 씨가 너무 많아서 사실 먹을 게 거의 없다. 감보다 떫은맛도 훨씬 강하다. 고욤은 한자어로 '소시小柿'라고 한다. 우리말 속담에 "고욤 일흔이 감 하나만 못하다."라는 말이 있다. 자질구레한 것이 아무리 많아도 제대로 된 큰 거 하나만도 못하다는 의미다. 그만큼 고욤은 감에 비해 맛도 없고 대접을 잘 받지 못한다.

감나무의 대리모로 살아가는 고욤나무의 희생정신을 아는

사람도 많지 않다. 신기하게도 감나무는 씨앗을 심어 번식을 하면 본래 감나무의 감보다 훨씬 미치지 못하는 감이 열리지만 고욤나무 가지에 접목시키면 본래의 감보다 훨씬 튼실한 감이 열린다. 감나무 혼자 해낼 수 없는 일을 고욤나무를 대리모로 활용하면 훨씬 더 좋은 열매를 얻는 것이다.

"자신은 어두운 땅속을 헤매면서 고생스럽게 양분을 모아 남의 자식을 열심히 키워주는 고욤나무는 마음씨 착한 감나무의 새엄마로 평생을 보낸다."박상진, 2011[129]

고욤나무가 아무리 노력을 해도 감과 같은 크기로 열매가 열리지는 않는다. 고욤나무에서 감敢히 '감'이 열리게 하는 방법은 고욤나무에 감나무 가지를 접목接木하는 것이다. 접목接木은 다른 나무끼리 덧붙여서 하나의 나무로 만든다는 말이다. 고욤나무와 감나무를 접목하면 고욤나무나 감나무로 변신한다. 즉, 고욤나무가 감나무가 되기 위해서는 자기가 가진 가지를 완전히 잘라내고 거기에 감나무 가지를 덧붙여야 한다. 고욤나무가 주어진 상황에서 최선의 노력을 한다 해도 자기 혼자서는 절대 감나무로 변신할 수 없다.

고욤나무가 감나무로 변신하고, 고욤나무에서 감이 열리기 위해서는 자신이 가진 것을 모두 버리고 감나무 가지를 자신의 몸 안으로 받아들여야 한다. 고욤나무의 가지를 버리고 감나무 가지를 새롭게 받아들여야 감나무로 태어날 수 있다. 사람의 생각도 마찬가지다. 기존 생각으로 넘을 수 없는 한계는 새로운 생각을 받아들여야 넘어설 수 있다. 넘어서기 위해서는 너머의 세계를 인정하고 수용해야 한다. 타성에 젖은 습관과 틀에 박힌 기존의 관념을 과감하게 버리고 새로운 생각을 임신하기 위해서는 내가 옳다고 생각하는 신념과 가치관도 재검토해보고 버릴 것은 과감하게 버려야 한다. 그래야 새로운 생각의 씨앗이 자랄 수 있다.

기존의 지식보다 더 의미심장한 가치를 지닌 새로운 지식이 탄생하기 위해서는 기존의 지식에 새로운 지식이 접목되어야 한다. 세상의 모든 지식은 편집된 지식이다. 편집된 지식은 기존 지식에 기존 지식, 또는 기존 지식에 새로운 지식이 접목되어 탄생한다. 결국 지식의 창조는 접목과 편집을 통해 이루어진다고 볼 수 있다. 리더십은 사람에 대한 리더의 영향력이다. 리더의 영향력은 리더의 '남다른 생각'에서 유래하고 리더의 남다른 생각은 리더가 체득한 지식에서 탄생한다. 즉, 남다른 리더의 생각은 남다른 리더의 지식에서 탄생된다. 남다른 생각을 임신하기 위해서 리더는 안전지대를 벗어나 새로운 지식을 끊임없이 흡수하거나 기존 지식을 새롭게 재탄생시켜야 한다. 오늘의 나를 만들어준 뿌리 깊은 습관을 걷어내고 새로운 나로 재탄생하기 위해서는 다른 생각과 행동을 유발하는 낯선 생각의 씨앗을 내 몸 안에 심어야 한다. 그러기 위해서는 오늘의 나를 만들었던 지난날의 습관의 뿌리를 완전히 잘라내버릴 수 있는 선택과 용기가 필요하다.

물론 습관 중에는 좋은 습관도 있고 나쁜 습관도 있다. 고욤나무가 감나무로 변신하는 과정은 고욤나무의 뿌리와 커다란 줄기는 그대로 간직한 채 자신과 완전히 다른 감나무 가지를 내면에 심는 고통을 이겨내는 과정이다. 마치 조개 안으로 들어온 모래가 조개의 속살에 상처를 내고 조개는 그 상처가 아무는 과정을 통해서 진주조개로 탄생하는 것과 유사하다.

고욤나무 안으로 들어온 감나무 가지와 완전히 혼연일체가 되는 악전고투를 견뎌내야 고욤나무에서 열릴 수 없는 감이 열릴 수 있다. 고욤나무 가지를 잘라내는 과정은 성장을 넘어 성숙하기 위한 몸부림이며 탈바꿈의 과정이다. 상처가 주는 아픔을 견디는 것은 지금보다 나은 풍성한 열매를 맺을 수 있다는 희망과 꿈이 있기 때문이다.

고욤나무의 교훈을 통해 우리는 리더의 역할을 함께 생각해볼 수 있다. 리더는 구성원들에게 가슴 뛰는 꿈을 접목시키는 희망의 파수꾼이다. 지금 여기에 안주하기보다는 힘들고 어렵지만 아픔을 딛고 일어서서 미래로 향하려는 구성원들을 북돋는 열정 고취자다. 또한 과거의 아픔을 극복하고 현재라는 선물present을 주는 사람이며, 미래未來는 우리 모두의 가슴속에 이미 와 있는 아름다운 내일, 즉 미래美來라는 꿈을 심어주는 지도자다. 리더는 과거에 현재를 접목시키고, 현재에 미래를 접목시켜 지금 여기를 벗어나 오늘보다 나은 내일을 잉태하는 산모産母다. 오늘 우리가 거둔 열매는 지금까지 우리 모두가 함께 고군분투한 고통의 산물이며, 함께 피워낸 영광은 과거의 상처가 준 현재의 선물이다. 리더는 먹구름 속에 태양이 있다는 신념을 심어주는 사람이다. 걸림돌에 걸려 넘어져 절망하는 구성원들에게 걸림돌을 디딤돌로 바꿀 수 있는 희망과 용기를 심어주는 사람이다. 고개를 넘어서려면 고개를 들어 고개 너머의 세계가 가져다주는 꿈을 상상해야 한다.

시련과 역경 너머에 내가 도달하고 싶은 꿈의 목적지가 있다고 상상하자. 언제나 기적은 역전과 반전 끝에 찾아온다. 신화는 불가능하다고 생각하는 한계 지점에서 한계를 넘어서는 도전 끝에 창조된다. 시련과 역경에 꿈과 희망이 접목되고, 불가능과 한계에 역전과 반전이 접목될 때 생각지도 못한 기적과 신화가 창조된다. 마치 고욤나무가 감나무로 변신하는 과정에서 겪은 상처와 고통이 마침내 감이라는 축복의 열매를 생산하는 원동력으로 작용하는 것과 같은 이치다. 구성원들 각자의 노력으로는 한계가 있지만 다른 구성원의 장점을 접목하면 한계라고 생각한 바로 그 지점에서 새로운 가능성이 잉태될 수 있다.

리더는 구성원 개개인의 개성과 재능을 접목하여 불가능을 가능으로 바꾸고, 한계에 도전하여 모든 구성원을 기적과 신화를 창조하는 주역으로 탈바꿈시키는 사람이다. 누군가의 단점에 다른 구성원의 장점을 접목시키면 단점이 갖는 한계는 무한한 가능성을 지닌 장점으로 변신한다. 태생적 단점이나 한계 때문에 많은 사람들이 결과가 안 좋을 것이라 예측하고 미리 포기하지만 몇 안 되는 사람은 이제 끝났다고 하는 순간 '반전'을 시작한다. 한 편의 드라마는 반전이 일어나는 시점에서 시작한다. 반전에 또 다른 반전이 접목되면 마침내 '역전'의 드라마가 펼쳐진다. '역전'의 감동은 바닥까지 내려가 본 사람이 수없이 반전을 시도할 때 일어난다. 발상을 뒤집는 전대미문의 반전과 역전 속에서 사람들의 가슴을 뜨겁게 달구는 감동 드라마가 시작된다. 리더는 시련과 역경 속에서도 반전과 역전을 통해 마침내 감동 드라마를 일궈내는 역전의 명수다!

8.
전나무:
극한의 위기를 기회로 바꾸는
지혜를 배우다

위기의식이 없고 안이하게 살고 싶어지는가?
전나무를 만나 절벽에서 건져 올리는 절박함을 배워보라

세상을 뒤집는 아이디어는 한가롭고 여유로운 가운데 이루어지기보다 절체절명의 위기 상황, 더 이상 참을 수 없는 한계 상황에 직면했을 때 나온다. 뇌는 편안한 상태를 유지하면서 대부분의 시간을 보낸다. 그리고 평소에 익숙한 정보나 자극이 입력되면 뇌 안에 축적된 기존의 단어나 이미지, 기억을 떠올린다. 뇌는 선천적으로 게으르고 효율을 추구한다. 외부에서 색다른 자극이 들어오지 않으면 늘 익숙한 방식으로 반응한다. 익숙한 자극이 뇌로 입력되면 뇌의 프레임은 기존의 경험을 통해 알고 있는 정보나 이미지를 조합하여 뭔가를 생각해낸다. 기존 고정관념을 근간으로 일정한 단계와 절차로 프로그램화된 회로가 습관적으로 돌아간다.

그런데 우리 몸이 위험에 노출되거나 심각한 불편함을 느낄 때 뇌는 긴장 모드로 전환된다. 이제까지 경험해보지 못한 낯선 자극이 뇌로 입력되면 뇌는 발 빠르게 작동하기 시작한다. 절박한 상황에 내몰리면 기존의 정보나 경험적 기억으로는 벗어날 수 없다고 판단한다. 가지고 있는 기존의 정보나 생각으로 위기나 한계 상황을 돌파할 수 없다는 판단을 하면 이제까지와는 다른 방식으로 뇌가 작동하기 시작한다. 배수의 진을 치고 한계를 돌파할 수 있는 색다른 방법을 모색한다. 극도의 긴장감이 돌고 지금까지 조합해보지 않았던 방식으로 기존의 생각과 경험을 연결해본다. 이런저런 시도로 뇌가 바빠지기 시작한다.

절박한 상황의 강도가 높아질수록 뇌는 극도의 긴장 상태를 유지하면서 이제까지와는 다른 방식으로 위기 탈출 방안을 분주하게 시도해본다. 정상적인 방법으로 뇌를 써서는 지금 직면하고 있는 위기 상황을 탈출할 수 없다는 판단을 내린 것이다. 정상에 오른 사람은 모두 비정상이라는 말이 있다. 비정상은 상식의 틀을 깨고 몰상식한 발상으로 식상함에 시비를 거는 발상이다. 평범함 속에서 비범함을 찾아내기 위해서는 상식에 시비를 거는 몰상식한 발상이 필요하고, 정상적인 사람들이 하지 않는 비정상적인 방법으로 색다른 대안을 찾아야 한다.

전나무도 주변 환경이 예전과 같지 않다는 불안감이 가중될 때 이전과는 다른 방식으로 엄청나게 많은 열매를 맺는다. 평소와 같은 방식으로 해서는 도저히 종족 보존을 해낼 수 없다는 불안감이 폭발적인 열정을 불러일으키는 것이다. 마르틴 발저Martin Walser의 《불안의 꽃》[130]은 "지혜로운 사랑은 없다. 다만 격렬할 뿐이다."라는 말로 유명해진 소설이다. 이 소설의 원제가 '앙스트블뤼테Angstblüte'이다. 앙스트블뤼테는 죽음을 감지한 전나무가 마지막 남은 힘을 다해 평소 때보다 훨씬 화려하게 마지막 꽃을 피우는 현상을 일컫는 생물학적 용어다. 이 단어는 독일어로 '공포', '두려움', '불안'을 뜻하는 '앙스트Angst'와 '개화', '만발', '전성기'를 뜻하는 '블뤼테Blüte'의 합성어이며 '불안 속에 피는 꽃' 정도로 의역할 수 있다. 《불안의 꽃》은 극도의 불안감이 위대한 창조의 원동력이 될 수 있음을 예술적으로 보여준 소설이다. 이 소설의 주인공 카를 역시 시장에서 위기를 감지할 때마다 더욱 공격적인 투자를 하는 방식으로 자본을 증식하면서 성공을 체험한다. 문제는 이런 앙스트블뤼테가 그의 사랑에도 그대로 전이된다는 점이다. 노년이 될수록 살아갈 날이 얼마 남지 않았다는 위기감이 싹트면서 그는 마흔 살이나 어린 여배우를 비극적으로 사랑하면서 감정을 다스리지 못하고 파국을 맞이한다. 이렇듯 모든 생명체는 종족을 보존하고 싶은 본능적 욕구를 갖고 있다.

전나무의 불안감이 상상 초월의 꽃을 피워내듯 극심한 위기와 불안감이 전대미문의 창조를 일으킨다. 위기를 겪은 후에 내공이 깊어진다는 사실을 전나무의 앙스트블뤼테가 가르쳐준다. 새 생명은 위기의 산물이고 꽃도 스트레스의 산물이다.박중환, 2014[131] 영어 알파벳 순서대로 a는 1점, b는 2점, c는 3점 순으로 해서 z는 24점으로 환산하면 '태도'를 의미하는 영어 단어 attitude(1+20+20+9+20+21+4+5)는 정확히 100점이 된다. 뭔가에 임하는 태도가 중요하다는 사실이다. 그런데 놀랍게도 stress(19+20+18+5+19+19)도 100점이 된다. 적당한 스트레스 강도가 있어야 삶이 원만해진다는 이야기가 아닐까. '스트레스 받은'에 해당하는 영어 'stressed'를 뒤집으면 '디저트desserts'가 된다. 스트레스를 받으며 이겨내는 삶이야말로 디저트처럼 달콤한 인생을 맛볼 수 있다는 것이다.

"편안함이 끝나고 궁핍이 시작될 때 인생의 가르침이 시작된다."

헤르만 헤세의 말이다. 그는 《유리알 유희》에서도 비슷한 말을 한다.

"위험이 없는 길로는 약한 사람들만 보낸다."

공부하는 과정에서도 전나무의 앙스트블뤼테와 같은 불안감이 열정을 불러일으켜 전대미문의 새로운 창조로 연결되는 가능성의 문을 열 수 있는 원동력이 된다.

불멸의 작곡가 베토벤은 그의 천재적인 재능 덕분에 어릴 적부터 세계적인 명성을 얻었다. 하지만 그의 나이 스물

일곱 무렵 귓병으로 청력을 상실하면서 안 들리기 시작했다. 소리가 안 들린다는 것은 작곡가에게는 사형 선고나 다름없다. 그도 위대한 작곡가이기 이전에 평범한 한 인간이기에 깊은 절망감과 좌절을 맛보았으며, 급기야 1802년 하일리겐쉬타트에서 유서를 작성하고 자살을 결심했다. 하지만 베토벤의 위대한 작품의 꽃은 그때부터 개화하기 시작했다. 1804년 교향곡 3번 '영웅' 작곡, 1805년 피아노소나타 '열정' 작곡, 1808년 교향곡 5번 '운명' 작곡, 1809년 피아노협주곡 '황제' 작곡. 대작으로 평가받는 이 곡들이 대부분 청력이 거의 손상된 이후에 탄생했다는 사실이 놀랍기 그지없다. 불후의 명곡으로 꼽히는 '합창'은 청력이 완전히 소멸된, 임종 3년 전인 1824년에 작곡했다. 불안 가득한 나날 속에서 창작에 대한 그의 간절함은 극에 달했고, 죽음보다 더 깊었던 간절함은 장애조차 초월하여 위대한 창조의 앙스트블뤼테를 피워냈다.

400년 동안 이집트의 노예 생활을 했고, 5천 년 동안 핍박받고 추방당하여 유랑생활을 했다. 홀로코스트로 600만 명이 희생당하였지만 마이크로소프트사의 전 회장 빌 게이츠, 스타벅스의 회장 하워드 슐츠, 구글의 회장 세르게이 브린, 세계 반도체 업계의 제왕이었던 인텔의 전 회장 앤드그로브와 전 세계 소프트웨어 시장을 주무르는 오라클의 회장 래리 엘리슨 등《포춘》선정 100대 기업 CEO의 30%를 차지하고 있다. 또한 노벨상 수상자의 30%와 미국 10대 부자의 20%를 점유하고 있다. AP, UPI, AFP, 로이터, NBC 등 주요 방송사는 물론 세상을 움직이는 3대 신문인 《뉴욕타임스》, 《워싱턴포스트》, 《월스트리트 저널》을 장악하고 있고, 파라마운트, 20세기 폭스사, 할리우드 6대 메이저를 장악하고 있다. 이들은 전 세계 인구의 0.25%인 약 1,300만 명에 불과하지만 세계를 주무르고 있다. 이들은 바로 유대인이다. 이들의 저력이 어디에서 온 것일까? 디아스포라diaspora, 그리스어에서 온 이 말은 '분산分散', '이산離散'을 의미한다. 주변 민족에게 핍박당하고 수천 년간 집단 유랑생활을 하면서 항상 위협을 받았기에 끝없이 생존의 돌파구를 찾아야 했고, 나라가 없었기에 끝없이 새로운 땅을 찾아야 했다.

이들에게 두려움에 맞서는 두 가지 필수품은 가슴을 울렁거리게 하는 '비전'과 두려움에도 불구하고 행동할 수 있는 '용기'였다. 또 한 가지 유대인의 생활필수품, 바로 《탈무드》다. 현명한 삶을 이끌어주고 민족을 집결시킨, '위대한 연구'를 의미하는 《탈무드》는 인생 전반에 관한 삶의 지침서이자 지혜의 보고다. 두려움에 떨었지만 유대인은 좌절하거나 낙망하지 않고 끝까지 희망의 등불을 가슴에 안고 다녔다. 언젠가는 이스라엘 민족이 세상의 빛과 소금으로 남을 것이라는 강인한 믿음과 불굴의 의지로 버텼다. 바닥에서도 하늘을 보았고, 절망의 나락에서도 희망의 탈출구를 찾아다녔다. 항상 위기 속에서 기회를 찾았고, 시련 속에서 결코 포기하지 않는 백절불굴百折不屈의 자세를 지녔다. 고난 앞에서 자신을 더욱 담금질했고, 핍박 속에서도 좌절하지 않았다. 시련 속에서 꽃피우는 그들만의 생존 무기가 지금 더욱 빛을 발하고 있다. 결국 언제 정착할지도 모르는 두려움과 불안감의 디아스포라가 세계 문명을 지배하고 세상을 이끌어가는 강력한 리더십으로 개화한 것이다. 이처럼 창조는 극도의 불안감과 한계 상황에서 이루어지는 경우가 많다. 절박함은 치열한 긴장감이며 더 이상 어찌할 수 없는 막다른 골목이다. 절박한 순간에 뇌는 평범함을 거부하고 비범함을 추구하기 시작한다.

9.
배롱나무:
백 일 동안 붉은 꽃을 피우는
정열의 비밀을 캐다

심장이 뛰지 않고 다리가 떨리는가?
배롱나무를 만나 삶에 대한 열정을 배워보라

나는 사실 이 책을 쓰기 전까지는 배롱나무의 존재를 몰랐다. 나무 관련 책을 살펴보면서 배롱나무가 우리가 흔히 알고 있는 백일홍과 같은 나무라는 사실도 처음 알게 되었다. 배롱나무는 순수한 우리말 이름이고 백일홍은 배롱나무의 한자 이름이다. 백일홍은 말 그대로 붉은 꽃을 백 일 동안 보여준다는 의미에서 유래되었다고 한다.강판권, 2002[132] 배롱나무의 '배롱'이 백일홍에서 유래되었다는 설도 있지만 정설은 아닌 듯하다. 배롱나무는 간지럼나무라고도 한다. 만지면 사람이 간지러운 게 아니라 나무가 간지럼을 타듯 흔들린다고 해서 붙여진 별명이다.강판권, 2010[133] 줄기가 굵어도 손으로 쓰다듬어

보면 미세하게 나무가 흔들리는 것을 느낄 수 있다. 또 수피가 상처 딱지 떨어지듯 하는데, 그 안의 새 수피가 부드러워 자꾸 만져보고 싶을 정도라고 해서 '희롱나무'라는 농담도 있다. 나무마다 저마다 고유한 이름 이외에도 신화에서 유래했거나 특정한 지역에서 자라면서 사람들이 품은 사연에 따라 이름이 유래되기도 한다. 선비들이 뜰에 심어놓고 배롱나무가 품고 있는 정열적인 삶을 배운다고 해서 생긴 다른 이름은 '만당화滿堂花'다. 그만큼 배롱나무의 정열적인 삶을 많은 선비들이 닮고 싶어 했다는 간접적인 표현일 것이다.

당신은 직장인인가, 장인인가? 직장인은 어제와 비슷한 방식으로 일을 반복하지만 장인은 어제보다 좀 더 나아지기 위해 애쓰는 사람이다. 《장인:현대 문명이 잃어버린 생각하는 손》[134]의 저자 리처드 세넷에 따르면, 장인은 자기 일을 사랑한 나머지 어느 수준에서 만족하지 않고 어제보다 나아지기 위해 부단히 애쓰는 사람이라고 정의한다. 똑같은 대상이나 사물을 만나도 어제와 다른 시선으로 바라보면서 다른 걸 생각하고 느끼는 사람이 있다. 바로 그런 사람이 똑같은 세상을 살지만 어제와 다르게 살아보기 위해 오감을 열어놓고 일상에서 비상하는 꿈을 꾸는 장인이다. 직장인은 자기 일만 생각하면 가슴이 답답한 사람이지만 장인은 자기 일만 생각하면 잠이 오지 않는 사람이다. 장인은 자신의 일을 어제와 다르게 하기 위해서는 어떻게 해야 되는지 궁리를 거듭한다. 한

마디로 장인은 자신의 일을 어제보다 조금 더 잘하기 위해서 부단히 애를 쓰는 사람이다. 반면에 직장인은 어제 했던 방식을 반복하면서 가급적 힘들이지 않고 빨리 끝내는 방법을 찾느라 고민이 많은 사람이다. 일을 통해 보람을 느끼지 못하고 의미를 찾지 못한 상태에서 어제도 했으니까 오늘도 하는 틀에 박힌 사람들이 바로 직장인이다.

"가장 중요한 사랑의 조건은 알고 싶다는 대상에 대한 '앎에의 의지'다. 사랑의 끝은 질문이 없어진 상태다."[135]

《한겨레신문》 '정희진의 어떤 메모' 코너에 연재했던 정희진 작가의 말이다. 내가 뭔가를 사랑하면 질문이 많아진다. 호기심의 물음표가 시도 때도 없이 발산된다. 내가 내 일을 사랑하면 이 일을 어제보다 조금 더 잘하기 위해 질문을 던지고 안간힘을 쓴다. 하지만 이 일이 내 일이 아니라는 생각이 들기 시작하면 일에 대한 '매너'는 없어지고 '매너리즘'이 고개를 들기 시작한다. 어느 순간 일을 '새롭게 하려는renewal' 마음가짐은 없어지고 관례와 관습을 따르려 '매뉴얼manual'을 찾기 시작한다. 매너 있게 일을 시작했다가 매너리즘에 빠지면서 매뉴얼을 찾아 습관적으로 반복하는 3MManner-Mannerism-Manual이라는 악순환에 걸려든다. 이런 악순환의 고리를 끊기 위해서는 내가 살아가면서 만나는 모든 순간을 영원히 기억하고 싶은 추억으로 만들어야 한다Make Moment Memorable.

나무를 알고 싶다는 '앎에의 의지'가 나무에 대한 물음표를 만들기 시작했다. 배롱나무는 왜 이름이 배롱나무일까? 배롱나무의 다른 이름은 왜 백일홍일까? 백일홍은 왜 백 일 동안 붉은 꽃을 피워가며 지치지 않은 정열을 자랑하는 걸까? 모든 존재와 현상이 질문의 대상이고 호기심의 원천이다.

"이 우주가 우리에게 준 두 가지 선물, 사랑하는 힘과 질문하는 능력이다."

메리 올리버의 《휘파람 부는 사람》[136]에 나오는 말이다. 사랑하는 힘과 질문하는 능력은 각기 다른 능력이 아니라 한 가지 능력을 다르게 표현한 말이다. 사랑하는 힘은 결국 질문하는 능력과 동격이다. 내가 사람이나 대상을 사랑하면 그만큼 질문도 많아진다. 질문이 없어지면 정희진 작가의 말처럼 사랑도 거기서 끝이다. 질문이 없어진다는 이야기는 지금 하고 있는 일, 지금 내 곁에 있는 사람을 더 이상 사랑하지 않는다는 이야기다.

"사랑이 사람을 눈멀게 한다는 주장은 옳지 않습니다. 도리어 사랑은 비로소 눈을 뜨게 하고 심지어 미래를 보게 합니다. 사랑하는 이가 알아보는 가치는 현실이 아니라 가능성이니까요. 아직은 그렇지 않으나 앞으로 그렇게 될 수 있고 되어야 하는 것입니다. 사랑에는 인지 기능이 포함됩니다."[빅터 프랭클, 2008][137]

나무를 사랑하게 되면 평범하게 보였던 나무가 갑자기 경이로운 경외의 대상으로 다가온다. 익숙했던 나무가 미지의 나무로 낯설게 다가온다. 배롱나무를 사랑하는 순간, 배롱나무가 백 일 동안 피우는 꽃에 눈이 머는 게 아니라 그 꽃의 정열적인 자태를 바라보는 새로운 눈이 생긴다. 그리고 그 속에서 배롱나무를 사랑하는 사람이 지향하는 의지의 미래를 바라본다.

배롱나무 역시 언제나 거기에 있어왔다. 다만 사람이 배롱나무 존재 자체를 모르고 있었거나 알고 있다고 할지라도 관심과 애정 어린 눈으로 바라보지 못했을 뿐이다. 나처럼 배롱나무의 존재를 모르고 있다가 배롱나무에 얽힌 사연을 알면서 배롱나무의 존재가 주는 아름다움에 감동하는 사람도 있다. 무엇보다도 배롱나무는 어떤 정열적인 유전자를 타고났기에 하루 이틀도 아니고 백 일 동안이나 불타는 정열을 붉은 꽃으로 보여줄 수 있는지 묻지 않을 수 없다. "아무리 아름다운 꽃도 열흘을 넘기지 못하고, 아무리 막강한 권력이라고 해도 10년을 넘기지 못한다."라는 의미의 "화무십일홍 권불십년花無十日紅 權不十年"이라는 말이 있다. 그 어떤 꽃도 열흘을 넘기지 못한다고 했지만 백일홍이라는 이름답게 배롱나무는 열흘을 열 배나 넘기는 동안 시들지 않고 정열적인 붉은 꽃으로 자신의 존재를 세상에 드러내고 있다. 이런 백일홍의 정열이 사육신 중 한 사람인 성삼문으로 하여금 배롱나무를 더욱 사랑하게 만들었다.강판권, 2002[138]

성삼문이 지은 시 〈백일홍百日紅〉에는 배롱나무에 대한 그의 지극한 사랑이 담겨 있다.

　지난 저녁 꽃 한 송이 떨어지고昨夕一花衰

　오늘 아침에 한 송이 피어서今朝一花開

　서로 백일을 바라보니相看一百日

　너를 대하여 좋게 한잔하리라對爾好衝盃

　성삼문의 시를 보면서 깨달은 점은 백일홍은 한 번 꽃이
피면 백 일 동안 유지하는 것이 아니라 한 송이가 피고 지면
다른 송이가 피고 지고를 반복하면서 백 일 동안 붉은 꽃을
유지한다는 것이다. 능지처참凌遲處斬되어 서울 노량진과 충남
논산에 시신이 잠들어 있는 모습이 암시하듯 성삼문은 세조
를 임금으로 모시지 않고 일편단심 단종을 향한 충성심을 보
여준 신하였다. 세조에 대한 불타는 적개심과 단종을 향한 뜨
거운 충심을 품고서 배롱나무의 붉은 꽃을 보며 소리 없는 정
열을 불태운 성삼문의 충직함이 한여름에도 한기가 느껴질
정도다.

10.
소나무:
눈서리도 모르는 소나무에게
몸서리를 치다

진정한 고수의 진면목을 보고 싶은가?
소나무를 만나 백절불굴의 의지와 절개를 배워보라

한국인에게 소나무는 신이다. 소나무를 줄여서 '솔'이라고 부르는 데서 그 사실을 알 수 있다. 솔은 '으뜸'이라는 뜻이다.강판권 2010[139] 심지어 한국인은 소나무에게 벼슬까지도 주었다. 그 주인공이 바로 충북 보은 속리 정이품송천연기념물 103호과 보은 서원리 소나무천연기념물 352호다.강판권, 2013[140]

소나무는 한자로 '松송'이다. '송松'은 나무 '목木'과 공변될 '공公'이 합쳐져서 생긴 형성문자다. 공변될 '공公'은 벼슬을 의미한다. 그래서 소나무의 '송松'은 '나무의 공작公爵'이라는 뜻이다. 실제로 진시황제가 비를 피하게 해준 고마운 나무라고 하여 소나무 '송松' 자를 처음 만들고 이 나무에게 공작의

벼슬을 내렸다는 이야기가 전해진다_{강판권, 2007}**141**

소나무는 십장생+長生에도 들어 있다. 십장생은 민간신앙 및 도교에서 불로장생不老長生을 상징하는 열 가지의 사물, 즉 해, 산, 물, 돌, 소나무(또는 대나무), 구름(또는 달), 불로초, 거북, 학, 사슴을 이른다. 불로장생을 상징적으로 지칭하는 것 중에 소나무가 끼어 있다는 것은 나무 가문의 영광이 아닐 수 없다. 그만큼 소나무는 시련과 역경을 견뎌내면서 주어진 자리에서 지조를 잃지 않고 절개를 지키며 살아가는 사람을 상징하는 민족의 나무로 애칭되어 왔다.

소나무는 윤선도의 〈오우가五友歌〉에도 들어 있다. 〈오우가〉는 《산중신곡山中新曲》 속에 들어 있는 6수의 시조다. 수永, 석石, 송松, 죽竹, 월月을 다섯 벗으로 삼아 서시序詩 다음에 각각 다섯 벗들의 고유한 특성을 노래하면서 자연에 대한 지극한 사랑을 관조적으로 표현한 윤선도 문학의 백미에 해당된다.

더우면 꽃 피고 추우면 잎 지거늘
솔아 너는 어찌 눈서리를 모르느냐
구천九泉에 뿌리 곧은 줄을 그로 하여 아노라

〈오우가〉 중 '소나무'에 해당하는 부분이다. 눈서리도 모르고 자라는 소나무, 혹한의 추위도 아랑곳하지 않고 푸름을 잃지 않는 소나무의 지조와 절개는 성삼문의 〈이 몸이 죽어가서〉에 나오는 '독야청청獨也靑靑'에서 절정을 이룬다.

　이 몸이 죽어가서 무엇이 될고 하니
　봉래산 제일봉에 낙락장송 되었다가
　백설이 만건곤할 제 독야청청하리라

　소나무는 뿌리에서 다른 식물이 자라지 못하도록 방해하는 물질을 분비해서 주변에 송이버섯 외에는 그 어떤 식물도 공존하지 못한다. 그만큼 혼자서 자신의 존재 가치를 드러내려는 독재적인 나무다. 소나무 하면 떠오르는 사자성어도 '독야청청獨也靑靑'이다. 지조와 절개를 상징하는 소나무의 어두운 이면이다.

　하지만 여전히 소나무는 민족의 상징적인 나무로서 시련과 역경에도 자신의 의지를 굽히지 않고 꿋꿋하게 살아가는 사람을 떠올리게 하는 나무다. 《논어》에 '날씨가 추워진 뒤에야 소나무와 잣나무가 뒤늦게 시드는 것을 알 수 있다'는 뜻을 가진 "세한연후 지송백지후조야歲寒然後 知松柏之後彫(凋)也"라는 구절이 있다. 간단히 '세한송백歲寒松柏'이라는 말로 소나무의 지조를 칭찬하기도 한다. 이 말은 추사 김정희의 〈세한도〉의 제발題跋 : 서화에 그 유래나 비평 등을 적은 것이기도 하다. 진정한 군자는 시련과 역경, 고난과 환난을 당해봐야 그 진가를 알 수 있다는 말이다.

한 분야의 경지에 오른 사람은 평범한 때는 눈에 잘 띄지 않는다. 평범한 뱃사공과 노련한 뱃사공을 구분하는 기준도 평온한 바다가 아니라 파도가 휘몰아치는 격랑의 바다다. 경지에 이른 고수는 극한의 상황이나 이제껏 경험해보지 못한 낯선 환경에서도 당황하지 않고 자신의 일을 처리해나간다. 소나무는 다른 나무와 같이 서 있으면 그저 평범한 한 가지 나무일 뿐이다. 하지만 극심한 추위가 다가오면 다르다. 다른 나무는 이미 추위를 견디지 못하고 잎이 떨어지거나 시든 지 오래다. 이때 소나무가 유독 빛나는 이유는 다른 나무와는 다르게 혹한의 추위에도 불구하고 본래의 푸름을 잃지 않는다는 데 있다.

소나무는 지조와 절개 이외에도 영리함의 상징으로 알려져 있기도 하다. 소나무가 우리 민족에게 사랑을 받는 이유도 적당한 햇빛만 있으면 장소를 가리지 않고 아무 데서나 잘 자라는 강인한 생명력과 탁월한 감지력을 가지고 있어서다. 소나무는 암꽃과 수꽃이 한 나무에서 피는 암수동체형 나무다. 유전학적으로 근친교배는 형질 유전자를 약하게 만든다는 사실을 알았던 것일까. 같은 나무에 암수 꽃이 같이 피지만 수꽃은 아래 나뭇가지에 피고 암꽃은 꼭대기 쪽에 피도록 설계되어 있다. 이런 소나무의 영리함을 보고 생명의 경이로운 신비를 느끼지 않을 수 없다. 풍매화인 소나무의 꽃가루가 바람에 날려 위로 올라갈 가능성을 가급적 방지해 남매간에 수정이 안 되도록 조치한 것이다. 게다가 암수 꽃이 피는 시기를 일주일 정도 차이를 두어 더욱 안전한 조치를 취해놓았다. 더욱 놀라운 사실은 남매 수정 불가라는 원칙론만 내세우다 자칫 번식이 안 되는 위험한 상황이 발생할 가능성을 대비한 소나무의 영리한 전략이다. 암꽃이 아래로 내려가고 수꽃이 위로 가서 위치하는 비상사태까지 설계한 사실을 보면 생명체의 종족 번식 본능은 재능을 넘어 예능 수준을 초월한다고 말하지 않을 수 없다.박상진, 2011[142]

소나무는 바람과 정면으로 부딪히면서 살아야 하기 때문에 땅속 깊게 뿌리를 박고 사는 심근성深根性 나무다. 뿌리의 근본적인 속성으로 인해 일단 한곳에 뿌리를 내리면 여간해서는 다른 곳으로 옮겨심기가 어렵다. 또 한 번 꺾인 가지는 재생이 불가능하다. 소나무 중에 금강송은 나뭇가지를 옆으로 길게 뻗지 않고 위로 꼿꼿이 곧추선 상태로 뻗는다. 폭설이 내리면 나뭇가지 위에 눈이 쌓이지 않고 그냥 아래로 미끄러지게 만든 소나무의 생존 전략이다. 인간이 보기에는 그냥 붙박여 살아가는 것 같지만 사실은 나무도 서 있는 자리에서 오랫동안 살아가기 위한 치열한 사투를 벌이고 있는 셈이다. 소나무처럼 일단 자리를 잡으면 거기서 죽이 되든 밥이 되든 성공할 때까지 버텨보라는 메시지로도 해석해볼 수 있다.

소나무에게 배울 수 있는 문화적 단서는 이념이나 정통에 깊게 뿌리를 박고 원칙과 근본에 기반을 둔 '원리주의적 문화'다. 소나무는 시류 변화에 아랑곳하지 않고 자신의 지조와 절개를 지켜나가는 불굴의 의지를 상징한다. 이런 점에서 '소나무형 학습'은 불굴의 의지와 심지로 자신의 꿈을 향해 가는 일관성 있는 학습을 의미한다. 한번 품은 뜻은 반드시 이루겠다는 강인한 정신력과 한파와 풍상에도 불구하고 앞으로 달려나가는 용기 있는 학습이다. 소나무의 씨앗이 발아되기 위해서는 햇볕이 잘 드는 메마른 땅이 필요하다. 거기서 소나무 씨앗이 발아되면 장소를 불문하고 자신의 생명력을 연장하기 위해 어떠한 악조건도 이겨낸다.

11.
밤나무:
보이지 않는 아름다움의
베일을 벗다

존재의 본질을 만나고 싶은가?
밤송이가 품은 알밤의 진실을 밤나무에게 물어보라

밤나무를 뜻하는 한자는 '栗율'이다. 이이의 호인 '율곡栗谷'도 밤나무에서 따온 것이다. 이이의 아버지인 이원수가 관직에 있을 때 앞으로 상서로운 일이 닥칠 것에 대비하여 밤나무 1천 그루를 심었다는 전설이 전해진다. 그 덕분에 율곡은 실제로 어려운 일을 면하고 공부에 전념할 수 있었다고 한다. 그로 인해 밤나무가 심어졌던 동네 이름도 율곡리栗谷里라고 정해졌고 이이의 호도 율곡栗谷이라고 정해졌다는 이야기가 전한다.

'栗율'은 나무 위에 밤송이가 달린 모습을 형상화한 것이라고 한다. 그래서 가시가 달린 밤송이를 '율자栗刺'라고 하

244

고, 밤송이의 가시가 두려워 벌벌 떠는 모습을 '전율戰慄'이라고 한다.강판권. 2015[143] 밤송이가 밤나무 열매를 둘러싼 이유는 씨를 보호하기 위한 밤나무의 방어 전략이다. 모든 씨앗은 저마다의 방어 전략을 갖고 있다. 이미 살펴본 것처럼 은행나무 씨앗은 지독한 냄새와 독성으로 자신의 씨앗을 보호한다. 밤송이 가시는 씨앗을 해치거나 먹기 위해 접근하는 외부의 모든 생명체에게 날리는 경고 메시지다. 함부로 만지다가는 밤송이 가시에 아픈 상처를 입을 수 있기 때문에 조심해서 다룰 수밖에 없다. 이 밤송이를 보는 것만으로 무서워서 떠는 모습을 전율戰慄이라고 표현한 것이다. 전율은 무섭거나 두려워서 몸을 떠는 경우에도 쓰지만 몸이 떨릴 정도로 감격스러움을 비유적으로 이를 때도 쓴다. 일상에서 부딪히고 직면하는 매 순간이 감동적인 체험으로 다가올 때 사람은 전율할 정도의 행복감을 느낀다.

《공포와 전율》[144]이라는 책을 보면 키에르케고르는 레기네 올센이라는 처녀와 약혼을 하지만 이듬해 자진하여 파혼을 한다. 파혼의 동기는 '종교적인 갈등'이었다. 하지만 그는 파혼을 결정하기까지 그녀를 사랑하지 않아서가 아니라, 오히려 사랑하기 때문에 헤어져야 하는 두려움과 안타까움을 몸으로 끌어안고 고뇌를 거듭했다. 그 과정에서 키에르케고르는 신약성서 빌립보서 2장 12절에 나오는 "두렵고 떨리는 마음으로 자신의 구원을 이루어 나가시오."에서 따온 '두려움과 떨림'이라는 말을 저서의 제목으로 삼았다. 그 책이 바로 《공포와 전율》이다.

키에르케고르는 평생을 두렵고 떨리는 마음으로 인간 실존의 진정한 모습을 찾아 방랑하는 삶을 살아갔다. 그가 되고자 하는 인간상은 '단독자'다. 단독자는 세상에 던져진 고독한 존재이자 자립적인 개체로서의 완결성을 가지고 있다. 이는 혼자이지만 무한한 잠재력을 가진 자기 삶의 주인으로서 어떤 보편적인 기준으로 삶의 형태를 재단할 수 있는 존재가 아니다. 키에르케고르는 《공포와 전율》에서 현실을 사는 인간의 실존적 모습을 세 가지로 나눈다. 첫 번째는 심미審美적 실존의 단계로서의 인간이 일렁이는 욕망의 불꽃을 태우며 순간적인 쾌락만을 추구하는 가장 저급한 실존이다. 두 번째는 심미적 실존으로서의 인간이 불안을 극복하며 도덕적 의무와 보편적 이성의 법칙에 따라 질서정연한 삶을 추구하는 실존의 모습이다. 실존의 가장 이상적인 단계로는 종교적 실존을 이야기한다. 껍질로서의 형식을 억지로 흉내 내는 것이 아닌 알맹이로서의 생동하는 내면의 힘이 신의 뜻과 합일하여 그것으로부터 자발적으로 우러나는 삶을 사는 것이 종교적 실존의 삶이다. 세 가지 실존의 모습을 단계적으로 거치면서 단독자인 인간은 부단히 자기 변신을 통해 삶의 주인으로 살아가려 하고, 이 가운데서 공포와 전율을 체험한다. 반대로 진정한 실존의 모습을 갖추기 위해 분투하면서 전율하는 감동을 느끼기도 한다.

밤나무 이름을 가진 나무에는 나도밤나무와 너도밤나무가
있다. 하지만 나도밤나무는 밤나무 이름을 갖고 있지만 소속
은 참나뭇과가 아니라 나도밤나뭇과다. 너도밤나무는 참나뭇
과에 속하는 밤나무의 일종이다. 울릉도 특산물인 너도밤나
무는 밤나무에 비해 밤송이가 아주 작다.강판권, 2007[145] 나도밤
나뭇과와는 이름만 비슷하지 완전히 다른 나무다. 한국에서
는 울릉도에서만 볼 수 있으며, 이는 천연기념물 50호로 지정
된 나무 군락에 포함되어 있다.

너도밤나무에 관해서는 유명한 민간 설화가 있는데, 등장
인물이나 장소는 조금씩 다르지만 대체적인 줄거리는 다음과
같다. 옛날 한 스님이 지나가다가 어린아이를 보고 얼마 못
가 호랑이로 인해 죽을 운명이라 말했다. 아이 아버지가 깜
짝 놀라 대책을 묻자, 스님은 밤나무 100그루를 심으면 괜찮
을 거라 얘기해주었다. 이윽고 호랑이가 찾아왔다. 아이 아버
지는 밤나무 100그루를 심었으니 물러가라 말했지만, 호랑이
는 한 그루가 말라 죽었다며 아이를 당장 잡아가려 했다. 그
때 옆에 있던 나무가 "나도 밤나무다."라고 말해서 호랑이가
물러갔고, 아이의 아버지는 감격의 눈물을 흘리며 그 나무에
게 "그래, 너도 밤나무다."라고 말했다고 한다. 그 후로 그 나
무가 너도밤나무라고 불리게 됐다는 이야기다. 결론적으로
나도밤나무는 밤나무와 거리가 멀지만 너도밤나무는 밤나무

와 비슷한 특성을 지니고 있다. 너도나도 밤나무라고 우기는 세상은 너도나도 내가 진짜 전문가라고 우기는 세상과 닮았다. 진짜 전문가는 보이지 않는 것을 보면서see the unseen 사물이나 현상의 이면에 숨겨진 본질을 파악하는 사람이다.

밤나무의 한자에 해당하는 '栗율'은 제사상에 올라가는 대표적인 과일인 '조율이시棗栗梨柿'에도 포함되어 있다. 여기서 조棗는 대추를 의미하고, 율栗은 밤, 이梨는 배, 시柿는 감을 의미한다. 다른 과일나무와는 달리 밤나무는 땅속에 씨밤 또는 생밤을 심지만 일정 시간이 지나도 썩지 않고 남아 있다가 밤이 열리고 난 후에 씨밤이 비로소 썩는다고 한다. 씨밤의 이런 특성에 주목한 선조들은 내 삶의 뿌리가 어디에서 유래되었는지 그 근본을 잊지 말라는 의미로 해석했다. 자신이 태어난 근본을 잊지 않고 제사로서 그 은혜를 기리는 '추원보본追遠報本'이라는 말이 있다. 밤나무야말로 자신이 태어난 근본을 잊지 않고 조상의 은혜를 갚아나가는 예와 덕을 갖춘 나무가 아닐 수 없다.

밤송이는 다 익기 전까지는 무서운 가시로 외형을 둘러싸고 보호하고 있다가 따뜻한 가을 햇살을 맞으면서 어느 순간 서서히 벌어지기 시작한다. 밤송이가 점점 더 벌어지다 어느 순간이 되면 밤톨에게 "이제는 품안에서 나가 살아라." 하며 안락했던 밤송이를 떠나 독립적인 삶을 시작하게 한다. 외부로부터 다가오는 위협을 밤송이 가시로 철저하게 보호하고 내부는 알밤이 후세 번식을 위해 잘 익어갈 수 있는 최적의 안락한 조건을 마련했던 밤송이가 때가 되면 여지없이 밤톨을 세상으로 내보낸다. 대부분의 밤송이에는 밤톨이 세 개씩 들어 있는데, 그 세 톨의 씨알이 각각 3정승에 해당하는 영의정, 좌의정, 우의정을 의미한다고 한다.

알밤을 먹으려면 우선 밤송이에서 밤톨을 골라내야 한다. 골라낸 밤톨도 그냥 먹을 수 없다. 알밤을 둘러싸고 있는 밤색 껍질을 까야 한다. 그 껍질도 잘 벗겨지지 않게 안쪽의 속살과 달라붙어 있다. 힘들게 알밤의 껍질을 벗겼다고 그냥 먹을 수 없다. 아직 벗겨야 할 껍질이 하나 더 남아 있다. 바로 '보늬'라는 껍질이다. 이것도 벗겨내기가 쉽지 않다. 알밤의 하얀 속살과 거의 한 몸으로 붙어 있기 때문에 조심스럽게 벗겨내야 비로소 하얀 속살의 알밤을 만날 수 있다. 첩첩산중이다. 성질이 급한 사람은 밤 껍질을 까다가 지쳐서 나자빠질 수도 있다. 밤의 존재와 만나는 길, 밤을 둘러싼 모든 걸 벗겨내야 만날 수 있다. 본질은 언제나 보이지 않는 가운데 숨어 있거나 이면에 잠재되어 있다. 본질을 만나는 방법은 본질을 둘러싸고 있는 거품이나 포장을 걷어내는 길이다. 껍데기 속에 숨어 있는 알맹이의 본질은 시간을 두고 파고들고 겉을 둘러싸고 있는 외피를 벗겨내야 비로소 만날 수 있는 존재의 정수이자 핵심이다.

잠자고 있는 내 안의 답을 흔들어 깨우는 방법은 알몸의 '나裸'와 만나는 순간, 존재의 외피, 껍데기로 둘러싸인 나를 만나는 길이다. 나의 진정한 모습, 진면목을 만나는 방법은 나를 둘러싸고 있는 존재의 외피를 다 벗어버리는 것이다. 과감하고 처절하게, 그리고 정직하게 나의 껍데기를 벗겨낼 때 참 나, '나裸'가 드러난다. '나'는 '나裸'다. 내가 '나체裸體'가 될 때 나의 존재를 있는 그대로 만날 수 있다.유영만, 2012[146]

밤나무의 진면목을 만나는 길은 쉽지 않다. 시간도 많이 걸린다. 참고 기다리면서 존재의 외피를 벗겨내며 안으로 파고들어야 비로소 존재의 본질을 만나는 문을 열어준다. 노력은 배신하지 않는다. 포기하지 않고 존재의 심연으로 파고들어갈 때 웬만한 노력으로는 쉽게 접근할 수 없는 곳에 본질이 기다리고 있다. 밤나무의 본질은 밤송이가 숨기고 있는 밤톨에 있지 않다. 밤톨의 껍데기를 벗겨내도 여전히 보늬라는 껍질이 다시 본질을 덮고 있다. 이처럼 본질로 착각하게 만드는 수많은 포장과 위장이 우리 눈을 속이고 있다. 그걸 파헤치기 위해 니체의 《아침놀》[147]이라는 책의 서문에 나오는 다음 글을 감상해보자.

나는 아무도 할 수 없고 오직 나만이 할 수 있는 일을 시도했다. 나는 깊은 곳으로 내려갔고 바닥에 구멍을 뚫었으며, 우리 철학자들이 수천 년 동안 신봉해온 낡은 신념을 조사하고 파고들기 시작했다. 철학자들은 이 신념이 가장 확실한 지반인 것처럼 그 위에 철학을 세우곤 했다. 그러나 지금까지 그 위에 세워진 모든 건축물들은 거듭 붕괴되었다. 나는 도덕에 대한 우리의 신뢰를 파괴하기 시작했다. 그런데 그대들은 나를 이해하지 못하는가?

12.
살구나무:
살신성인의
표본에게 배우다

연민과 공감의 차이를 몸으로 느끼고 싶은가?
자신을 살상하고 새로운 진리를 추구하는 살구나무를 만나보라

살구나무는 4~5월에 피어 벚꽃을 연상케 하는 나무다. 파란 열매를 보면 매실이 떠오르지만 노랗게 열매가 익어가면서 매실과는 확연한 차이를 보여준다. 노란 살구 열매를 따서 반을 쪼개면 가운데 씨앗을 중심으로 정확히 양분되고 씨앗은 고맙게도 과실 부분과 쉽게 분리된다.

봄날 만개한 꽃을 시작으로 우리에게 계절 감각을 알려준 살구나무는 가을날 다시 맛 좋은 살구 열매를 선물로 준다. "빛 좋은 개살구"라는 말이 있다. 겉보기에는 먹음직스러운 빛깔을 띠고 있지만 맛은 없는 개살구라는 뜻으로, 겉만 그럴듯하고 실속이 없는 경우를 비유적으로 이르는 말이다. 가을 햇볕에 익어가는 노란 살구는 빛깔만 좋은 게 아니라 맛도 좋고 영양도 풍부하다. 개살구로 전락한 이유는, 살구처럼 겉과 속이 다 노랗게 익어 자연의 맛을 선물로 주지 않고 겉만 화려한 사람들의 속임수를 효과적으로 비유하기 위해서다. 살구 열매는 치열한 노력의 산물이다. 이른 봄꽃을 피우고 열매를 맺기까지 한여름의 폭염을 견뎌낸다. 따라서 개살구라고 한다면 살구에게는 슬픈 일이 아닐 수 없다. 빛 좋은 개살구는 그만큼 속은 부실하면서 겉만 가꿔서 사람을 속이려는 얄팍한 기교를 경고하는 메시지다.

살구나무는 한자로 '杏^행'이다. 은행나무와 글자를 같이 쓴다. 공자가 야외 수업을 한 무대를 '행단杏壇'이라고 한다. 행단은 살구나무杏가 있는 제단을 말한다. 살구나무의 '살구殺狗'는 개를 죽인다는 뜻이다. 살구나무의 독성이 개를 죽일 수 있기 때문에 붙인 이름이다.강판권, 2007; 강판권, 2014[148,149] 살구씨는 한의학에서 '행인杏仁'이라 불린다. 《본초강목本草綱目》과 《동의보감東醫寶鑑》 등에 살구씨를 이용한 치료 방법이 200가지나 기록되어 있을 정도로 쓰임새와 약효가 많아 "약방의 살구"라 불리기도 한다. 살구씨를 갈아서 만든 한방 외용제는 기미나 주근깨 등의 피부 색소 침착, 종기, 부스럼 등에 사용되며, 피부를 하얗고 윤기 있게 하기 때문에 일찍이 궁중 여인들은 이것으로 피부를 가꾸기도 하였다.

"인은 하늘이 모든 존재에게 준 씨앗이다. 하늘이 준 인을 키우는 것이 인간의 할 일이다. 유가에서 '인'을 정치의 덕목 중 으뜸으로 생각하는 까닭이다. 인에 기초한 정치, 즉 인정仁 政은 인간이 품고 있는 인을 발휘하는 것이다."강판권, 2014[150]

세종대왕이 한글을 모르는 국민을 불쌍하게 여기는 측은 지심이 '인仁'이다. 그 '인' 덕분에 한글이 창제된 것이다. '인' 은 상대방의 아픔을 보고 그냥 지나칠 수 없는 안타까운 마음 씀씀이며, 그 사람이 겪는 아픔을 치유하기 위해 발 벗고 나 서는 용기 있는 결단이다.

공자의 사상인 '인仁' 또한 씨앗, 종자를 일컫는다. 종자가 있어야 만물이 탄생한다. 공자가 '인'을 그토록 강조한 것도 씨앗이 있어야 나무가 있듯 '인'이야말로 인간 존재의 근원 이라고 생각했기 때문일 것이다.강판권, 2014[151] '인'은 다른 말로 해석하면 타인의 아픔에 공감하는 능력이다. 공감은 내가 타 인의 입장이 되어 직접 체험하면서 온몸으로 느끼고 가슴으 로 생각하는 능력이다. 체험 없이는 공감 능력이 생기지 않는 다. 머리로 생각하는 역지사지는 진정한 의미의 공감이 아니 다. 그것은 연민이다. 공감은 타자의 아픔을 가슴으로 느끼는 수준을 넘어 그 사람의 아픔을 치유하기 위해 발 벗고 나서는 결연한 행동을 포함한다. 진정한 공감은 결국 머리로 생각하 는 이해타산利害打算이 아니라 가슴으로 생각하는 측은지심惻隱 之心이다. 머리로 생각하면 나에게 얼마나 이익이 될지를 따지 는 논리적이고 합리적인 결론으로 치닫지만 가슴으로 생각하면 타인의 아픔을 치유하기 위해 내가 비록 손해를 보더라도 발 벗고 나설 수 있는 결단이 따라온다.

옛사람들의 행복은 풍류를 즐기는 멋에서 나온다. 살구나무가 있는 곳에 술집이 있는 경우가 많다. 술집에서 살구나무를 심었는지, 살구나무가 있는 곳에 술집을 차렸는지 분명하지는 않다. 하지만 선비들이 꽃놀이를 즐기며 풍류를 즐길 수 있도록 술집 근처에 살구나무를 일부러 심었다는 설이 유력하다. 살구꽃이 피는, 특히 비 오는 봄날 살구꽃을 배경으로 술 한잔 할 수 있는 풍류는 선비들이 즐길 수 있는 최고의 여유이자 흥겨움의 시간이었다. 살구나무 꽃이 만발한 비 오는 봄날, 그것도 석양이 물들어가는 저녁노을과 함께 술을 마시며 즐기는 풍류의 멋은 사람이 느낄 수 있는 최고의 행복이 아닐 수 없다. 그래서 옛사람들은 살구꽃이 피는 술집을 '행화촌杏花村'이라 하고 살구꽃이 핀 봄날에 오는 비를 '행화우杏花雨'라고 불렀다. 살구꽃이 만발한 행화촌에서 마음이 맞는 사람과 어울리며 술잔을 기울일 때, 그것도 봄날 비가 오는 저녁에 술잔에 담긴 인생의 의미를 논하는 술자리는 살아가면서 반드시 찾아야 할 자리다.

살구나무가 있는 곳은 풍류와 술이 있는 여유와 여흥의 공간이기도 했지만 공자가 제자를 행단杏壇에서 가르쳤듯이 배움과 깨달음이 머무는 공간이기도 했다. 살구나무 꽃이 피어 있는, 행사나 축제를 하는 정원을 '행원杏園'이라고 불렀다. 이처럼 살구나무가 있는 행원은 여유와 여백이 살아 숨 쉬는 풍류의 공간이었으며, 치열함과 열정이 스며드는 배움의 터전이기도 했으며, 다 함께 축가를 부르며 축제를 즐기는 공동체의 무대이기도 했다.

살구나무는 과일로서 사람들에게 배고픔을 해결해주고 빛나는 꽃으로 아름다움을 선물해주지만 나무 그 자체만으로도 우리에게 신비한 소리를 선물해준다. 스님들이 두드리는 목탁을 바로 살구나무로 만든다. 목탁을 두드릴 때 울리는 특이한 울림과 은은한 소리는 살구나무가 아니면 낼 수 없는 신비한 소리다. 나무가 너무 단단하고 강하면 둔탁한 소리가 나서 멀리까지 울려 퍼질 수 없다. 나무가 또 너무 무르면 두들기는 소리에 반응하는 울림이 나무 자체로 흡수되어 밖으로 나오지 않는다.

"종소리를 더 멀리 보내기 위해서 종은 더 아파야 한다."

이문재 시인의 〈농담〉이라는 시의 마지막 구절이다. 목탁의 소리가 맑고 청명하며 오랫동안 잔향이 남는 이유는 살구나무가 바로 그런 소리를 품고 자랐기 때문이다. 서양의 종은 시끄럽게 안에서 밖으로 흔들어야 소리가 나는데, 멀리, 그리고 오랫동안 울려 퍼지지는 않는다. 한국의 종은 밖에서 안으로 때려 나는 소리가 오랫동안, 그리고 멀리까지 울려 퍼진다. 그만큼 종이 아프기 때문에 자신이 품고 있는 소리를 세상을 향해 천천히 풀어놓는 것이다. 목탁이 내는 소리는 살구나무가 자라면서 겪었던 시련과 역경이 안으로 새겨져 울려 퍼지는 소리다.

살구나무는 중국이 원산지인데, 개살구는 토종 살구다. 살구나무에 비해 크기도 작고 맛도 없지만 엄연히 우리 땅에서 태어나 자라는 토종이다. 그냥 살구에 비해 맛이 떨어져 볼품만 있고 실속은 거의 없는 경우를 빗대어 "빛 좋은 개살구"라고 한다. 문득 산속에서 외롭게 자란 개살구나무로 만든 목탁의 소리가 더 구슬프고 청명하게 울려 퍼지지 않을까 생각해 본다. 인적이 드문 곳에서 외롭게 자라면서 고독을 삼킨 나무이기에 안으로 품은 한 많은 세상을 소리로 읊어낼 것이기 때문이다.

에필로그

나무는
나무裸舞다

"작품의 결말은 평상시에 일하던 방에서 쓰지 말 것. 거기서는 그렇게 할 용기가 나지 않을 것이다."발터 벤야민, 2007[152]

평소 내가 좋아하는 발터 벤야민의 《일방통행로》에 나오는 글이다. 그래서 이 책의 에필로그는 정말로 나무가 보이는 조용한 카페에서 썼다.

디오니소스적 전회의 대가:
나무가 추는 나무裸舞

야생에서 자라는 나무가 무슨 춤을 출 수 있을까. 그것도 움직이지도 못하고 한곳에 뿌리박고 있는 나무가 춤을 춘다는 것은 상상이 되지 않는다. 춤은 움직이는 동작이 수반된다는 고정관념은 오랜 기간 교육을 통해서 길들여진 타성惰性이다. 이성과 지성으로 머릿속에 채운 지식 때문에 언제나 정상과 합리, 체계와 절차, 규정과 법규에 길들여져 왔다. 틀 밖으로 벗어나기보다 틀 안에서 사유를 즐기고, 한계에 도전하며 도약을 꿈꾸기보다 도전하기도 전에 한계선을 긋고 핑계를 대고 합리화에 급급해졌다. 그릇을 깰 수 있는 용기勇氣 이전에 용기容器를 보존하려고 안간힘을 쓰기 시작하고, 합리적이지 않으면 받아들이는 것 자체를 거부하며, 관습에 얽매인 삶에 자신도 모르게 편안해지기 시작했다. 태어날 때 지녔던 나다운 본성을 잃어버리고 기존의 지성과 이성에 길들여지기 시작한다. 내 생각과 의견보다 남의 생각과 주장에 귀를 기울이고 적당한 타협과 절충으로 나만의 독자성과 독창성을 잃어버리기 시작한다.

야성은 길들여지지 않은 품성이다. 변신은 지성知性으로만 되지 않는다. 변신은 감성으로 시작해서 야성野性으로 완성된다. 꾸밈없는 생각, 길들여지지 않은 생각이 바로 야성이다. 생각의 임신을 방해하는 각질과 생각의 때를 벗겨내야 새로운 생각이 잉태되고, 새로운 변신이 시작된다. 야성은 기존의 생각, 중심부의 문맥에 갇히지 않고 변방에서 변화를 추구하려는 야심찬 마음이다. 야성이 있어야 야망을 가질 수 있다. 야망이 있는 사람은 가슴이 뛰고 피가 끓고 불끈 주먹이 쥐어진다. 야망이 있는 사람은 어떤 고난 앞에서도 굴하지 않고 시련과 역경도 파도를 타고 넘듯 유연하게 넘는다.

나무는 그 자리에 그냥 존재하는 것처럼 보이지만 보이지 않는 가운데 치열한 생존 경쟁을 하면서 자기만의 방식으로 춤을 추며 살아가고 있다. 줄기에서 가지를 뻗고 그 가지 끝에 잎을 만들어 태양에너지를 받고 광합성으로 탄수화물을 만들어 소리 없이 온몸으로 에너지를 보내는 과정은 보이지 않지만 나무가 살아가는 치열함의 본질이다. 신준환은 나무의 이런 과정을 '디오니소스적 전희'라고 한다.

"나무가 서 있는 것을 보면 태양의 축제가 떠오른다. 큰 나무에 굵은 가지, 잔가지가 수없이 갈래지고, 거기에 달린 수많은 이파리가 태양에너지를 받아서 광합성으로 탄수화물을 만들어 몸속 곳곳에 불을 피운다. 나무가 생명 활동에 필요한 에너지를 조달하는 것은 축제에 음식을 나르고 술을 마시며 불을 피우는 것과 아주 비슷하다. 또한 광합성은 엽록소 안에서 차분하게 바닥상태에 있던 전자가 햇빛 알갱이에 맞아 들뜬 상태勵起狀態, excited state[153]가 되면서 일어나는 과정이다. 이보다 더 적절한 디오니소스적 전희가 있을까."신준환, 2014[154]

음식에 소금을 넣으면 간이 맞아 먹을 수 있지만 소금에 음식을 넣으면 짜서 먹을 수 없다. 인간의 욕망도 마찬가지로 삶 속에 욕망을 넣어야지 욕망 속에 삶을 집어넣으면 안 되는 법이다. 《지구별 여행자》[155]라는 책에 나오는 말이다. 욕망이 없는 삶은 죽은 삶이나 마찬가지다. 채워도 결코 채워지지 않는 욕망으로 인해 사람은 지금보다 더 나은 삶을 추구하려는 의지와 열정이 식지 않는 것이다.

욕망을 좇는 인간을 니체는 '디오니소스적 인간'이라고 했다. 반대로 이성과 논리로 생각하는 인간을 '아폴로적 인간'이라고 했다. 니체는 《비극의 탄생》[156]이라는 역작을 통해 예술의 발전은 '아폴로적인 것'과 '디오니소스적인 것'의 이중성과 관련이 있다고 했다. 몹시 상이한 두 개의 충동은 대체로 공공연히 대립된 채 서로 힘찬 재탄생을 유발하며 공존해 간다는 것이다. 하지만 지금까지는 아폴로적 인간이 디오니소스적 인간을 지나치게 지배해왔다. 인간의 잠재된 욕망은 분출 대상이라기보다 통제와 절제 대상으로 간주돼왔다. 대부분의 사람들이 겪고 있는 현실 문제는 디오니소스적 열정과 광기를 남의 눈치 때문에 아폴로적 인간으로 통제하려는 데 있다. 디오니소스는 인간의 숨어 있는 열정과 광기에 가까운 열망을 추구하면서 어느 것에도 속박되지 않고 자유로운 삶을 추구한다. 진정한 자유는 구속과 억압으로부터 벗어나는 소극적 자유가 아니라 자신의 욕망이 이끄는 미래를 지향하는 적극적인 자유다. 자유로운 사람은 자기의 존재 이유를 아는 사람이다. 자신이 살아가는 이유, 머리로 계산한 자유가 아니라 가슴이 시키는 자유다.

나무가 추는 나무_{裸舞}:
자기 힘으로 돌아가는 팽이에게 배우다

나무는 야생에서 오늘도 야성을 잃지 않으려고 치열한 삶을 살아간다. 누구와 비교하지 않고 주어진 자리에서 나의 자리를 찾아간다. 지금 있는 자리가 어떠하든 한번 자리를 잡으면 그곳을 내가 살아갈 자리로 생각한다. 그 자리가 바로 내가 안간힘을 쓰며 살아갈 자리일 뿐만 아니라 내가 서 있으면 가장 잘 어울리는 자리다. 그래서 '지금 여기'가 내가 추구하는 안성맞춤의 '제자리'다. 나무는 그 자리에서 자기만의 색깔로 춤을 춘다. 나무가 나무_{裸舞}인 이유는 나만의 방식으로 춤을 추며 살아가기 때문이다. 나만의 방식은 형용사로 치장된 내가 아니라 모든 것을 걷어내고 드러낸 '적나라_{赤裸裸}한' 나의 모습으로 살아가는 방식이다. 다른 사람이 흉내 낼 수 없는 특유의 방식으로 출 때 자기다운 춤을 출 수 있는 것이다. 김수영 시인의 시집이기도 하고 시의 제목이기도 한 〈달나라의 장난〉이라는 시의 마지막 부분에는 팽이의 본질에 대한 다음과 같은 구절이 나온다.

생각하면 서러운 것인데
너도 나도 스스로 도는 힘을 위하여
공통된 그 무엇을 위하여 울어서는 아니 된다는 듯이

서서 돌고 있는 것인가

팽이가 돈다

팽이가 돈다

팽이는 철저하게 자기 힘으로 돈다. 그것도 다른 사람이 잡아준 중심이 아니라 자신이 잡은 중심을 잡고 기력이 다할 때까지 스스로 돈다. 나침반이 남북을 가리키기 위해 온몸을 떨어야 그 존재 가치가 있듯이 팽이의 존재 이유는 도는 데 있다. 팽이가 돌지 않고 누워 있으면 팽이는 제정신이 아니다. 정신이 나간 팽이만이 누워서 쉰다.

그런데 신기한 점은 스스로 돌던 팽이가 다른 팽이와 부딪히는 순간에 더 이상 돌지 않고 허무하게 누워버리고 만다는 것이다. 자기중심을 잃어버리고 더 이상 돌지 않는 팽이는 죽은 팽이다.

"자기만의 스타일로 살지 못하고 남의 스타일을 답습하는 순간, 인간은 자신의 삶을 스스로 살아내지 못한다."강신주, 2012[157]

자기만의 방식으로 돌던 팽이가 다른 팽이를 만나 무너지는 것처럼 사람도 자기만의 방식을 버리고 다른 사람의 방식을 수용하는 순간 무너질 수가 있음을 경고해주는 말이다. 오로지 자신의 힘으로 돌기 시작해서 자기만의 방식으로 춤을 출 때 팽이는 저만의 아름다움을 뽐낼 수 있다.

"너도나도 스스로 도는 힘을 위하여 공통된 그 무엇을 위하여 울어서는 아니" 된다는 말 또한 철저히 자기 방식으로 살아가야 된다는 점을 무섭게 암시하고 있다. 공통된 그 무엇은 기존의 지식이고 가치이며 도덕이자 누군가 정한 목표다. 누군가 이미 정한 '선과 악Good and Evil'의 기준을 따라가는 삶이 아니라 내가 정한 '좋고 나쁨good and evil'을 위해 나의 기준과 판단에 따라 살아가는 삶이 진정으로 자유로운 삶이다. "니체가 《선악의 저편, 도덕의 계보》[158]라는 책 등을 통해 강조한 것은 일체의 선good과 악evil을 배제하는 것이 아니라 '우리'를 주어로 하는 선악의 구분을 넘어서 나에게 좋은 것good과 나쁜 것, 싫은 것bad을 스스로 판단할 줄 알아야 한다는 얘기를 한 것"[159]이다.

나무가 추는 다섯 가지 춤: 오색찬란한 나무裸舞가 되다

사람이 자신의 본래의 모습을 드러내기 위해서는 다섯 가지 춤이 필요하다. 첫째, '멈춤'이다. 춤은 멈춤의 연속이다. 멈춤이 없이 추는 것은 춤이 아니다. 끊임없이 물 흐르듯 이어지는 춤은 사실 멈춤의 연속이다. 멈춤은 다음 동작을 위한 짧지만 깊은 성찰의 시간이자 어디로 가야 할지 방향을 결정하는 결연한 순간이다. 멈춰 있지만 사실은 치열하게 고민하고 사유하는 시간이다. 검도의 '중단 겨눔'처럼 멈춰 있지만 상대방의 마음을 읽어내는 치열한 전투의 시간이다. 중단 겨눔은 다음 전투를 위한 멈춤이자 폭풍전야의 긴장감이 감도는 순간이다.유영만·고두현, 2016[160]

　나무는 늘 멈춰서 미동도 하지 않는 것처럼 보이지만 그 자리에서 치열한 다음 생을 준비한다. 겨울은 봄을 준비하기 위해 멈춰 서 있는 시간이고, 봄은 한여름의 폭풍 성장을 위해 도약을 준비하는 시간이다. 여름은 불타는 가을 단풍과 함께 풍성한 결실을 준비하는 계절이고, 가을은 긴 겨울을 위해 혹독한 다이어트를 준비하는 과정이다. 멈춤은 나무에게 비상을 꿈꾸며 비약하는 상상력의 춤이다. 사람에게는 보이지 않지만 나무는 언제나 멈춤을 추고 있다. 멈춤은 방향을 모색하기 위한 성찰의 시간에 필요한 춤이다. 멈춤 없는 속도, 방향 없는 질주는 목표를 달성했어도 결과는 비극이고 참상이다. 대나무의 마디節가 절도節度 있는 성장을 뒷받침해주듯 마디를 맺고 잠시 멈춰 서서 나무가 전해주는 멈춤의 의미를 한 마디 한 마디 생각해본다.

　둘째 춤은 '낮춤'이다. 모든 춤은 자신을 낮추면서 세상을 끌어안고 우주에게 마음을 열고 자연과 대화하는 몸동작이다. 나를 낮추고 상대를 높여주면 저절로 나도 높아진다. 자세를 낮추면 오히려 나의 인격은 올라간다. 낮춤은 겸손함을 표현하는 자세이자 상대와의 다름을 포용하겠다는 태도다. 낮춤 없이 추는 춤은 허공에 떠다니는 환상이나 망상의 춤이다.

나무는 지대가 높을수록, 고산지대에 살아가는 나무일수록 낮춤을 생존 전략으로 체득하고 있다. 언제 불어닥칠지 모르는 비바람의 존재를 예측할 수 없는 상황에서 나무는 언제나 자세를 낮추고 주변의 환경 변화에 민감하게 반응하는 수밖에 없다. 경지에 이른 사람일수록 겸손과 공손이라는 미덕을 지니고 있다. 겸손은 실력 있는 사람만이 보여주는 미덕이다. 공손은 상대방을 언제나 배울 수 있는 스승으로 생각하고 존중하고 공경하는 태도다. 겸손과 공손이 갖춰지면 나와 다름을 수용하고 포용할 수 있다.

"식물은 경쟁하지만 상생하고 공존합니다. (…) 식물은 하나를 얻으면 하나를 줍니다. 식물의 상생공존은 철저한 공정 거래로 이뤄집니다. (…) 햇빛을 얻기 위해 모든 식물은 치열한 영공전領空戰을 펼칩니다. 그러나 독식보다 나눠 갖는 게 서로 더 이득이라고 진화를 통해 일찍이 터득했습니다. 그래서 키가 큰 나무는 작은 잎을 여럿 만들고, 가지와 잎차례도 가능한 한 서로 어긋나게 맺습니다. 아래에 있는 작은 풀을 위해 햇빛의 틈을 열어주는 배려입니다."박중환, 2014[161]

낮춤은 나를 위한 자세이기도 하지만 타자를 위한 배려다. 궁극적으로 공동 생존하는 비결임을 나무는 오랜 삶 속에서 깨달은 것이다.

세 번째 춤은 '갖춤'이다. 모든 춤에는 춤의 기술과 기교를 익히기 전에 갖춰야 할 자세와 자질이 있다. 춤의 본질에 대한 깊은 이해는 물론 춤을 추는 사람의 자질과 품격이다. 기본기 없이는 필살기도 없다. 기본을 닦은 사람은 춤의 본질을 간파할 수 있으며 춤의 본질을 간파한 사람만이 자기만의 필살기를 개발할 수 있다. 격이 있는 춤은 기법과 기교의 산물이 아니라 춤에 임하는 사람의 자세와 자질, 품성과 인격으로 이루어지는 것이다. 춤은 나를 세상과 다른 사람들에게 드러내는 매개체다. 내가 추는 춤이 바로 나다. 춤은 내가 살아온, 살아가는, 살아가고 싶은 삶을 표현하는 욕망의 분출구다. 갖추지 않고 무엇인가를 추구할 수 없다. 추구하는 목표와 욕망 이전에 추구하기 위해 갖추어야 할 자세와 자질, 기본과 근본에 대한 철저한 성찰과 준비가 필요하다.

나무는 주어진 자리에서 치열하게 살아가면서 본분을 다하려고 애간장을 태우는 존재다. 생명체 중에서 가장 이기적으로 살아가야 뭔가를 이룰 수 있다고 깨달은 존재가 바로 나무다. 내가 먼저 뭔가를 갖추지 않고는 남을 위해 도움을 주거나 혜택을 줄 수 없음을 깨달은 것이다. 나무가 추는 갖춤을 통해 지금 있는 자리에서 갖추지 못한 부족함이 무엇인지를 생각해본다. 갖춤은 채우려는 소유 욕망이 아니라 나다움으로 빛나기 위해 본연의 모습을 찾으려는 안간힘이다. 나무는 그래서 언제나 매 순간 최선을 다해 살아간다. 그 과정이 바로 나무로서 나무다워지기 위해 추는 갖춤이다. 나무는 나무로서 갖추기 위해 사계절을 치열하게 살아간다. 나무가 계절의 변화에 따라 보여주는 변화의 모습이 바로 나무가 우리에게 보여주는 갖춤이라는 멋진 춤이다.

네 번째 춤은 '맞춤'이다. 맞춤은 상대의 아픔에 귀를 기울이고 들어보려는 경청의 자세이자 상대의 마음을 헤아려 하모니를 이루어보려는 노력이다. 맞춤은 나를 먼저 드러내기보다 상대방을 위해 내가 무엇을 도와주고 지원해줄 수 있을지를 알아보려는 애쓰기다. 혼자 추는 춤도 나와 관객이 맞춰서 추는 군무群舞이고 나와 세상, 우주와 자연이 함께 호흡하며 장단을 맞추는 협무協舞다. 맞춤 없이는 입맞춤도 없다. 맞추지 않고 추는 춤은 자기 욕구만 일방적으로 드러내는 난장판의 춤이다. 이 세상에서 가장 아름다운 춤의 조화는 안성맞춤에서 비롯된다. 모든 춤은 결국 함께 추는 군무群舞다. 군무가 만들어가는 공존과 어울림의 지혜가 바로 생태학적 지혜의 정수다. 경쟁하지만 다투지 않는 상생공존의 생태에서 배울 수 있는 소중한 깨달음이다.

"하찮은 풀도 우람한 나무도 서로 부대끼며 영토 싸움 끝에 얻은 절묘한 타협의 산물입니다. 영토란 뿌리를 뻗은 땅과 햇빛 가득한 하늘입니다. 식물은 서로 앞서 땅과 하늘을 넉넉히 차지하려 쉼 없이 이웃과 다투지만, 한계에 이르면 타협하고 공존의 길을 찾습니다. 이래서 숲은 건강하고 아름답습니

다."^{박중환, 2014}**162**

멈춰서 자신을 낮추고, 춤에 대한 예를 갖추고 상대와 호흡을 맞추면 이제 자기만의 방식으로 춤을 출 수 있다. 그 춤이 바로 '막춤'이다. 막춤을 추기 위해서는 우선 멈춤과 낮춤을 출 수 있어야 하고 갖춤과 맞춤을 겸비해서 출 수 있어야 한다. 막춤은 모든 춤의 마지막 단계에서 고수가 보여주는 즉흥 댄스다. 막춤은 아무런 자세와 태도를 갖추지 않고 되는 대로 막 흔들어대는 춤이 아니다. 막춤의 경지에 이른 사람은 춤을 추기 위한 사전 각본도 리허설도 필요 없다. 오로지 자기 몸에 담긴 본능적 욕망을 따라갈 뿐이다. 머리가 시키는 아폴로적 춤이 아니라 가슴이 시키는 디오니소스적 춤이다. 하지만 그 춤이 세상을 끌어안고 우주와 소통하며 자연과 벗삼아 혼연일체渾然一體가 되는 물아일체物我一體의 세계이자 무림지존의 경지다. 막춤은 자기만의 방식으로 몸과 맘이 하나가 되어 내 삶을 드러내는 금시초문의 춤이자 유일무이한 몸짓이다. 한마디로 막춤은 자기의 존재 이유를 드러내는 세상에서 가장 자연스럽고 자유로운 춤이다. 자유와 창조가 합작해서 드러내는 가장 자연스러운 춤, 그게 바로 막춤이다.

모든 나무는 막춤의 고수다. 나무와 나무 사이에 바람이 저마다의 음표를 품고 소리를 내며 지나간다. 나뭇잎도 때를 맞춰 장단을 맞추고 맞춤을 춘다. 나뭇잎의 맞춤을 보며 나무 사이에서 쉬는 사람의 휴식休息을 생각해본다. 휴식은 나무木

옆에 사람人이 기대고 자신自의 마음心을 되돌아보는 의미다. 숲이라는 뜻을 가진 영어 'Forest'도 나를 위해서For 휴식rest을 취한다는 의미를 담고 있다. 휴식 없이는 깨달음을 주는 지식도 없다. 사람과 나무, 휴식과 지식 모두가 우주와 자연이 맞물려 돌아가면서 일어나는 거대한 깨달음의 교향곡이다.

나무가 추는 나무裸舞:
저마다의 몸부림이자 소리 없는 아우성이다

나무의 춤은 뿌리에서 솟아오르는 목소리이며 이파리가 들려주는 넋두리다. 나무의 춤은 하늘의 별자리와 달무리, 계곡의 물소리와 새소리, 그리고 빗소리가 협연해서 눈서리와 된서리 맞아가며 우주와 자연이 함께 만들어가는 스토리다. 나무가 추는 춤은 어디서 추는 춤인지에 따라 달라 보인다. 봉우리나 변두리, 길거리나 사거리, 모서리나 언저리에서 몸서리치며 진저리 나는 춤을 추고 있어도 사람은 못 알아본다. 그저 나무가 보여주는 군소리나 헛소리 또는 딴소리 정도로 알아듣는다. 나무가 보여주는 모든 춤은 나무가 부조리에 항거하면서 살아오는 와중에 뿌리와 줄기, 그리고 가지와 이파리에 맺힌 응어리가 분출되는 소리 없는 아우성이다. 나무는 움직일 수 없기에 한자리에서 춤을 춘다. 회오리바람이 불어와도 그 자리에서 생난리를 치면서도 암암리에 골머리를 앓으며 부조리를 이겨내기 위해 갈무리하거나 마무리를 하려고 안간힘을 쓴다. 하지만 나무가 보여주는 모든 춤은 저마다의 줄거리가 있고 성공리에 자기만의 춤을 완성해나간다. 나무의 몸부림이 춤으로 보이지 않는 이유는 나무를 사랑하지 않고 관심도 없기 때문이다.

"사랑한다는 것은 자기를 뛰어넘은 비약입니다. 모든 사랑은 비약으로 이어지고 비약은 다시 비상으로 날개를 폅니다. 한 사람에 대한 사랑은 그 한 사람에 머물지 않고 그가 사랑하는 모든 사람으로 이어지고 어느새 아름다운 사회와 훌륭한 역사에 대한 사랑으로 이어집니다."[163]

마찬가지 맥락에서 나무에 대한 모든 사랑은 나무를 넘어서는 비약으로 이어지고 그 비약은 다시 나무를 넘어 숲을 상상하는 비상으로 날개를 편다. 한 그루의 나무에 대한 사랑은 그 한 그루에 머물지 않고 나무가 모여 이루는 숲으로 이어지고 어느새 아름다운 공동체와 사랑으로 이어진다.

나무는 춤을 통해 껍데기로 가려진 자신을 버리고 본래의 나로 변신을 거듭한다. '오상아吾喪我'라는 말이 있다.《장자》[164]의 '제물론齊物論'에 나오는 말이다. 오염된 '나我'를 죽여야 원래의 '나吾'로 살아갈 수 있다는 말이다. 나무의 춤은 관습과 타성에 얽매인 어제의 '나我'를 죽이고 새롭게 거듭나는 '나

^흠'로 탈바꿈하는 과정이다. 나무가 나무인 이유는 바로 참다운 나의 본래 모습을 찾아가는 과정에서 세상에 대한 저항을 통해 니체가 말하는 '위버멘쉬Übermensch'로 살아가고자 안간힘을 쓰기 때문이다.

"나무들이 색을 가지려면 그녀의 눈을 필요로 한다는 것, 그러므로 가장 중요한 것은 바로 '나'라는 깨달음에 이르렀다."_{이화경, 2017}**165**

여기서 '나'라는 깨달음은 바로 관습과 타성의 얼룩으로 오염된 과거의 나_我에서 참다운 나_흠를 발견했을 때 오는 각성이다. 오늘도 내일도 나무가 추는 나무에서 참다운 나를 찾는 여행을 떠난다. 나무는 무리_{無理}하지 않으며 자기만의 춤, 나무_{裸舞}를 배우러 영원히 끝나지 않는 여행을 떠난다. 떠남이 곧 만남이다.

미주

1 리베카 솔닛, 《멀고도 가까운: 읽기, 쓰기, 고독, 연대에 관하여》, 김현우 옮김(반비, 2016).

2 리처드 라이트 외, 《천천히, 스미는: 영미 작가들이 펼치는 산문의 향연》, 강경이·박지홍 엮음, 강경이 옮김(봄날의책, 2016).

3 이성복, 《뒹구는 돌은 언제 잠 깨는가》(문학과지성사, 1992).

4 고미야 가즈요시, 《창조적 발견력: 성공의 모든 기회를 찾아내는 힘》, 양필성 옮김(토네이도, 2008).

5 유영만, 《니체는 니체다: 벗을수록 더 강해지는 나력(裸力)의 지혜》(생각속의집, 2012).

6 레이첼 카슨, 《침묵의 봄》, 김은령 옮김(에코리브르, 2011), p.255.

7 프리드리히 니체, 《차라투스트라는 이렇게 말했다》, 정동호 옮김(책세상, 2000).

8 유영만, 앞의 책, p.93.

9 프리드리히 니체, 앞의 책, pp.192-193.

10 백승영, 《니체, 디오니소스적 긍정의 철학》(책세상, 2005).

11 신영복, 《신영복, 여럿이 함께 숲으로 가는 길》(서울대학교출판문화원, 2010).

12 신준환, 《다시, 나무를 보다》(알에이치코리아, 2014), p.102.

13 움베르토 마투라나·프란시스코 바렐라, 《앎의 나무》, 최호영 옮김(갈무리, 2007).

14 리처드 도킨스, 《이기적 유전자》, 홍영남·이상임 옮김(을유문화사, 2010).

15 강신주, 《철학 vs 철학: 동서양 철학의 모든 것(개정 완전판)》(오월의봄, 2016).

16 움베르토 마투라나·프란시스코 바렐라, 앞의 책, p.33.

17 레이첼 카슨, 《센스 오브 원더》, 표정훈 옮김(에코리브르, 2012), p.65.

18 마르틴 발저, 《불안의 꽃》, 배수아 옮김(문학과지성사, 2008), p.319.

19 리처드 라이트 외, 앞의 책, p.203.

20 여기 제시되는 나무 이름은 다음 책을 참고로 생각했음을 밝혀둔다.
박상진, 《우리나무의 세계 1》(김영사, 2011).
박상진, 《우리나무의 세계 2》(김영사, 2011).
오찬진·장경수, 《계절별 나무 생태도감》(푸른행복, 2017).

21 고주환, 《나무가 민중이다》(글항아리, 2011), p.311. 화류계란 말도 바람 부는 대로 물결 이는 대로 자신을 지배하는 뭇 남정네들을 향해 서슴없이 꽃이 되어주는 버드나무의 유연성에서 생겨났다. 버드나무는 '양지(楊支)질'의 나무였다고 한다. 식사 후에 무독성인 버드나무 가지로 이를 소제하는 데서 유래되었다는 양지질은 오늘날 양치질의 어원이라고 한다.

22 강판권, 《나무철학: 내가 나무로부터 배운 것들》(글항아리, 2015), p.194.

23 빅터 프랭클, 《빅터 프랭클의 심리의 발견: 닫힌 마음의 문을 열어주는 심리학 강의》, 강윤영 옮김(청아출판사, 2008), p.23.

24 이영광, 《나는 지구에 돈 벌러 오지 않았다》(이불, 2015).

25 레이첼 카슨, 앞의 책.

26 고규홍, 《고규홍의 한국의 나무 특강》(휴머니스트, 2012).

27 고미숙, 〈고미숙이 말하는 몸과 우주 7: 꿈은 '병'이다〉(《동아일보》, 2012. 3. 22).

28 강판권, 앞의 책, p.121.

29 이성복, 《네 고통은 나뭇잎 하나 푸르게 하지 못한다》(문학동네, 2001), p.21.

30 베네딕트 데 스피노자, 《에티카》, 황태연 옮김(비홍, 2014).

31 신영복, 《강의: 나의 동양고전 독법》(돌베개, 2004), p.128.

32 모리 츠요시, 《틀려도 좋지 않은가: 괴짜 수학자가 제안하는 지그재그 인생론》, 박재현 옮김(샘터사, 2017), p.140.

33 강판권, 《나무열전: 나무에 숨겨진 비밀, 역사와 한자》(글항아리, 2007), p.340.

34 정혜윤, 《여행, 혹은 여행처럼: 인생이 여행에게 배워야 할 것들》(난다, 2011), p.162.

35 안도현, 《그런 일》(삼인, 2016), p.240.

36 강판권, 《나무철학: 내가 나무로부터 배운 것들》(글항아리, 2015), p.321.

37 신영복, 《담론: 신영복의 마지막 강의》(돌베개, 2015).

38 차윤정, 《숲의 생활사》(웅진닷컴, 2004), p.89.

39 신영복 인터뷰(《인물과 사상》, 2007. 11).

40 강판권, 앞의 책, p.314.

41 이상훈, 《어느 환경주의자의 생명사랑 이야기》(그물코, 2003).

42 고주환, 앞의 책, p.108.

43 이유미, 《광릉 숲에서 보내는 편지》(지오북, 2004).

44 차윤정, 앞의 책, p.213.

45 박중환, 《식물의 인문학: 숲이 인간에게 들려주는 이야기》(한길사, 2014), p.169.

46 손승우, 《녹색동물: 짝짓기, 번식, 굶주림까지 우리가 몰랐던 식물들의 거대한 지성과 욕망》(위즈덤하우스, 2017).

47 강신주, 《김수영을 위하여: 우리 인문학의 자긍심》(천년의상상, 2012), p.30.

48 정진홍, 《완벽에의 충동》(21세기북스, 2006), p.8.

49 신영복, 〈유권자에 띄운다: 정치인은 우리의 정직한 얼굴입니다〉(《중앙일보》, 2000. 3. 30). "봄바람을 흔히 꽃샘바람이라고 부릅니다. 그러나 그것

은 잘못된 이름입니다. 봄바람은 가지를 흔들어 뿌리를 깨우는 바람입니다. 긴 겨울잠으로부터 뿌리를 깨워서 물을 길어 올리게 하는 바람입니다. 무성한 잎새와 아름다운 꽃을 피우게 하기 위한 바람입니다. 꽃을 시샘하는 바람이 아니라 꽃을 세우기 위한 '꽃세움바람'입니다."

50 정희진, 〈정희진의 어떤 메모: 진저리를 쳤다〉(《한겨레신문》, 2016. 1. 30).

51 신형철, 《몰락의 에티카》(문학동네, 2008), p.50.

52 김훈, 《강산무진》(문학동네, 2006), p.46.

53 유영만, 《지식생태학자 유영만 교수의 생각 사전》(토트, 2014), p.75.

54 유영만, 《니체는 나체다: 벗을수록 더 강해지는 나력(裸力)의 지혜》(생각속의집, 2012), p.7.

55 강판권, 앞의 책, p.243.

56 유영초, 《숲에서 길을 묻다》(한얼미디어, 2005), p.24.

57 유영만, 앞의 책, p.10.

58 신영복, 《처음처럼: 신영복의 언약》(돌베개, 2016), p.84.

59 니시오카 쓰네카즈, 《나무에게 배운다: 비틀린 문명과 삶, 교육을 비추는 니시오카 쓰네카즈의 깊은 지혜와 성찰》, 시오노 요네마쓰 엮음, 최성현 옮김(상추쌈, 2013), p.18.

60 니시오카 쓰네카즈, 앞의 책, p.188.

61 유영만, 《공부는 망치다: 나는 공부한다. 고로 행복하다!》(나무생각, 2016).

62 이시오카 츠네카츠, 《나무의 마음 나무의 생명》, 최성현 옮김(삼신각, 1996), p.61.

63 이시오카 츠네카츠, 앞의 책, pp.20-21.

64 강판권, 《세상을 바꾼 나무: 한 그루의 나무로 읽는 세계사》(다른, 2011), pp.10-11.

65 강판권, 《나무열전: 나무에 숨겨진 비밀, 역사와 한자》(글항아리, 2007), p.278.

66 차윤정, 앞의 책, p.171.

67 이동혁, 《나무를 만나다: 그 굳고 정한 삶의 이야기》(21세기북스, 2012),
p.230.

68 안도현, 앞의 책, p.222.

69 신영복, 《담론: 신영복의 마지막 강의》(돌베개, 2015).

70 신영복, 《감옥으로부터의 사색: 신영복 옥중서간》(돌베개, 1998).

71 유영만·유지성, 《울고 싶을 땐 사하라로 떠나라》(쌤앤파커스, 2013).

72 윌리엄 진서, 《공부가 되는 글쓰기: 쓰기는 배움의 도구다》, 서대경 옮김
(유유, 2017), p.47.

73 강판권, 《선비가 사랑한 나무: 인문학자 강판권의 나무와 성리학 이야
기》(한겨레출판, 2014), p.214.

74 프리드리히 니체, 앞의 책, p.24.

75 조나단 실버타운, 《씨앗의 자연사》, 진선미 옮김(양문, 2010).

76 조나단 실버타운, 앞의 책, p.7.

77 앙리 베르그손, 《창조적 진화》, 황수영 옮김(아카넷, 2005).

78 리처드 도킨스, 앞의 책.

79 엠마누엘 레비나스, 《시간과 타자》, 강영안 옮김(문예출판사, 1996).

80 유영만, 《지식생태학: 지식기반사회를 위한 포스트 지식경영》(삼성경제연
구소, 2006).

81 이도흠, 〈생태이론과 화쟁 사상의 종합〉, 《생명에 관한 아홉 가지 에세
이》, 교수신문 엮음(민음사, 2002), p.51.

82 안도현, 《가슴으로도 쓰고 손끝으로도 써라》(한겨레출판, 2009).

83 강판권, 앞의 책, p.214.

84 강판권, 《나무철학: 내가 나무로부터 배운 것들》(글항아리, 2015), p.6.

85 신영복, 〈죽순의 시작〉(《한겨레신문》, 1990. 4. 6).

86 강판권, 《자신만의 하늘을 가져라: 나무에게 배우는 자존감의 지혜》(샘
터, 2016), p.51.

87 유영만, 《공부는 망치다: 나는 공부한다. 고로 행복하다!》(나무생각, 2016).

88 이오덕, 《나무처럼 산처럼: 이오덕의 자연과 사람 이야기》(산처럼, 2002), p.119.

89 최보식, 〈최보식이 만난 사람: 아침고요수목원 설립자 한상경〉(《조선일보》, 2011. 4. 4).

90 강판권, 《나무철학: 내가 나무로부터 배운 것들》(글항아리, 2015), p.269.

91 신준환, 앞의 책.

92 김회수, 《나와 악수하기》(백산출판사, 2015), p.22.

93 강판권, 앞의 책.

94 우종영, 《나무야, 나무야 왜 슬프니?》(중앙M&B, 2003), p.56.

95 이동혁, 앞의 책, p.280.

96 이유미, 앞의 책, p.121.

97 차윤정·전승훈, 《신갈나무 투쟁기》(지성사, 1999).

98 주철환, 《청춘: 주철환의 10년 더 젊게 사는 법》(춘명, 2010), p.39.

99 강판권, 앞의 책, p.22.

100 차윤정·전승훈, 앞의 책.

101 강판권, 《어느 인문학자의 나무 세기》(지성사, 2002), p.194.

102 〈시련받는 단풍이 더 아름답다〉(《조선일보》, 2007. 11. 5)

103 이유미, 앞의 책, p.130.

104 차윤정, 앞의 책, p.205.

105 이동혁, 앞의 책.

106 우종영, 《나는 나무처럼 살고 싶다》(중앙M&B, 2001), p.209.

107 〈'해거리'를 아시나요?〉(《동아사이언스》, 2011. 1. 30)

108 조나단 실버타운, 앞의 책.

109 우종영, 앞의 책.

110 유영만·유지성, 앞의 책.

111 강판권, 《선비가 사랑한 나무: 인문학자 강판권의 나무와 성리학 이야기》(한겨레출판, 2014).

112 강판권, 《나무철학: 내가 나무로부터 배운 것들》(글항아리, 2015), p.278.

113 강판권, 앞의 책.

114 강판권, 《선비가 사랑한 나무: 인문학자 강판권의 나무와 성리학 이야기》(한겨레출판, 2014), p.215.

115 올리비아 클렉의 《계란, 병아리, 그리고 오믈렛》(홍익출판사, 2006)의 '냄비 안의 개구리'라는 글을 읽고 나름대로 재해석한 글임을 밝혀둔다. 직접 인용에 대해서는 도서명과 해당 페이지를 병기한다.

116 이어령, 〈디지로그 시대가 온다. 디지털 강국서 한 발짝 더…한국문화와 융합하라〉(《중앙일보》, 2006. 7. 10).

117 신영복 교수의 2006년도 서울대학교 입학식 축사.

118 강판권, 《나무철학: 내가 나무로부터 배운 것들》(글항아리, 2015), p.200.

119 이우상, 〈갈등(葛藤)의 어원을 아시나요?: 이우상 교수의 숲에서 배우는 지혜〉(《현대불교》, 2011. 11. 26).

120 김승희, 〈21세기, 다시 읽는 이상: 혼종, 경계를 넘나들다〉(《동아일보》, 2010. 4. 1).

121 함민복, 《모든 경계에는 꽃이 핀다》(창비, 1996).

122 안도현, 《안도현의 발견》(한겨레출판, 2014).

123 강판권, 《선비가 사랑한 나무: 인문학자 강판권의 나무와 성리학 이야기》(한겨레출판, 2014).

124 한삼희, 〈만물상: 홀아비 은행나무〉(《조선일보》, 2012. 5. 24).

125 강판권, 《은행나무: 동방의 성자, 이야기를 품다》(문학동네, 2011), p.14.

126 박중환, 앞의 책.

127 강판권, 앞의 책.

128 강판권, 《역사와 문화로 읽는 나무사전》(글항아리, 2010).

129 박상진, 《우리나무의 세계 1》(김영사, 2011), p.235.

130 마르틴 발저, 앞의 책.

131 박중환, 앞의 책.

132 강판권, 《어느 인문학자의 나무 세기》(지성사, 2002).

133 강판권, 《역사와 문화로 읽는 나무사전》(글항아리, 2010).

134 리처드 세넷, 《장인: 현대 문명이 잃어버린 생각하는 손》, 김홍식 옮김 (21세기북스, 2010).

135 정희진, 〈정희진의 어떤 메모: 고전이란 인간의 보편적 상황을 다루는 거죠〉(《한겨레신문》, 2016. 2. 19).

136 메리 올리버, 《휘파람 부는 사람: 모든 존재를 향한 높고 우아한 너그러움》, 민승남 옮김(마음산책, 2015).

137 빅터 프랭클, 앞의 책, p.111.

138 강판권, 《어느 인문학자의 나무 세기》(지성사, 2002).

139 강판권, 《역사와 문화로 읽는 나무사전》(글항아리, 2010).

140 강판권, 《조선을 구한 신목, 소나무》(문학동네, 2013).

141 강판권, 《나무열전: 나무에 숨겨진 비밀, 역사와 한자》(글항아리, 2007).

142 박상진, 《우리나무의 세계 2》(김영사, 2011).

143 강판권, 《나무철학: 내가 나무로부터 배운 것들》(글항아리, 2015).

144 쇠얀 키에르케고르, 《공포와 전율》, 임춘갑 옮김(치우, 2011).

145 강판권, 《나무열전: 나무에 숨겨진 비밀, 역사와 한자》(글항아리, 2007).

146 유영만, 《니체는 나체다: 벗을수록 더 강해지는 나력(裸力)의 지혜》(생각속의집, 2012).

147 프리드리히 니체, 《아침놀》, 박찬국 옮김(책세상, 2004).

148 강판권, 앞의 책.

149 강판권, 《선비가 사랑한 나무: 인문학자 강판권의 나무와 성리학 이야기》(한겨레출판, 2014).

150 강판권, 앞의 책, p.199.

151 강판권, 앞의 책, p.199.

152 발터 벤야민, 《일방통행로》, 조형준 옮김(새물결, 2007), p.67.

153 여기상태(勵起狀態, excited state)란 원자핵의 바깥쪽을 도는 전자는 일반적으로 에너지의 보유도 적고 안정되어 있지만 외부에서 열이나 빛, 방사선 등의 자극을 받으면 전자가 가진 에너지가 커져서 더 바깥쪽의 원 궤도로 옮아가는 상태를 말한다. 여기 상태는 곧 원래의 안전 상태로 옮아가지만 이때 여분의 에너지가 방사선으로 방출된다.

154 신준환, 앞의 책, p.101.

155 류시화, 《지구별 여행자》(김영사, 2002).

156 프리드리히 니체, 《비극의 탄생》, 박찬국 옮김(아카넷, 2007).

157 강신주, 《김수영을 위하여: 우리 인문학의 자긍심》(천년의상상, 2012), p.186.

158 프리드리히 니체, 《선악의 저편, 도덕의 계보》, 김정현 옮김(책세상, 2002).

159 〈나이 많은 남자와 나이 어린 여자의 사랑이 나쁜 걸까?〉(《오마이뉴스》, 2011. 10. 29).

160 유영만·고두현, 《곡선으로 승부하라》(새로운 제안, 2016).

161 박중환, 앞의 책, p.158.

162 박중환, 앞의 책, p.157.

163 신영복 교수의 2017년 서화 달력 중에서.

164 장자, 《장자》, 안동림 옮김(현암사, 2010).

165 이화경, 《사랑하고 쓰고 파괴하다》(행성B잎새, 2017), p.89.

참고 문헌

· 강신주, 《김수영을 위하여: 우리 인문학의 자긍심》(천년의상상, 2012).

· 강신주, 《철학 vs 철학: 동서양 철학의 모든 것(개정 완전판)》(오월의봄, 2016).

· 강판권, 《나무열전: 나무에 숨겨진 비밀, 역사와 한자》(글항아리, 2007).

· 강판권, 《나무철학: 내가 나무로부터 배운 것들》(글항아리, 2015).

· 강판권, 《선비가 사랑한 나무: 인문학자 강판권의 나무와 성리학 이야기》(한겨레출판, 2014).

· 강판권, 《세상을 바꾼 나무: 한 그루의 나무로 읽는 세계사》(다른, 2011).

· 강판권, 《어느 인문학자의 나무 세기》(지성사, 2002).

· 강판권, 《역사와 문화로 읽는 나무사전》(글항아리, 2010).

· 강판권, 《은행나무: 동방의 성자, 이야기를 품다》(문학동네, 2011).

· 강판권, 《자신만의 하늘을 가져라: 나무에게 배우는 자존감의 지혜》(샘터, 2016).

· 강판권, 《조선을 구한 신목, 소나무》(문학동네, 2013).

· 고규홍, 《고규홍의 한국의 나무 특강》(휴머니스트, 2012).

· 고미야 가즈요시, 《창조적 발견력: 성공의 모든 기회를 찾아내는 힘》, 양필성 옮김(토네이도, 2008).

· 고영민, 《악어》(실천문학사, 2012).

· 고주환, 《나무가 민중이다》(글항아리, 2011).

· 김화수, 《나와 악수하기》(백산출판사, 2015).

· 김훈, 《강산무진》(문학동네, 2006).

· 니시오카 쓰네카즈, 《나무에게 배운다: 비틀린 문명과 삶, 교육을 비추는 니시오카 쓰네카즈의 깊은 지혜와 성찰》, 시오노 요네마쓰 엮음, 최성현 옮김(상추쌈, 2013).

· 레이첼 카슨, 《센스 오브 원더》, 표정훈 옮김(에코리브르, 2012).

· 레이첼 카슨, 《침묵의 봄》, 김은령 옮김(에코리브르, 2011).

· 류시화, 《지구별 여행자》(김영사, 2002).

· 리베카 솔닛, 《멀고도 가까운: 읽기, 쓰기, 고독, 연대에 관하여》, 김현우 옮김(반비, 2016).

· 리처드 도킨스, 《이기적 유전자》, 홍영남·이상임 옮김(을유문화사, 2010).

· 리처드 라이트 외, 《천천히, 스미는: 영미 작가들이 펼치는 산문의 향연》, 강경이·박지홍 엮음, 강경이 옮김(봄날의책, 2016).

· 리처드 세넷, 《장인: 현대 문명이 잃어버린 생각하는 손》, 김홍식 옮김(21세기북스, 2010).

· 마르틴 발저, 《불안의 꽃》, 배수아 옮김(문학과지성사, 2008).

· 메리 올리버, 《휘파람 부는 사람: 모든 존재를 향한 높고 우아한 너그러움》, 민승남 옮김(마음산책, 2015).

· 모리 츠요시, 《틀려도 좋지 않은가: 괴짜 수학자가 제안하는 지그재그 인생론》, 박재현 옮김(샘터사, 2017).

· 박상진, 《우리나무의 세계 1》(김영사, 2011).

· 박상진, 《우리나무의 세계 2》(김영사, 2011).

· 박중환, 《식물의 인문학: 숲이 인간에게 들려주는 이야기》(한길사, 2014).

· 발터 벤야민, 《일방통행로》, 조형준 옮김(새물결, 2007).

· 백승영, 《니체, 디오니소스적 긍정의 철학》(책세상, 2005).

· 베네딕트 데 스피노자, 《에티카》, 황태연 옮김(비홍, 2014).

· 빅터 프랭클, 《빅터 프랭클의 심리의 발견: 닫힌 마음의 문을 열어주는 심

리학 강의》, 강윤영 옮김(청아출판사, 2008).

· 손승우, 《녹색동물: 짝짓기 번식, 굶주림까지 우리가 몰랐던 식물들의 거대한 지성과 욕망》(위즈덤하우스, 2017).

· 쇠얀 키에르케고르, 《공포와 전율》, 임춘갑 옮김(치우, 2011).

· 신영복, 《감옥으로부터의 사색: 신영복 옥중서간》(돌베개, 1998).

· 신영복, 《강의: 나의 동양고전 독법》(돌베개, 2004).

· 신영복, 《담론: 신영복의 마지막 강의》(돌베개, 2015).

· 신영복, 《신영복, 여럿이 함께 숲으로 가는 길》(서울대학교출판문화원, 2010).

· 신영복, 《처음처럼: 신영복의 언약》(돌베개, 2016).

· 신준환, 《다시, 나무를 보다》(알에이치코리아, 2014).

· 신형철, 《몰락의 에티카》(문학동네, 2008).

· 안도현, 《가슴으로도 쓰고 손끝으로도 써라》(한겨레출판, 2009).

· 안도현, 《그런 일》(삼인, 2016).

· 안도현, 《안도현의 발견》(한겨레출판, 2014).

· 앙리 베르그손, 《창조적 진화》, 황수영 옮김(아카넷, 2005).

· 엠마누엘 레비나스, 《시간과 타자》, 강영안 옮김(문예출판사, 1996).

· 오찬진·장경수, 《계절별 나무생태도감》(푸른행복, 2017).

· 우종영, 《나는 나무처럼 살고 싶다》(중앙M&B, 2001).

· 우종영, 《나무야, 나무야 왜 슬프니?》(중앙M&B, 2003).

· 움베르토 마투라나·프란시스코 바렐라, 《앎의 나무》, 최호영 옮김(갈무리, 2007).

· 윌리엄 진서, 《공부가 되는 글쓰기: 쓰기는 배움의 도구다》, 서대경 옮김(유유, 2017).

· 유영만, 《공부는 망치다: 나는 공부한다. 고로 행복하다!》(나무생각, 2016).

· 유영만, 《니체는 나체다: 벗을수록 더 강해지는 나력(裸力)의 지혜》(생각속의집, 2012).

· 유영만, 《지식생태학: 지식기반사회를 위한 포스트 지식경영》(삼성경제연

구소, 2006).

· 유영만, 《지식생태학자 유영만 교수의 생각 사전》(토트, 2014).

· 유영만·고두현, 《곡선으로 승부하라》(새로운제안, 2016).

· 유영만·유지성, 《울고 싶을 땐 사하라로 떠나라》(쌤앤파커스, 2013).

· 유영초, 《숲에서 길을 묻다》(한얼미디어, 2005).

· 이도흠 외, 《생명에 관한 아홉 가지 에세이》, 교수신문 엮음(민음사, 2002).

· 이동혁, 《나무를 만나다: 그 굳고 정한 삶의 이야기》(21세기북스, 2012).

· 이상훈, 《어느 환경주의자의 생명사랑 이야기》(그물코, 2003).

· 이성복, 《네 고통은 나뭇잎 하나 푸르게 하지 못한다》(문학동네, 2001).

· 이성복, 《뒹구는 돌은 언제 잠 깨는가》(문학과지성사, 1992).

· 이시오카 츠네카츠, 《나무의 마음 나무의 생명》, 최성현 옮김(삼신각, 1996).

· 이영광, 《나는 지구에 돈 벌러 오지 않았다》(이불, 2015).

· 이오덕, 《나무처럼 산처럼: 이오덕의 자연과 사람 이야기》(산처럼, 2002).

· 이유미, 《광릉 숲에서 보내는 편지》(지오북, 2004).

· 이화경, 《사랑하고 쓰고 파괴하다》(행성B잎새, 2017).

· 장자, 《장자》, 안동림 옮김(현암사, 2010).

· 정진홍, 《완벽에의 충동》(21세기북스, 2006).

· 정혜윤, 《여행, 혹은 여행처럼: 인생이 여행에게 배워야 할 것들》(난다, 2011).

· 조나단 실바타운, 《씨앗의 자연사》, 진선미 옮김(양문, 2010).

· 주철환, 《청춘: 주철환의 10년 더 젊게 사는 법》(춘명, 2010).

· 차윤정, 《숲의 생활사》(웅진닷컴, 2004).

· 차윤정·전승훈, 《신갈나무 투쟁기》(지성사, 1999).

· 프리드리히 니체, 《비극의 탄생》, 박찬국 옮김(아카넷, 2007).

· 프리드리히 니체, 《선악의 저편, 도덕의 계보》, 김정현 옮김(책세상, 2002).

· 프리드리히 니체, 《아침놀》, 박찬국 옮김(책세상, 2004).

· 프리드리히 니체, 《차라투스트라는 이렇게 말했다》, 정동호 옮김(책세상, 2000).
· 함민복, 《모든 경계에는 꽃이 핀다》(창비, 1996).

나무는 나무라지 않는다

초판 1쇄 발행 2017년 11월 28일
초판 5쇄 발행 2023년 10월 4일

지은이 유영만
펴낸이 한순 이희섭
펴낸곳 ㈜도서출판 나무생각
편집 양미애 백모란
디자인 박민선
마케팅 이재석
출판등록 1999년 8월 19일 제1999-000112호
주소 서울특별시 마포구 월드컵로 70-4(서교동) 1F
전화 02)334-3339, 3308, 3361
팩스 02)334-3318
이메일 book@namubook.co.kr
홈페이지 www.namubook.co.kr
블로그 blog.naver.com/tree3339

ISBN 979-11-6218-005-1 03810